KB180902

큰 글
한국문학선집

김내성 장편소설

실락원의 별 2

일러두기

1. 이 책은 김내성의 장편소설로 『경향신문』에 1956년 6월부터 1957년 2월까지 연재된 소설이다.

2. 이 책(큰글한국문학선집 058: 김내성 장편소설)은 제작 의도에 따라(큰글로 편집) 분량이 많은 관계로 큰글한국문학선집 058-1, 058-2, 058-3으로 분권하였다.

실락원의 별(큰글한국문학선집 058-1)

실락원의 별 2

(큰글한국문학선집 058-2)

15. 靑春[청춘]의 終着驛[종착역]

이날 밤, 아홉시를 전후하여 을지로 네거리를 중심으로 한 몇 군데 지점에는 직접으로나 간접으로나 앞날의 운명을 서로 서로가 좌우할런지도 모르는 인과율의 다소의 소재(素材)가 될 수 있는 인간들이 여기 저기 널려져 있었다.

우선 명동 입구 섭자로 한 모퉁이에서 밤 하늘을 우러러보며 자기의 청춘을 참되게 올바르게 밭갈아 보려고 고달픈 눈물에 젖어 있는 어여쁜 개척자 고영림이가 차지한 시간적 위치는 여덟시 오십분이었다.

아홉시 이십 분에 을지로 네거리에서 작별한 고영해와 이애리는 이 시각에는 진고개 입구 어떤 고급 그릴 특별실에서 금권과 육체권의 흥정에 지칠대로 지쳐 강석운의 품 「유혹의 강」의 한 대목을 인용하여 영육적으로 벌거벗은 인간의 천진성과 악마성을 토론하면서 독한 위스키를 마시고 있었다.

그즈음, 고종국 사장은 아홉시에 애리를 종로 〈코롬방〉에서 만나기 위하여 관철동 어떤 은근짜 집 안방에서 베게로 삼았던 윤마담의 무릎을 떠밀고 부시시 몸을 일으켰다. 「신사는 금발을 좋아한다」를 본 것도 실은 이 윤마담과의 일이었다.

똑같은 아홉시에 유현자는 예의 장소에서 고전무와 만나기 위하여 광화문과 종로 사이에서 무교동 길로 접어들고 있었다.

강석운은 그 무렵, 한국은행 뒷골목 어느 조그만 중국집 이층에서 젊은 시인 한 사람과 술을 마시며 을지로 네거리에서 본 칸나를 생각하고 있었다.

이 여섯 사람 아니, 금방 택시를 타고 신당동으로 떠난 송준오까지 합하면 일곱의 계산이 된다. 택시가 곧장 신당동으로반 달리라는 법은 없다. 송준오의 조그만 의욕 하나로서 차는 되돌아 설는지도 모른다.

어쨌든 시간과 공간의 이치를 어슷비슷이 차지하고 있

는 이들 한 무더기의 인간상 아니, 영혼상(靈魂像)이 어느 순간, 어느 방향으로 자기의 육신을 운반하느냐 하는, 각기의 의욕 하나에 따라서 이합(離合)의 우유성(偶有性)은 형성되는 것이다.

그것은 마치 신이라는 화가가 확정한 한 폭의 캔버스 위에 끼적거려진 인생의 뎃상과도 같았다. 각기 그들이 제 아무리 제멋대로의 의욕 밑에서 좌지우왕과 정착 이별의 움직임을 꾀한다손 치더라도 그것은 결국 무궤도의 궤도를 달리는 인생의 우발차(偶發車)일 수밖에 없다.

그 무궤도의 궤도를 부설하는 것이 그 거창한 화가의 부러쉬였다. 화가의 붓 끝은 점과 선으로써 윤곽을 장만하고 빛깔의 명암과 색채의 농담으로써 인생의 회화를 완성시켜 왔다.

이리하여 그려진 한 폭의 회화 속에서 오랜 시일을 두고 울어 왔다 웃어왔다 괴로와 했고 고달파 했던 것이다.

오늘 밤 시공적(時空的)으로 한 조각 같은 캔버스 위에 점과 선으로써 뎃상의 윤곽을 마련하고 있는 이상의 일곱명이 과연 어떠한 명암과 색채로써 이합이 우유성을 구현하여 한폭의 인생 회화를 우리에게 제시할 것인지를 알고 있는 것은 오르지 저 외경(畏敬)의 권화인양 드높이

솟은 창조의 화백인 황천(皇天) 그 어른일 뿐이다.

명동 입구 십자로의 고영림, 진고개 입구 그릴 특별실의 이애리와 고영해, 한국은행 뒷골목 중국집 이층의 강석운, 무교동을 거닐고 있는 유현자, 을지로 이가 쯤을 달리고 있을 송준오, 관철동 은근짜 집 윤마담의 무릎에서 부시시 일어서는 고종국 사장……

십자로의 영림은 칼칼히 메마른 목을 축이기 위하여 바로 등살머리께에 아가리를 벌리고 있는 이층 다방으로 올라가서 소다수를 들이키고 내려온 것이 아홉시 오분이었다.

그러나 갈 데가 없다. 아현동으로 곧장 돌아가기에는 오늘 밤의 설움을 좀 더 고달파하고 싶었고 되씹어 보고 싶었다. 그래서 어느 길로 접어들까를 생각하며 다방 입구에 우두커니 서 있었다.

출판기념회에서 몇 잔 들이킨 국산 위스키에다 중국집 배갈을 얹어 넘긴 강석운이가 거나하게 취해서 요정을 나선 것이 아홉시 쟈스트였다.

삼각지에 산다는 젊은 시인과 한국은행 앞에서 강석운은 헤어졌다. 취하면 꼭 택시에 태워 달라고 출판 기념회를 중도에서 빠져 나올 무렵부터 당부를 하던 강석운을 위하여 젊은 시인은 택시를 멈추었으나 시간도 이르고 기분도 나고 운동 부족도 이런 때 보충을 해야만 한다고, 강석운은 쓰다는 운전수의 표정 쯤 무시해 버릴 수 있을 만큼 신경이 마비되어 있었다.

휘청휘청, 종로 사가까지는 기어이 걸을 작정을 그 순간 하며 동화백화점 앞으로 거닐기 시작하였다.

애리와 고영해가 만일 조금만 더디 그릴 나섰던들 진고개 입구에서 애리와 강석운은 얼마만의 해후를 가졌을 것이다.

그러나 애리와 고영해는 그 즈음, 댄스홀 경영을 의논하면서 도깨비 소굴같은 우체국 청사를 지나 중국대사관 골목을 건너서고 있었다.

그 시각에 유현자는 무교동 어떤 중국 요정 밑층에서 고전무를 기다리고 있었고 고사장은 종로 〈코롬방〉에서 철 이른 아이스크림을 점잖게 핥으며 약속 시간을 지키지 않는 애리를 나무라고 있었다.

역시 그 즈음 을지로 이가를, 송준오는 택시로 달리며 영림과 바꾼 포옹의 절실감을 애무도 했고 강석운을 변호하는 영림이가 고맙기도 했고 변호를 받은 강석운의 존재를 저주도 했고 애리가 갑자기 그리워지기도 했다.

애리에 대한 가능이 영림에 대한 불가능의 꼬리를 물고 늘어지는 허술한 생활 철학이 준오에게 왔다. 고독의 영혼은 구슬피 울어도 올 것은 기어이 오지 않고야 말았다. 오오, 체념의 인생이여, 현실의 증언(證言)은 그 곳에 없었던고……

『아아, 애리가 보고 싶다! 애리의 가슴에 얼굴을 파묻고 이 한 밤을 울어 새우자! 이 기막힌 생명의 오열을 애리여, 그대 나와 더불어 눈물을 뿌려다오! 요부라도 좋다. 매소부라도 나는 좋다. 운전수 양반, 차를 돌려요. 청진동으로 차를 돌려요!』

그 청진동에 애리의 집은 있었다.

그때 영림은 비로소 걸음을 옮겨 놓았다.

전찻길을 미도파 쪽으로 빗비슴히 건너가자 남대문 방향으로 걷기 시작하였다. 별을 쳐다보며 서울역까지만 걸어 가자. 거기서 전차를 타도 무방했고 택시를 잡으면 가격이 그만큼 비싸다.

그러나 얼마 가지 않아 소공동 지대 그릴에서 사람들이 웅성거리며 몰려나오고 있었다. 길도 어둡고 마음에 들기에 무심중 발길을 돌려 그리로 걸어들어가 보았더니 모 시인의 출판 기념회가 있는 모양으로 길다란 쪽지가 문깐에 붙어 있었다. 순간……

『아, 강선생님이 혹시나……』

아까 전차에서 영림은 강선생을 보았기에 열이면 아홉까지는 자기의 육감이 맞을 것만 같았다.

한길 가 어둠 속에 서서 나오는 인사들을 하나 하나 영림은 살펴 보았다.

『혹시나 저 강석운 선생님이 여기 오시지 않았어요?』

맨 처음으로 나온 몇 사람을 의식 없이 지나쳐 버렸기에 그 속에 끼었다면 따라가 볼 요량으로 영림은 젊은이 하나에게 물었다.

『아까 오셨는데 중도에서 나가 버렸읍니다.』

『아, 그…… 그러셔요?』

그때, 강석운은 그 길 맞은 편 중국대사관 골목을 건너서고 있었고 애리와 고영해는 명동 입구를 지나가고 있었다.

아까 저녁 무렵, 강석운은 을지로 로타리 전차 속에서 고영림을 한길 가에서 발견한 순간 놀라움에 가까운 반가움을 전신에 느꼈다.

원고가 아직 자기 손에서 묵고 있기에 멀지 않아 영림

이가 찾아 오리라고 믿고 있던 강석운의 불안한 기대는 한 달이 지나도 실현되지 않았다.

그렇다. 그것은 글자 그대로 불안한 기대였다. 고영림이가 나타나 주기를 원하는 마음과 나타나 주지 않기를 바라는 마음이 반반씩 뒤섞인 지나간 한 달이었다.

활짝 열어 젖힌 이층 서재에서 원고지와 마주 앉으면 작중 인물의 대화보다 먼저 영림이가 남겨 놓고 간 그 구슬처럼 영롱하고 사향(麝香)처럼 그윽한 유혹의 말들이 먼저 머리에 떠올라서 견딜 수가 없었다. 자연 붓 끝은 무디고 마음은 달렸다.

(아직도 내게는 청춘이 있었던가?)

상실을 자각했던 청춘이었다. 그 청춘이 아직도 자기 주변에서 서성대고 있는 것을 깨닫자 강석운은 새삼스럽게 소년처럼 가슴이 설렜다. 가능의 청춘이 아니었다. 불가능에 가까운 그것이었기에 가슴의 설레임은 한층 더 컸고 좀 더 값비쌌다.

「반복의 가능이 없는 청춘의 종착역(終着驛)!」

그 가슴 설레는 플랫홈에 지금 작가 강석운은 무연(憮然)히 서 있는 것이다.

붓을 던지고 거울을 든다. 머리를 헤치고 흰 머리카락

하나를 골라 뽑는다. 희다. 반짝 반짝 희다. 그 반들거리는 윤의 반사를 물끄러미 들여다보다가 돌연 강석운은 부르르 진저리를 치며 휙 내동댕이를 쳤다.

그러나 무게없는 터럭은 다시금 사뿐 원고지 위에 내려 앉았다. 또 물끄러미 강석운은 들여다보며 그 터럭처럼 자기의 인생은 이미 무게를 상실하고 있는 것 같았다.

「그러나 여기에 칸나 고영림이가 있다!」

자기 인생에 다시금 무게를 갖다 주려는 고영림의 존재를 생각하고 강석운은 생명의 충실감을 숨가쁘게 전신에 느꼈다. 책상 머리에서 불현 듯 몸을 일으키며 강석운은 외쳤다.

「무게를 다오! 무게를 다오! 내 생명에 무게를 다오!」

영혼의 충족과 삶의 활기가 조수처럼 밀려 왔다. 아우성을 치면서 밀려왔다.

「청춘은 아직도 가지 않았다! 내 주변에서 서성대는 청춘을 붙들자! 놓치면 천추의 한이다!」

종착역 역두에서 강석운은 외쳤다. 청춘의 막바지에서 강석운은 울부짖었다.

「유혹의 강」의 주인공 박목사는 사회의 온갖 인위적

인 질서를 페리처럼 저버리고 스스로 유혹의 강물에 빠져 들어갔다. 정진결제(精進潔齊), 인생은 노력함으로써 인간의 평온과 행복을 차지해 보려면 퓨리턴 박목사는 외쳤다.

『오십 평생 나는 속아 왔다. 어떠한 위대한 교훈도 이미 나를 유혹하고 나를 속이지는 못할 것이다! 인간의 최대 행복은 나를 위한 것이야만 했거늘 뭇 성현들의 요사스런 교훈은 나를 버리고 남을 위하라고, 온갖 감언이설로 인류를 유혹하였다. 이는 실로 인간 실존(實存)의 순수유(純粹有)를 무시하고 생명의 존엄성을 모독하는 괴변론자의 간사한 말들이었다.』

강석운은 서재 안을 뼹뼹 돌며 자기 원고의 한 대목을 소리 내서 외우다가 는 후딱 생각이 난 듯이

『원고를 찾으러 왜 안 올까?』

영림이가 오기를 골똘히 강석운은 기다리는 것이었다.

단 한 번 밖에 만나보지 못한 영림이기는 했으나 「칸나의 의욕」에서 부터 이미 강렬한 정신적 흔들림을 받고 있던 강석운이기에 벌써 오랜 교재를 맺어온 사이처럼 후딱 후딱 느껴지는 것이다.

그리고 영림을 생각하고 영림이가 그리워질 때는 반드

시 박목사를 끄집어 내어 자기의 변호자로 삼았다. 박목사는 또 이렇게 말했다.

『허허 벌판 한 구석에 가련히 피어난 한 떨기 들국화의 의욕을 소중히 여길 줄 아는 인간이라면 인간은 모름지기 인간 자신의 꿈틀거리는 생명의 의욕을 존중할 줄 알아야만 할 것이다. 인간이여, 간사한 쏘피즘(詭辯論[궤변론])에 현혹됨이 없이 그대 입을 열어 소박하게 말하라. 과연 그대는 그 누구를 위해서 살아 왔으며 또한 그 누구를 위해서 살아갈 것인지를 말하라! 그대의 혀 끝이 거짓을 말해도 좋다. 그러나 나는 그대의 마음 속 한 구석에서 꿈틀꿈틀 보채는 욕망의 정체를 알고 있다! 그대들의 쏘피즘이 나를 쓰러뜨릴지언정 나를 정복하지는 못한다. 최후의 일순까지 나는 나의 인간을 붙들고 살으련다. 내가 사람이다. 나만이 진짜 사람이다!』

이 문장을 쓰는 날, 강석운은 완전히 작중의 박목사가 되어 있었다.

거기까지 쓰고 나서 석운은 만년필을 던지고 벌렁 뒤로 나자빠졌다. 팔꿈치 두 개를 겹쳐 베고

『쏘피스트! 위선자!』

천장을 멍청히 쳐다보며 강석운은 중얼거렸다.

『너의 혀 끝은 고영림의 유혹을 점잖게 물리쳤다. 공자님처럼 타이르기도 했다. 그러나 나는 너의 마음 속 한 구석에서 꿈틀거리며 보채는 욕망의 정체를 보고 있다. 위선자! 쏘피스트!』

자조의 웃음과 함께 고영림의 또렷또렷한 한 마디 한 마디가 다시금 들려왔다.

『선생님을 한 번 유혹해 보고 싶어요. 이것이 현재에 있어서 솔직한 마음의 소리예요.』

『그렇다, 나도 영림을 한 번 유혹해 보고 싶다. 이것이 현재에 있어서의 내 솔직한 마음의 소리다.』

그런 대답을 하여 보며 담배를 피워 물고 두어 모금 들이키는데

『여보오!』

아내의 코에 걸린 목소리가 뜰에서 동그랗게 날아올라왔다.

『웅?』

석운은 벌떡 일어나자 책상 앞에 앉아서 정원을 내려다보며

『왜 그러우?』

『암만 올려다 봐두 당신이 보이지 않기에…… 난 또

누가 홀랑 떼간 줄만 알았어요.」

『나 같은 나이에 누가……』

『말씀 마세요. 요즈음 여성들은 당신만한 나이가 똑 마침 하다던데…… 어리지도 않고 늙어 빠지지도 않고…… 사회적 지위가 있고, 게다가 쓴맛 단맛 다 알아서 사랑이 극진하고……』

『참 내 모르는 것도 없어!』

『당신이 거기 앉아서 늘상 내려다 볼 수 있도록 야쓰데 분을 이리로 옮겨 놨어요.』

이층에서 내려다 보이는 못 한 구석에 치자 분을 올려 놓았던 사각 돌이 있다. 그 돌 위에 야쓰데 분이 어느 틈에 올라앉아 있었다.

『아, 참…… 참 그러는 게 좋겠군!』

속과 겉이 딴판인, 어색한 웃음 하나가 강석운의 입술을 새어 나왔다.

그것이 지금으로 부터 보름 전의 일이었다. 머리만 조금 돌리면 이내 시야에 뛰어드는 한 떨기의 야쓰데 분! 그 야쓰데 분이 지나간 보름 동안에 강석운에게 힘 입힌 심리적 영향은 다음과 같았다.

이 보름 동안 강석운은 정원의 야쓰데 분을 내려다보

며 청춘의 종착역에서 몸부림치는 생명의 약동과 씨름을 하고 있었다.

인생의 무슨 단 하나 밖에 없는 보물처럼 아침 저녁으로 물을 주어 가며 야쓰데 분을 가꾸는 아내의 뒷모습이 눈에 뜨일 때마다 지나간 십 팔년 동안에 뿌리를 박은 부부 생활의 깊이가 새삼스럽게 느껴지는 것이었다.

웬만한 비바람에는 끄떽도 하지 않는 아람드리 고목처럼, 외모는 비록 고색이 창연하지마는 땅 속 깊숙히 뻗고 뻗은 줄기찬 뿌리는 질길 대로 질겼고 굵을 대고 굵었다.

외모는 비록 줄기차고 젊고 신선하고 청청히 발랄하지마는 고영림이라는 연륜 어린 나무에게는 뿌리가 약했다. 바람만 조금 거세게 불면 금방 나가 떨어질 수밖에 없는 고영림이라는 이름을 가진 신록의 나무!

고운 때가 묻은 입성처럼 옥영에게는 비록 눈부신 색채는 없었지마는 안식과 평화의 여신(女神)이 조용히 깃들어 있었다. 연륜의 때를 좀 더 소중히 하는 낡은 청자기(靑磁器)의 가치와 보배로움이 옥영에게 있었다.

「조용하자! 설레이는 마음을 조용히, 조용히 무마하자! 그리하여 유종의 미를 내 인생으로 하여금 거두기로 하자!」

청춘의 종착역에서 강석운은 인생의 종착역을 바라보면서 설레는 마음을 어루만지고 있었다.

「여보! 좀 올라와요.」

어떤 날 석운은 뜰에서 빨래를 널고 있는 아내를 황급히 불렀다.

「왜요?」

「글쎄 빨리 좀 올라와요!」

「한 회 또 쓰셨어요?」

앞 치마에 물 묻은 손을 씻으며 옥영은 창황이 올라왔다. 한 회 분의 원고가 끝나면 옥영은 그 원고를 소리내어 낭독을 해야만 했고 석운은 옆에서 가만히 듣고 있는 것이다.

「아니요, 원고는 아직 안됐어. 어쩐지 잘 써지지가 않아서 걱정이요.」

「어째 그럴까?」

옥영이 근심스런 표정을 짓는데

「여보!」

석운은 벌떡 일어나서 아내의 물기 있는 촉촉한 손길을 휙 잡아당겼다.

「아이, 깜짝이야!」

옥영의 말 소리는 석운의 품 안에서 났다. 남편의 격렬한 포옹을 받으며

『왜 그러세요? 갑자기……』

『당신이 예뻐서……』

『아이, 황송해라!』

『아내가 남편의 포옹을 받는데 뭐가 그처럼 황송할까?』

『아냐요, 여자들은 남편에게 사랑을 받을 때, 언제나 그런 종류의 감정을 가지는 거예요.』

『그건 봉건적이야. 일대 일인데 뭐가 황송해?』

『그걸 봉건적이라고 생각하는 건 피상적이에요. 아내들의 애정 속에는 그런 감정이 근본적으로 있는 것 같아요.』

『그럴까?』

석운은 포옹을 풀고 두 손을 어깨에 올려 놓으며 아내의 얼굴을 가만히 들여다 보았다.

『왜 갑자기 그러세요?』

『당신이 소중해서…… 고운 때가 묻은 입성처럼…… 이조시대의 청자기처럼……』

『골동품은 낡을수록 가치가 있죠.』

옥영은 웃었다. 석운은 그러나 웃지도 않는 얼굴로 아내를 물끄러미 들여다보며

「당신의 눈 언저리에 잡힌 잔주름이 갑자기 소중해졌오.」

「당신의 흰 머리털이 제게는 소중한 것처럼……」

「아, 흰 머리털!」

석운은 또 갑자기 영림을 생각했다.

「이제 내려가 봐요.」

석운은 다시 책상과 마주 앉았다.

옥영은 내려가면서 마음 속으로 머리를 기울였다.

「뭐가 확실히 있기는 있어!」

남편의 마음 속에 일고 있는 정체 모를 감정의 파도를 옥영은 민감하게 느끼고 있었다.

「사십대의 위기!」

청춘의 막바지에서 느끼는 한낱 인생의 위기로써 강석운은 마침내 자기의 마음의 동요를 처리하기 시작하였다.

이러한 위기를 잘 처리하느냐 못하느냐에 따라서 비극이 오느냐 평온이 보존되느냐가 결정되는 것이라고 생각하였다. 따라서 자기의 동요는 고영림이라는 하나의 특

정한 대상에서 온 것이 아니고 고영림과 만나기 이전부터 그러한 동요를 받아 들일만한 마음의 틈사리가 이미 장만되어 있었던 것이다.

그 장만되어 있던 틈서리 앞에 우연히 나타난 것이 고영림일 뿐, 구태여 고영림이가 아니라도 무방했을 것만 같았다.

「결국은 젊음에의 노스탈쟈다!」

그러기 때문에 고영림이가 아닌 다른 그 어떤 젊은 여성이라도 족할런지 몰랐다. 청년기에 달한 젊은이들이 특정한 대상 없이 연애를 연애하는 것과 마찬가지인 막연한 갈망처럼 자기도 역시 젊음을 연애하려는 한 사람이었는지도 모른다고, 석운은 자기의 그러한 인생의 위기를 모면하려고 발버둥치기 시작하였다.

「영림은 안된다!」

고영림은 무섭다. 고영림의 의욕에는 피를 보고야 말고도의 정열이 숨어있는 것 같았다. 인제 새삼스럽게 뿌리 깊은 가정을 파괴하면서 까지 연애를 하려는 생각은 석운에게 없었다. 동경은 있지만 의욕은 없다.

「젊음의 냄새! 연애의 냄새!」

자기에게 절실히 필요한 것은 다만 그런 것들의 냄새

일 뿐이라고, 이 즈음에 와서는 고영림이가 찾아와 주지 않기를 바라는 강석운의 심정이었다.

그러한 심정으로 강석운은 오늘 저녁 전차에서 한길가의 고영림을 발견했던 것이며 놀라움에 가까운 반가움 끝에 평온과 무관심의 표정을 의식적으로 지어 보였던 것이다.

그러나 석운의 노력과는 정반대로 출판기념회에서나 젊은 시인과의 술추렴의 자리에서나 그는 쭉 고영림을 생각하고 있었고 영림과의 동반자인 젊은 청년의 위치를 생각하고 있었다.

그러다가 취기가 거나해지면서 부터 고영림에게 향하는 그리움이 차차 구체적인 촛점을 잃고 막연한 청춘에의 향수로 번지어 갔다.

『젊음의 냄새를 다오! 연애의 냄새를 다오!』

고영림이가 소공동 출판기념회장 앞에서 강석운의 참석 여부를 젊은이에게 묻고 있을 무렵, 석운은 맞은 편 중국대사관 골목을 건너면서 그렇게 중얼거리고 있었다.

영림이가 만일 전차 길로 되돌아 나왔던들 강석운의 휘청거리는 모습을 혹시 붙잡았을런지 몰랐다. 그러나 영림은 고독이 쥐어 짜버린 허전한 마음으로 고달픈 별을 쳐다보며 어두운 길을 시청 쪽으로 걸어갔다. 강선생을 만나게 하여 주지 않는 운명을 도리어 감사히 생각하면서 걸었다. 나무라면서도 걸었다.

명동 입구를 지날 무렵, 석운은 저만큼 앞서서 걸어가는 남녀 한 쌍의 뒷모습을 취안으로 바라보며 소설적인 공상을 감미롭게 하여 보다가

「혹시 영림일런지도 몰라……」

아까 본 영림이도 남자와 동반이었다. 취중이기에 무섭기는 커녕 반가움이 앞장을 섰다.

을지로 입구에서 남자가 택시를 타고 시청 쪽으로 사라질 무렵, 석운은 이미 혼자 남은 젊은 여자의 등 뒤까지 걸어오고 있었다.

「아니야! 딴 여자다.」

헵번 머리였다. 여자의 뒤로 횡단 도로를 건너서는데 헵번 머리가 힐끔 뒤를 돌아다 보다가,

「어마, 강선생님이 아니세요?」

여자는 멈칫 섰다. 반가와 하는 얼굴이었다. 젊은 얼굴이었다. 야실야실 예쁜 얼굴이기도 했다.

「아, 난 또 누구라고? 애리양이 아닌가!」

16. 밤의 浪漫[낭만]

「선생님, 정말 오랫만이예요!」

애리는 바싹 석운의 앞으로 다가섰다.

「아, 참 오랫만이군!」

젊음에의 향수에 그윽히 젖어 있던 강석운의 이끼긴 감정 앞에 이슬 맺힌 신록처럼 젊은 얼굴이 반가운 웃음 한 송이를 야드르르 꽃피우고 있었다.

「선생님, 악수!」

애리는 서슴치 않고 손을 내밀었다. 석운도 서슴치 않고 애리의 손을 잡았다. 나룻나룻한 애리의 네 손가락이 석운의 손바닥 속에서 힘을 주어 왔다.

「두 번째의 악수예요.」

표정과 꼭 같이 감회 깊은 애리의 말이었다.

「참, 그렇군! 지금 몇 학년인가? 졸업반?」

「아니에요. 그런 일이 있은 후 곧 학교를 그만 뒀어요.」

「그래? 그럼 지금은?」

석운은 애리의 유달리 눈에 뜨이는 모습을 아래 위로 훑어보았다.

「변했죠?」

「아, 약간……」

「천천히 말씀드리겠어요. 선생님 바쁘시지 않음 어디 잠깐……」

「아, 그럴까?」

「선생님, 약주 하셨네요.」

「아, 위스키와 배갈…… 독종들만 골라 가면서 마셨지. 목이 칼칼한걸.」

「그럼 제가 맥주 사 드리겠어요.」

「애리가 술을 해?」

「저도 지금 그 독종을 먹고 오는 길이예요.」

「허어, 애리가……」

「종로로 가요. 제가 잘 아는 집이 있어요.」

그래서 따라 나서는데

「선생님, 좀 취하셨나봐요.」

휘청거리고 강석운의 팔 하나를 애리는 꼈다.

「취하긴……」

자기를 소중히 여겨 주는 애리가 고마와 팔을 낀 채 어둑컴컴한 보도를 석운은 걸었다.

거리도 어둡고 취기도 있고 해서 통행인들의 시선이

과히 면구스럽지도 않았다. 자기를 버려두고 저만큼 도망을 치려는 청춘을 붙잡아 온 것 같은 느낌이 갑자기 왔다. 팔꿈치 언저리에 젊음에의 향수와 연애의 냄새 같은 것이 암향(暗香)인 양 그윽했다.

「저는 그 동안 쭉 선생님의 말씀 한 마디를 믿고 살아왔어요. 무서운 번민이 마음을 쑤실 때, 저는 늘 선생님을 생각했어요.」

「음……」

연인들처럼 두 사람은 팔을 끼고 걸었고 연인들처럼 주고 받는 대화에 감정이 사무쳤다.

연애의 냄새를 파는 여인과 연애의 냄새를 그리워하는 사나이에게 침묵이 흘렀다. 보도를 아로새기는 둘의 구두 소리가 제법 그 어느 불란서 영화의 한 장면처럼 구슬프다고 느껴야만 했다.

고독을 안고 남몰래 울던 애리에게 연애의 환각이 왔다. 청춘의 막바지에서 젊음을 향수하던 작가 강석운은 감정의 표백을 하고 있었다.

어두운 거리다. 침묵은 말처럼 추억을 불렀다.

「애리, 아직 결혼 안 했어?」

「아뇨.」

「왜?」

「사상이 불온해서 모두들 싫대요.」

「사상이 불온하다? 무슨 소린데?」

「불량하다고…… 아프레걸이라고…… 연애의 냄새를 팔아 먹고 산다고……」

「연애의 냄새를 판다?」

「선생님, 사실 테에요?」

「응?」

석운은 놀라며 애리를 힐끔 돌아다보았다.

애리는 조용히 웃고 있었다. 모나리자의 후예처럼 알지 못할 미소였다.

「연애의 냄새를 나더러 사라고……」

언뜻 돌린 시선 앞에 모나리자는 그냥 조용히 웃고 있었다.

「선생님에게는 특별히 무료로 제공해도 좋아요.」

「무슨 말인지 통 모르겠는 걸. 모나리자의 미소와 같이 신비로운 말이야」

「선생님은 제 비밀을 알고 계시는 분이니까……」

「아, 비밀…… 역시 마음을 쓰고 있는 모양이로군.」

「가로등은 추억인가! 그날 밤도 어두운 거리에 가로

등이 졸고 있었죠.」

애리답지 않는 시심(詩心)이 애리에게 왔다.

「보슬비 내리던 어두운 밤 거리…… 선생님은 제 손을 힘차게 쥐어 주시며…… 굳세게 살라고 말씀해 주셨죠.」

이년 전 어떤 봄 밤에 있었던 추억이었다. 많은 추억은 아니었으나 깊이를 지닌 추억이었다.

어느 날 밤, 강석운은 종로 삼가 뒷골목에 있는 K산부인과 원장을 방문하였다. 원장은 강석운의 중학 동창이었다. 강석운이 진찰실 안으로 들어섰을 때, 학생인 듯싶은 젊은 여자 하나가 원장과 마주 앉아서 조용히 울고 있었다.

「아, 강군, 마침 잘 나타났네. 이런 문제는 암만해도 자네의 분야같은데……」

원장은 그러면서 울고 있는 학생에게 강석운을 소개하고, 신뢰할 수 있는 분이니 좋은 의견을 듣기로 하자고 했다. 학생도 강석운의 이름을 잘 알고 있는 독자였기 때문에 일종의 신뢰감과 친근감을 가지고 인사를 했다.

원장의 이야기를 들어보니, 학생은 모대학 미술과 이학년, 집은 청진동인데 어머니는 기생 출신, 다섯 번째의 계부와 동거를 하는 중 사흘 전 계부는 가족들이 없는 틈을 타서 사이다에 수면제를 적당히 섞어 가지고 학생에게 먹였다고 했다.

그런 줄은 꿈에도 모르는 학생이 사이다 한 병을 거진 다 먹고 깊이 잠들어 있는 사이에 겁탈을 당했다고 했다. 놀라서 눈을 떴을 때는 이미 온전한 몸이 아니었다. 학생은 계부의 얼굴에다 재떨이를 뒤집어 엎고 미친 듯이 집을 뛰쳐 나왔다.

어두운 골목, 어두운 거리, 어두운 사바, 어두운 영혼…… 절망과 암흑의 오열은 밤거리를 뒤흔들었고…… 동대문 밖 동무의 집으로 가서 이틀 밤을 자고 난 애리에게 생각도 하지 못했던 공포 하나가 회오리바람처럼 왔다.

『임신을 하면 어떡하나?』

그래서 K산부인과를 찾은 애리였다.

『강군, 이건 분명히 자네의 영역이네. 나로서는 이 학생을 위로할 도리가 없네. 학생의 정조는 분명히 겁탈을 당했으니까……』

강석운은 오랜 침묵 끝에 열성을 가지고 애리에게 말했다.

『학생, 실컷 우시요. 그러나 울음만 가지고는 학생의 불행을 구할 수는 없는 것이요. 이윽고 울음이 그치는 순간, 학생을 구할 수 있는 사람은 오직 하나 학생 자신이라는 것을 깨닫게 될 거요.』

『선생님, 무슨 말씀이세요? 저는 비교적 눈물이 적은 사람이예요.』

구세주나 만난 것처럼 애리는 석운을 쳐다보며 좀 더 명확한 말을 듣고자 했다.

『눈물이 적다는 것은 학생에게 있어서는 불행 중 다행이요.』

『선생님, 저는 독심을 먹으면 어느 정도 제 자신을 지배할 수가 있어요. 그렇지만 제게는 이제 그 누구에게도 떳떳이 바칠 수 있는 정조는 없어지고 말았어요.』

『아니요! 학생에게는 아직도 떳떳한 정조가 있오!』

『옛?』

『지나간 시대에는 육체적 처녀성을 가지고 곧 정조라고 보아 왔지요. 그렇지만 오늘 이 시대에서는 그렇지 않소. 정신적인 협력이 없는…… 영혼의 가담이 없는 불가항력이 학생에게서 빼앗아 간 것은 학생의 정조가 아니고 다만 한낱 과학적인 처녀성일 따름이요. 정조와 육체의 처녀성을 혼동하지 않는 사고 방법만이 이 불행으로 부터 학생을 구할 것이요.」

애리는 영리한 사냥개처럼 한참 동안 귀를 가만히 기울이고 있다가 이윽고 명확한 어조로 대답하였다.

「저도 그렇게 생각해요! 선생님, 감사합니다!」

밤이 이슥해서 강석운은 병원을 나섰다. 애리도 따라 나섰다.

봄비가 보슬보슬 내리는 밤이었다. 돈화문 앞 넓은 길을 전찻길로 걸어 나가면서 석운은 여러 가지로 애리를 격려하고 타일렀다. 여기서 마음이 꺾이면 앞날을 그르치기가 쉽다고 제 일처럼 석운은 걱정해 주었다.

보슬비 속에서 가로등이 가다가 하나씩 졸고 있었다. 달무리처럼 번져진 가로등 주변에 빗방울이 은실같이 나부끼고 있었다.

누가 보면 애인같이 둘이는 걸었다. 둘이가 다 코트의 깃을 세우고 조용히 걸었다. 애리는 고개를 수그리고 걸었다.

「선생님, 감사합니다!」

전찻길로 나서서 작별의 인사를 애리는 정중히 했다.

「애리양, 굳세게 살아야 해요. 슬픔에 젖는다는 것은

자위는 될런지 몰라도 전진(前進)은 아니오.」

「아, 처음 뵙는 선생님인데 이처럼 저를……」

애리는 또 울었다. 네 번이나 계부를 바꾸어 온 뜨내기 가정에서는 보지못한 다사로운 인간애를 느끼고 애리는 우는 것이었다.

「선생님의 말씀을 꼭 믿고…… 이제 집에 돌아가서는 죽어도 울지 않겠읍니다.」

「좋은 말이야! 애리양은 총명해서 좋아! 자아, 굳세게 살기를 약속하는 의미에서 악수를 하고 헤어져요.」

「네.」

악수가 끝난 후, 애리는 종로 사가 쪽으로 성큼성큼 걸어가는 강석운의 뒷모습을 오랫동안 십자로 한 모퉁이에서 바라보고 서 있었다.

그리고는 오늘 밤 처음 보는 애리였다. 그러나 이년 전의 그 순진하던 애리는 이미 아니었다. 헵번 머리에 몬로 타이트, 술도 먹을 줄 알고 연애의 냄새도 팔 줄 안다는 애리로 변모를 한 것이다. 변모의 이유가 석운에게는 궁금했다.

「그 때와는 무척 달라졌죠?」

「웅, 대단히 달라졌는 걸!」

「그렇지만 그건 제 탓이 아니에요. 사나이들이 원하니까 연애 장수를 차려 놓은 것 뿐인데요.」

「사나이들이 원한다?」

「선생님, 시치미를 떼셔도 소용 없어요. 이년 동안 공부를 한 걸요.」

「허어!」

그러는데 애리의 팔꿈치가 콕 하고 석운의 옆구리를 찔러 왔다.

「선생님도 저와 이렇게 팔을 끼고 걷는 것, 나쁘지 않으시죠?」

「…………」

석운은 마음이 뜨끔해지며 팔을 빼려고 했다. 애리는 놓아 주지 않으며

「아니에요. 팔을 놓자는 게 아니고…… 나쁘냐 좋으냐? 솔직히 대답해 보시라는 말이에요.」

「그런 건 왜 갑자기 묻는 거야?」

석운은 대답을 회피하고 뚱딴지 같은 말을 했다.

「진정으로 알고 싶어서 그래요. 이 세상에 단 한 사람이라도 싫다는 남자가 있는지 그게 알고 싶어요. 선생님도 지금 기분 나쁘지 않으시죠?」

「그래 나쁘지 않아.」

「좋죠?」

「좋아.」

「인제 알았어요. 이년 전에는 계부가 저를 왜 그렇게 했을까하고, 무척 의문이었어요. 근데 지금 와서 생각해 보니, 사나이들이란 모두가 다 짐승같은 계부와 어슷비슷 하다는 말이에요.」

「음……」

석운은 깊은 신음을 했다. 술이 갑자기 깨는 것 같았다.

「사나이들이 모두 다 그렇담 저는 또 저대로 살아 나갈 수밖에 없죠. 사내들이 저를 잡아 먹으려는데 가만히 앉아서 그들의 밥이 될 수는 없는 일 아녜요?」

「애리가 변모한 이유를 알 것 같애.」

「아, 저리로 들어가시죠.」

네거리를 건너 종로 뒷골목으로 둘이는 접어 들어갔다.

어머니의 친구가 경영한다는 비어 홀 한 구석에서 애리는 자기도 마시고 석운에게도 쪽기를 권했다. 전작이 있는 터라, 취기는 그냥 돌기만 했다.

「그 동안 선생님을 한 번 찾아 뵙고 싶었지만 생활의

틀이 잡히지 않아서 그만……」

추억과 현실이 얼버무려진 표정으로

「그 때는 정말, 선생님의 친절이 눈물겨웠어요.」

「나도 가끔 애리양이 그후 어떻게 됐을까 하고 궁금했었지. 그래 지금은?」

「직업여성 이예요.」

「무슨 직업인데?」

「근사하죠. 술장사네 집 선전부장이예요.」

「술장사?」

「왜 신문에 늘 광고 나잖아요? 「여자는 양귀비, 술은 백부용」 이라고…… 그 회사에 있어요.」

「허어, 계부에 대한 복수심에서, 남자들을 모조리 술과 연애의 냄새로 때려 눕힐 셈이로군!」

「호호호……」

「하하하……」

둘이는 차차 더 취기가 돌아만 갔다.

「실은 그래서 선생님에게 술을 자꾸만 권하는 거예요. 선생님 정신을 똑똑히 차리셔야지.」

「음, 사실 취했어!」

「술이 취해야만 남자들은 연애 냄새를 잘 사 주니

까……」

그러면서 애리는 야들야들하게 웃었다.

「참 변했는 걸! 이년 동안에 그 처럼 변할 수가 있을까?」

「사람이란 변하려면 하루 아침에도 변할 수가 있을 것 같아요. 헌데 선생님!」

애리는 갑자기 조금 엄숙해지며

「선생님 말씀대로 저는 저 자신을 정신적인 정조의 소유자라고 믿고 살아왔어요. 그래서 남에게 뿐만 아니라, 제 자신도 저를 정신적인 처녀로 치부를 하고 있어요.」

「그래야지. 그렇지 않으면 비뚜루 가!」

「그런데 선생님, 요즈음에 와서는 그러한 신념이 자꾸만 허물어져 가요. 나는 처녀가 아니다. 나는 이미 정조를 잃어 버렸다. …… 그렇게만 생각이 들어서 자신이 차차 없어져가요. 결혼할 생각도 가끔 해 보지만 자꾸만 무서워요. 그러다가는 괴로움에 지쳐서 혼자서 울지요. 낮에는 처녀로서 뻗대지만요.」

「그래선 안되겠는 걸!」

그러나 이 한 마디는 단순한 인삿말임을 석운은 순간

느꼈다.

아까 애리를 만난 순간부터 석운은 처녀가 아닌 애리로서 저도 모르는 사이에 치부를 하고 있었기 때문이다. 그래서 취기도 취기지마는 팔을 끼는 애리를 석운의 감각은 확실히 허술하게 대하고 있었다. 나는 너의 비밀을 안다고, 고의적은 아니지마는 강석운의 피부는 그렇게 속삭이고 있었던 것 같았다.

「선생님, 바른 말씀 좀 해주세요. 선생님도 저를 처녀와 꼭 같은 감정으로 대할 수는 없으시죠? 어딘가 허전한 여자로 보이시죠?」

「...........」

석운은 자신의 감각을 속이기가 싫어서 대답을 하지 않았다.

「대답 안하셔도 이제 알았어요. 역시 제 생각과 마찬가지예요. 역시 저는 불행할 수밖에 없어요. 저는 이제 그 누구도 사랑하지 않을 작정이예요. 결혼은 해도 무방하지만요.」

「그렇다고 사랑하지 말라는 법은 없지 않은가?」

「처녀로서의 사랑 말이예요. 이제부터는 이애리가 미망인의 렛델을 붙이고 다닐 테예요.」

그러면서 애리는 딱 식탁에 엎디어 흐느껴 울기 시작하였다.

　울고 있는 애리의 어깨 위에 파도가 인다. 석운의 취안이 그것을 물끄러미 바라보며 불행한 여자라고, 동정을 하고 있었다.

　처녀성의 상실이 이처럼 한 여성의 영혼을 외롭게 하고 비굴하게 만드는 것인가 하고, 그것의 존귀함을 새삼스럽게 석운은 배우고 있는 것 같았다.

　석운은 애리의 어깨를 가만히 흔들며

　『자아, 인제 그만 울고…… 취하면 감정이 부풀어 오르니까, 이제 돌아가요.』

　『선생님, 감사해요. 그렇지만……』

　애리는 얼굴을 들고 눈물을 닦아 내며

　『아무리 독심을 먹어도 감정이 자꾸만 비굴해지는 걸요. 그래서 기승을 부려가며 뻗대 보지만……』

　애리는 일어서서 제 손으로 계산을 치르고 밖으로 나왔다.

　『그 계부는 지금도 같이 있나?』

　『어디가요. 그런 일이 있은 후, 어머니한테 쫓겨났지요.』

『나쁜 놈이야!』

『사내들은 다 나빠요. 그렇지만 선생님만은 안 그러실 거예요.』

애리는 그러면서 석운의 팔을 끼고 캄캄한 골목을 걸어 나왔다.

『글쎄, 나도 나쁜 놈인지 모르지!』

자조하듯이 석운은 말했다.

『요즈음 며칠은 못 읽었지만, 선생님의 「유혹의 강」을 읽어 봄 그런 생각이 더 한층 절실해져요. 선생님, 왜 그런 소설을 쓰세요? 이전 작품들은 안 그랬었는데……』

석운은 대답을 하지 않고

『자아, 이제 헤어지지. 청진동이랬지?』

한길로 나서면서 석운은 애리의 팔을 놓으려 했다.

『아냐요. 삼가까지만 모셔다 드리겠어요. 이년 전 선생님과 헤어진 지점까지……』

그래서 팔을 낀 채 둘이는 또 걸었다. 묵묵히 걸었다.

『누가 보면 연인들 같겠죠?』

얼마만에 애리의 쓸쓸한 한 마디가 보도 위에 툭 하고 떨어졌다.

「애리는 고독하구만! 애리의 고독을 메꾸어 줄 사람이 빨리 나타나야겠는데……」

「없어요. 모두가 다 연인들같이 보여 주기만 했을 뿐이었어요. 무대에 올라선 배우들처럼 연애의 흉내만 냈을 뿐이예요.」

「연애의 흉내! 일종의 연애 유희였군!」

「유희도 제게는 아니었어요. 유희는 유희로서의 가치가 있을 테니까요.

말하자면 일종의 모의연애(模擬戀愛)……」

「모의연애!」

「마음은 고독하고 행동은 화려했지요. 제 모양, 오죽 화려해요? 제 행동 좀 명랑해요? 이렇게 남자들과 팔을 턱 끼고 걸어가면 누가 저를 초라한 마음의 소유자로 알겠어요?」

「음.」

어둑 어둑한 밤 거리가 애리의 한숨과 함께 감상에 젖어 있었다. 낭만을 찾기에는 방랑하는 애리의 영혼의 독백이 지나치게 구슬프다.

「선생님, 여기서 헤어졌지요?」

삼가 한 모퉁이에서 애리는 말했다.

「자아, 오늘도 또 여기서 헤어지지.」

「병원 앞까지만 더 걸어 주세요. 시주를 하시는 셈 치시고……」

「그러지.」

돈화문을 향하여 둘이는 또 걸어 들어갔다.

애리의 소원이 지나치게 처량하다. 이처럼 화려한 모습의 애리가 그처럼 초라한 영혼의 소유자일 줄은 정말 몰랐다.

「돈화문 앞까지만 모셔다 드리겠어요.」

병원 앞을 그대로 지나치며 애리는 또 말했다.

「그럼 그러지.」

「누가 보면 연인들 같겠죠?」

아까 한 말을 애리는 또 되풀이했다. 취기와 고독이 애리의 기억을 몽롱하게 만들고 있는 것일까?

「연인들처럼 걷는 것, 선생님 싫으세요?」

「싫긴……」

「이것도 일종의 모의연애죠.」

「음, 모의연애.」

「선생님의 영혼을 제가 차지하지 못하고 있으니까 그렇게 될 수밖에……」

저도 모르는 사이에 석운은 애리가 뿌리는 일종의 서글픈 분위기 속으로 한 발 한 발 끌려 들어가고 있었다.

애리의 감상이 석운에게는 한 줄기 낭만으로 변모해 가고 있었다. 작중의 인물처럼, 스크린의 주인공처럼 로맨틱한 심정이 취기와 함께 자꾸만 확대되어 가고 있었다.

정신적인 끄나불이나 동요는 희박했지만, 그리고 한낱 값싼 인연으로 맺어진 오늘 밤의 해후이기는 했지만 이러한 우연한 해후가 인간의 운명을 좌우하는 경우가 결코 적지 않음을 석운은 생각하고 있었다.

「선생님, 댁이 혜화동 몇 번지죠?」

애리는 생각난 듯이 물었다. 번지를 가르쳐 주었더니 애리는

「어떻게 됨 빠아나 땐스 홀을 차려 놓을런지 몰라요. 개점식 날 선생님을 모시겠어요. 꼭 와 주시죠?」

「빠아를?」

「아마 땐스 홀이 될 거예요. 초대장 보낼 테니 꼭 오셔야 해요.」

「애리양이 한다면 가겠지만…… 허어, 땐스 홀을……」

석운은 적지 않게 놀랐다.

『술 회사에서 선전이나 해 주는 것 보다야 얼마나 좋아요?』

『자본이 많이 들 텐데……』

『그 점은 걱정 없어요. 우리 회사 전무님이 뒷받침을 해 준다니까요.』

『무슨 회사지?』

『한성양조라고, 노량진에 있어요.』

『아, 한성양조? 그럼 저 고종국씨가 사장인?』

『어마, 고사장을 아세요?』

『알지, 정능 바로 내 가친과 옆 집에 살고 있으니까……』

『어쩌면…… 고전무는 바로 그 고사장의 아드님인 걸요. 나를 못 쓰게 넘어뜨린 계부와 어슷비슷한 인간이죠.』

『음, 그렇다면 뒷받침을 해 주는데는 그만한 요구 조건이 있을 게 아닌가?』

『요구 조건이라야 뻔하죠.』

『그래 그런 점을 다 인정하고 들어가는 건가?』

『인정하는 척하면 되잖아요?』

「위험한 걸!」

「위험이라야 별 것 있겠어요? 먹고 살아야 할 판인데……」

「그렇지만 그 쯤 되면 연애의 냄새만 가지고는 잘 안 될 걸.」

「그 점은 염려 없어요! 정신을 똑똑히 차리고 사이다만 조심해서 먹음 돼요. 호호호……」

애리는 웃었다. 웃다가 갑자기 웃음을 삼키며

「참, 선생님 그럼 영림이도 아시겠네요.」

「응? 영림이?」

저도 모르게 충격을 지닌 한 마디가 튀어 나왔다.

「어마, 어쩌면 영림이도 아시네요. 영림인 제 중학 동창인데요.」

「아니, 고영림이가 바로 그 고종국씨의 따님이야?」

「그런 것도 모르고, 그럼 어떻게 영림이를 아세요?」

「아, 그저…… 어떻게 알게 됐어.」

「선생님, 수상해요. 약간……」

애리의 육감은 지독히 빠르다.

「아니, 그런 건 아니고…… 문학을 좋아하는 학생인데……」

『여학생 시절부터 선생님 숭배자였어요. 옳아! 알았어요. 인제 대강 윤곽은 알았어요.』

애리는 제멋대로 생각을 하고 제멋대로 수긍하는 바가 있었다.

『그래 그 영림이와 늘 만나는가?』

『궁금하신 모양이니 알으켜 드리겠어요.』

『아니, 그런 건 아니고……』

『글쎄 가만 계셔요. 오늘 저녁 무렵에도 전화로 만나 봤지요. 미스터 송과 결혼을 한다더군요.』

영림이와 강선생이 어떠한 사이인지는 자세히 몰라도 앞질러 가면서 애리는 침을 놓았다.

자기가 강선생을 사모하고 있는 것도 아니지마는 공연히 그저 그 한 마디를 해 놓고 싶었던 것이다. 그것은 질투라기보다도 차라리 고독의 발악인지도 모른다.

『미스터 송? 누군데?』

『송준오라고, 왜 영림이 때문에 독약을 마셨던 싱겁둥이 있잖아요?』

『아, 바로 그 청년과……』

「칸나의 의욕」 속에 그런 대목이 씌어 있던 생각을 석운은 했다. 동시에 아까 을지로 네거리에서 본 영림의 동반자를 생각했다. 그래서 영림이가 자기를 찾아 주지 않았는지 모른다고 석운은 무슨 자기의 애인이라도 빼앗긴 사람처럼 서운한 생각이 불쑥 들어

「아, 결혼을 하는군!」

조심성 없는 한 마디가 감정을 머금고 흘러 나왔다.

「선생님, 어지간히 낙망을 하시는 모양인데……」

애리는 애리대로 또 갑자기 쓸쓸해졌다.

「낙망은 누가……」

「그만함 다 알아요.」

송준오도 그렇고 강선생도 그렇고, 고전무나 고사장, 그 밖의 모든 남자들이 자기에게서 바라는 것은 오직 육체의 냄새일 뿐, 영혼의 향기는 아닌 듯 싶어 애리는 다시금 어둡고 깊은 절망의 구렁텅이 속으로 찾아드는 것 같은 서글픔이 자꾸만 복받쳐 오르고 있었다.

애리는 이제 더 말을 꺼내지 않았다.

가로등이 번진다. 눈물이 되살아 나오는 시야 속에서 어릿어릿 가로등이 자꾸만 번지어갔다.

「애리, 왜 갑자기 말이 없어?」

돌아다보니 애리는 조용히 울고 있었다.

「애리는 술이 좀 취했어. 자아, 이제 여기서 헤어져요.

집으로 가서 한잠 폭 자고 나면 설움도 거뜬히 가실 거야.」

「원남동까지 모시겠어요.」

눈물을 닦아 내며 애리는 가만히 말했다.

「그럴 필요는 없는데…… 집이 자꾸만 멀어지지 않아?」

「선생님, 저와 같이 걷는 것이 싫으세요?」

애리는 우뚝 걸음을 멈추었다.

「양공주 같아서 싫으심 전 돌아가겠어요.」

「아니야. 무슨 그런 말을 애리는…… 자아, 그럼 원남동까지 같이 가요.」

애리의 감정을 건드린 것 같아서 석운은 풀어져 가는 애리의 팔을 잡아당겨 좀더 탐탁히 꼈다.

별들이 옹기종기 돋아난 훤한 하늘을 배경으로 하고 시꺼먼 굴다리가 머리 위에 가로 놓여 있었다.

「선생님까지 저를 탐탁하게 알아 주시지 않는군요. 허술한 인생! 허술한 정조!」

그러다가 애리는 불현 듯 걸음을 멈추며 석운의 품 속에 얼굴을 묻고 격렬히 흐느껴 울기 시작하였다.

「왜 그런 말을 애리는 하나? 누가 애리를 허술히 생각했다는 거야?」

「선생님만은 제 초라한 마음을 알아 주실 줄로 믿고 있었지만……」

「아니야, 애리는 너무 자학(自虐)이 지나쳐. 낡은 정조관을 버려요. 애리에게는 아직 깨끗한 영혼의 정조가 깃들어 있는 걸!」

석운은 애리가 가엾어 흐느끼는 어깨를 어루만져 주고 나서 애리를 부축하듯이 하며 다시금 긴 돌담 밑을 걷기 시작하였다.

「그건 거짓말이예요. 거짓말이지만 감사히는 생각해요.」

그러다가 애리는 석운을 쳐다보며

「선생님, 제 비밀, 영림이에게 이야기하심 안돼요! 전 죽어 버릴 테예요!」

「그런 말을 뭣하러 할까?」

원남동에서 석운은 택시 두 대를 잡았다.

「이 후에라도 제 힘에 겨우는 일이 있을 때…… 못 견디게 쓸쓸하고 허전할 때는 선생님을 찾아 뵙고 힘을 빌리겠어요.」

「좋아요, 언제든지 찾아 오면 같이 생각하고 같이 울

어 줄 테야, 잘 가요.」

「선생님 안녕히……」

악수를 하고 차는 떠났다. 하나는 창경원 쪽으로 하나는 돈화문 쪽으로 캄캄한 길 위에 각기 두 줄기 헷트라이트가 뻗어 가고 있었다.

모두가 다 자기다운 따뜻한 보금자리로 찾아 들어가는데……

「애리에게만 그것이 없다!」

쿠션에 우두커니 앉아서 아귀들이 득실거리는 소굴을 애리는 또 찾아 들어가야만 하는 것이었다.

집으로 돌아와 보니 송준오가 찾아왔더라는 말을 어머니는 했다.

「그가 왜 찾아왔을까……」

일루의 희망 같은 것이 갑자기 애리에게 왔다.

17. 不幸[불행]한 밤

그보다 얼마 전, 무교동 중국 요정 이층에서 고영해와 유현자는 마주 앉아 있었다.

음식에는 손 하나 대지 않는 유현자 앞에서 고영해는 제 손으로 맥주를 따라 마시며 의외라는 듯이 유현자의 이야기를 가만히 듣고 있었다.

「저는 전무님이 정말로 저를 사랑해 주시는 줄로만 믿고 있었어요. 그렇지만 여러 가지 모로 따져 보아서 제게 대한 전무님의 호의가 암만해도 일시적인 장난 같이만 생각키워요.」

「그게 무슨 말이야, 현자? 내가 현자를 어떻게나 소중히 하고 귀애하는지, 그걸 현자는 통 모르고 하는 말이야.」

고영해는 펄쩍 뛰어 보이며 의외라는 표정을 크게 지었다.

「말씀만은 감사히 생각해요. 그렇지만 저는 곰곰히 생각해 봤어요. 전무님에게는 사모님이 계시고…… 또 애리도 있지요.」

「애리라고? 그건 오해야! 애리는 비서니까 하는 수 없이 데리고 다니는 것 아닌가!」

유현자는 한참 동안 고개를 수그리고 있다가

「저는 아직 세상을 잘 몰라요. 그래서 처음에는 전무님의 호의를 정말로 참된 애정으로만 생각하고 기뻤어요. 그렇지만 저번 날 밤, 여기서 전무님을 뵈었을 때, 전무님이 제게서 요구하는 것이 제 애정이 아니고⋯⋯」

유현자는 뒷말을 잇지 못하고 입을 다물었다. 부끄럼이 앞장을 서서 견딜 수 없다. 하마터면 남성들의 야욕과 애정을 혼동할 뻔 했던 저번 날 밤을 생각하며 무사히 봉변을 면할 수 있었던 자기 자신을 유현자는 천행으로 생각하는 것이었다.

「그럼 현자는 그런 것이 사랑이 아니면 뭘 가지고 사랑이라고 보는가 말이야. 남녀의 사랑이란 결국 다 그런 거야.」

철색 피부에 도톰도톰한 유현자의 모습이 새하얀 얼굴의 애리보다도 한층 더 고영해의 애욕을 도발하고 있었다. 사실 말이지, 애리의 개방적인 애욕의 도발보다도 유현자의 부끄럼을 타는 발가우리한 철색 피부에 고영해는 좀 더 격렬한 끌리움을 느끼고 있었다.

「그렇지만 제가 생각하던 것은 그런 것이 아니었어요. 좀 더 깊고 좀 더 긴 애정을 생각하고 있었어요.」

그러면서 유현자는 핸드백을 열고 흰 사각 봉투 하나를 꺼내 고영해 앞으로 가만히 밀어 놓았다.

「응? 이게 뭐야?」

술잔을 탁 내려놓고 고영해는 봉투 속을 들여다 보았다.

저번 날 밤, 유현자의 조용한 항거로 말미암아 실패한 직후, 고영해가 몰래 유현자의 백 속에다 넣어 준 바로 그 봉투였다. 봉투 속에는 십만환 짜리 수표 한 장과 조그만 종이 조각 하나가 들어 있었다.

《나의 사랑하는 현자! 그걸로 멋진 양복 한벌 해 입고 날마다 내 눈을 화려하게 해 주어요.》

종이 조각에는 그렇게 씌어 있었다. 미리 써 가지고 온 봉투를 실패 직후에 넣어 준데는 고영해의 치밀한 계산이 숨어 있었던 것이다.

고영해는 수표와 유현자의 멋진 크림색 후레아를 번갈아 바라보면서

「아니, 어떻게 된 노릇이야? 그 양복은?」

푸루죽죽하던 유현자의 원피이스가 지금 입고 있는 크림색 후레아로 변하고 구두와 퍼머머리가 갑자기 환해진 것이 바로 그런 일이 있은지 며칠 후의 일이었기에 고영해는 내심 회심의 웃음을 지으면서 유현자가 감사의 뜻

을 표해 오기를 기다리고 있던 참이었다.

「현자, 어찌 된 셈이야?」

그러면서 고영해는 수표를 한 번 더 들여다 보았다. 분명히 고영해 자신의 수표가 아닌가.

「현자, 왜 이 수표를 쓰지 않았어?」

어리벙벙한 얼굴로 고영해는 다급하게 물어 왔다.

현자는 오랫동안 말을 하지 않고 고영해의 얼굴을 쓸쓸히 바라보며 미소를 지었다.

「집에 돌아가서야 이 봉투를 발견했어요. 그리고는 하루 밤새껏 울었어요.」

「왜 울어?」

「직업 여성들의 모습이 가엾고 처량해서 울었어요.」

「무슨 소린지, 난 정말 통 모르겠는걸!」

고영해는 순간, 유현자의 다음 말을 재빨리 눈치를 채고 얼버무렸다.

「자아, 쓸데없는 말 그만 하고 맥주나 한잔 들어요.」

하고 권해 오는 고영해의 술 잔을 가만히 밀어 놓으며

「제가 언제 술을 먹었나요?」

유현자는 얼굴을 붉히며

「전무님은…… 제가 얼마동안이라도 호의를 가졌던

전무님이기에 솔직하게 말씀 드리기로 하겠어요.」

「아, 그건 관계 없지만……」

「저는 하룻밤 울며 새우면서 곰곰히 생각해 보았어요. 회사를 계속해서 다니려면 그 철 늦은 퍼러무리한 양복을 벗어 버려야만 하겠다고 생각했어요. 그건 절대로 허영에서가 아니예요. 젊은 여자니까 허영도 다소는 있겠지만 그것보다도 옷이 남루하면 그만큼 유혹의 기회를 남성들에게 주는 것 같아요. 돈으로 살 수 있는 여자라는 인상을 남자들이 가질 것만 같아요. 전무님도 제 옷이 그처럼 초라하지만 않았던들 적어도 옷감 한 벌을 가지고 저의 일생에 관한 문제를 그처럼 손쉽게 처리해 보려는 생각은 못 가졌을 거예요.」

「원 그게…… 그게 무슨 당치 않은……」

붉으락 푸르락, 고영해의 표정은 칠면조처럼 변화가 풍부했다.

「그래서 이튿날, 집에 있는 돈을 털고 모자라는 건 친척을 동원시켜서 부랴부랴 지어 입은 것이 이거예요. 머리도 손질하고 구두도 갈아 신고…… 오늘 날, 직업 여성을 비롯하여 거리에 나다니는 여자들이 대개는 화려하지만…… 그렇다고 모두가 다 애리 같은 여자만은 아닐 거예요. 먹을 것을 못먹고도 입고 나서야만 하는 현실을 전무님도 조금은 알아 주셔야 하실 거예요.」

고영해는 이상 더 자기를 변호하려 들지 않았다. 그만한 학식의 발판이 있었기에 흑백을 가릴 줄도 또한 알고는 있는 것이다.

「옷차림으로써 사람을 다루어 보는 이 현실을 저는 그 때까지 모르고 있었어요. 그래서 저는 나이는 애리와 같지만 생각은 무척 어렸어요. 웃음을 팔고 사랑을 팔고, 그래서 차림새가 화려한 사람들도 물론 있을 거예요. 그렇지만 그런 사람은 눈에 잘 뜨일 뿐, 수는 극히 적을 거예요. 대부분은 생활을 위해서, 생존 경쟁을 위해서 옷차림을 하는 거예요. 허영도 있겠지만요.」

「현자, 미안해. 그런 걸 모르고 있던 것도 아니지만…… 그럼 이건 내가 도로 넣어 둘테야.」

「제발 넣어 두세요. 그리고 저 내일부터 회사를 그만두겠어요.」

「웅? 그건 안돼!」

고영해는 진심으로 유현자를 막았다.

「아냐요, 전무님의 장난이 너무 심해요. 제 손등에 도장을 찍고…… 사원들이 그걸 보았으면 저를 뭐로 생각하겠어요? 부끄러워서 얼굴을 들고 회사에 나갈 수가 없어요.」

「음, 그것도 역시 내가 실수했어.」

고영해는 자기의 과오를 명백히 인정하고 들어갔다.

「애리에게는 애리로서의 생활 태도가 있겠지만……저는 그렇게 까지 해서 생활을 위하고 싶지는 않아요.」

「현자는 참으로 좋은 말을 했어! 그렇지만 회사를 그만두는 것만은 단념해 줘. 나도 생각하는 바가 있으니까……」

「그럼 저는 먼저 실례하겠어요.」

할 이야기는 인제 다 했다. 이상 더 고전무와 마주 앉아 있다가는 또 무슨 봉변을 당할 것만 같아서 유현자는 얼른 몸을 일으켰다.

「현자는 나를 무서워 하는 모양이로군.」

고전무도 빙그레 웃으며 홀가분히 따라 일어섰다. 유현자가 이미 자기를 경계하고 있는 이상 뭐라고 지저분하게 늘어놓는 것은 도리어 싱거운 일임을 고영해는 안다.

「오늘은 고영해의 인격이 폭락인 걸! 그러나 내가 현자를 진심으로 사랑하고 있는 것만은 사실이야.」

밤 거리를 광화문 쪽으로 걸어 가면서 고영해는 탄식하듯이 중얼거렸다.

『그러나 나는 현자에게 대해서 양심의 부끄럼 같은 것은 하나도 없어. 다만 수표를 현자에게 준 것이 잘못이었어. 그러나……』

소그듬히 고개를 수그리고 걷는 유현자의 옆 얼굴을 힐끔 바라보고 나서

『그러나 나는 현자와 헤어지기 전에 꼭 한 마디만 말해 두고 싶은 것이 있어.』

『말씀하세요.』

『나는 이제 요정에서 현자의 꾸지람을 솔직하게 받아들였어.』

『아이, 꾸지람이라고……』

유현자는 다소 송구해졌다.

『그래서 일단은 현자에게 내 잘못을 빌었어. 그러나 이대로 헤어져 버리면 현자는 영원히 이 고영해라는 인간을 한 사람의 악인으로서 치부를 할거야. 그것이 두려워서 한 마디만 이야기해 두겠어. 사랑하는 사람에게서 악인이라는 말을 듣는 것처럼 가슴 아픈 일은 없을 테니까……』

유현자 하나 쯤 다루는 것은 고영해의 연륜과 학식으로서는 문제도 아니었다.

사실 유현자는 고전무의 이 한 마디를 듣는 순간, 자기가 약간 지나친 것 같은 생각도 들었고, 한 걸음 더 나가서는 고전무의 참된 사랑을 자기가 공연히 오해하고 있는 것이나 아닐까도 생각하였다.

「나는 지금 두 가지 점에서 현자한테 오해를 사고 있어. 하나는 현자에 대한 나의 사랑의 표현이 약간 다급했다는 것, 또 하나는 돈을 주었다는 것, 이 두 가지야.」

「⋯⋯⋯⋯⋯」

「그러나 그거야 말로 현자의 얼토당토 않은 오해야. 애정이 깊으면 깊을수록 당연히 오는 인간의 욕망을 현자는 아주 낡은 시대의 도덕관을 가지고 죄악시하는 거야. 그것은 결코 죄악이 아니고 애정의 봉오리가 활짝 피어나는 애정의 꽃이야. 온갖 애정의 봉오리는 결국에 가서는 꽃필 수밖에 다른 도리가 없다는 것을 알아야 할 것이 아닌가? 그것을 거부한다는 것은 결코 현자가 나라는 인간을 사랑하지 않는다는 증언 밖에는 안되니까⋯⋯ 그렇다면 그것은 어쩔 수 없는 일이지만⋯⋯」

「⋯⋯⋯⋯⋯」

『또 하나는 돈 문제…… 인간의 모든 애정은 결국 돈으로 환산될 수밖에 없다는, 말하자면 현대의 생리를 알아야 할 거야.』

『무슨 말씀이예요? 돈과 정조를 바꾼다는 뜻인가요?』

현자는 시선을 가만히 들며 물었다.

『그런 게 아니고…… 오늘날 돈이란 인간이 지불하는 귀중한 노력에 대한 댓가거든. 우리가 피와 땀을 흘려가면서 번 돈을 정 없는 데는 한 푼도 쓸 수가 없어. 사람이 죽었을 때의 부의금, 경사가 있을 때의 축의금, 사회의 기부금, 빈민에게의 동정금, 기타 인간의 온갖 정의를 표현하는 하나의 수단으로서 우리는 돈을 사용하는 거야. 우리가 흘린 피와 땀을 나눠 주는 거야. 말하자면 정을 나눠 주는 거야. 오늘의 돈은 물건을 사고 파는 수단으로서도 사용되고 있지만 인간의 순결한 애정을 표현하는 수단으로서도 사용되고 있다는 사실을 현자는 알아야 해요. 현자의 정조를 사려는 돈이 아니고, 현자에 향하는 이 안타까운 애정을 표현하고 싶었던 돈이었어!』

고영해는 현자의 어깨를 한 번 어루만져 주며

『오해하면 슬퍼요. 내 말 알아 듣겠어?』

고전무의 말을 들어 보니 그럴 성도 싶었다. 돈이 인정의 표현 수단이라는 말에는 유현자도 수긍할 수밖에 없었다.

「물건의 가치 뿐 아니라, 온갖 정신적 가치가 돈으로써 표시된다는 것이 현대의 생리거든. 돈이라고 하면 덮어 놓고 더러운 것으로 생각하는 위인들도 있는 것 같지만 천만에 피와 땀의 결정이 돈이니까 돈처럼 고귀한 것은 없다는 말이야. 사랑은 주는 것이야. 애인에게 주는 돈의 금액이 많으면 많을수록 그만큼 사랑이 깊다는 걸 증명하고 있는 거니까…… 현자, 오해하지 말아요!」

그러면서 현자의 어깨를 옆으로 한 번 꼭 꼈다가 놓아 주며

「자아, 이제 여기서 헤어져요.」

광화문 네거리였다. 현자는 효자동에서 산다.

「현자에게 오해를 산 돈이니까 오늘은 내가 도로 넣어두지만…… 그럼 어떡하나? 빚을 내서까지 사 입은 양복인데……」

「전무님의 말씀 잘 알아 듣겠어요. 그렇지만 갖고 가세요.」

「음, 역시 오해가 풀리지 않는 모양이로군! 하여튼

이제부터는 절대로 사원들 앞에서 무안을 주지 않을 테니 회사는 꼭 계속해 다녀야 해요.」

「정말이시죠?」

「정말이래도 그래!」

고영해는 걸음을 멈추고 유현자의 얼굴을 가만히 들여다 보았다. 기념비 옆 컴컴한 골목 어귀였다.

「현자, 내가 현자를 깊이 사랑한다면 현자는 어떡할 셈인가?」

「애리가 있는데…… 전무님은 애리 좋으시죠?」

「그런 양공주 같은 걸 누가……」

「그래도…… 암만 해두 전무님은 저를 희롱하는 것만 같애요.」

「또 그런 말을……」

고영해는 획 유현자를 끌어 안았다.

「정말 그러지 마세요. 사모님이…… 사모님이 알고 계시는데……」

유현자는 몸을 비비적거리며 고영해의 품 속에서 빠져나오려고 힘을 썼다.

「별거생활을 하고 있는지가 오랬어! 내일이라도 이혼해 버리면 그만 아니야?」

「그런…… 그런 말씀 하시면 안돼요! 아……」

고영해의 입술이 마침내 왔다. 볼을 무섭게 비벼 대던 입술이었다.

「정말 그러심 고함을 치겠어요!」

그 말에 고영해는 유현자를 탁 놓아 주며

「현자! 실례가 됐다면 용서해요! 그렇지만 오늘 밤 집으로 돌아가서 곰곰히 생각해 보면 알 거야. 오늘 밤부터 현자는 나를 영원히 잊지 못할 테니까…… 죽을 때까지 현자는 내 입술을 잊지는 못해!」

수수께끼와도 같이 신비로운 한 마디를 남겨 놓고 한 길로 도로 나와 택시 한 대를 고영해는 세워 놓고,

「자아, 현자, 타고 가요.」

「전무님이나 타고 가세요. 저는 전차를 탈 테예요.」

「또 쓸데 없는 말만……」

억지로 등을 밀어 차에 태우고 대금을 지불하면서 현자의 귀에다 입을 갖다 대고 속삭이었다.

「지금은 내 행동에 다소 무리가 있는 것같이 생각키울 거야. 그렇지만 며칠을 두고 곰곰히 생각하면 내 다사로운 애정에 현자는 감동할 거야.」

그러나 유현자는 아무 말도 없이 원망과 감사가 얼버

무려진 눈동자로 고영해를 한 번 바라보고 나서 이윽고 효자동 쪽으로 사라져 갔다.

『참으로 순진한 여성이다!』

다른 택시를 불러 타고 서대문을 향하여 달리면서 고영해는 양심의 가책같은 것을 다소간 느끼고 있었다. 애리에게서는 단 한 번도 느껴보지 못한 가책이었다.

그러나 다음 순간, 유현자와 아내 한혜련을 바꾸어 볼 생각을 불현 듯 해 보며 그 거추장스런 양심의 가책을 무마하기 시작하였다.

『어쨌든 오늘은 재수 없는 밤이 되고 말았다.』

아까는 애리의 그 창부처럼 서글픈 모습에서 양심의 흔들림을 느꼈고 이제와서는 또 다시 유현자의 입술 한 번 빼앗은 행동에서 그것을 다시금 느꼈다.

『이 양심의 소리들을 철저히 때려 눕히지 않는 이상 나에게는 완전 무결한 행복은 오지 않을 것이다!』

『참으로 불유쾌한, 재수 없는 밤이다!』

이처럼 유쾌치 못한 밤을 고영해는 때때로 맞이하는 것이다.

생각과 행동에 통일이 있어야만 인간은 만족한 행복을 누릴 수 있을 텐데 소위 양심이라는 이름으로 불리워지는 거추장스런 것이 가끔 머리를 들고 반항을 하는 데는 정말 질색이다. 생각은 분열되고 행동은 둔해진다. 다리를 잘리운 도마뱀처럼 행복한 의욕은 팔딱거리기만 했지 전진이 없다.

참으로 불쾌한 노릇이다. 양심이란 완강한 적을 철저하게 무찔러 버리기 전에는 불쾌한 일생을 살아 나갈 수밖에 없는 것이라고, 과거 자기에게 양심의 소재를 깨우쳐 준 온갖 교양을 진심으로 증오하고 있는 것이다. 그러한 불쾌한 감정을 한 아름 품은 채 고영해가 아현동 집으로 돌아갔을 때, 어머니는 안방에서 이미 자리에 들어 있었다. 영림을 만나 보기 위해서 건넌방 문을 열고 들어갔다.

그러나 영림은 보이지 않았다. 미닫이를 열고 다음 방인 양실로 들어가 보았으나 테이블 위에 무슨 원고가 한 뭉치 놓여 있을 뿐 영림은 없다.

『색시, 영림은 어디 갔오?』

부엌에서 덜거럭거리는 식모 덕순이를 향하여 소리를 쳤다.

『삼청동 댁에 가신다고 아까 전화가 왔읍니다. 거기서 주무시고 오신대나봐요. 내일은 일요일이라고……』

「이야기가 있다기에 만나 볼까 했더니만……」

그러면서 고영해는 무심 중 테이블 위로 손을 뻗쳐 원고를 뒤적거리다가

「뭐야? 「칸나의 저항」?」

원고를 쓴답시고 밤을 새우곤 하는 영림을 생각하며 고영해는 피곤한 몸을 털썩 의자에 주저 앉았다.

「계집애가 건방져 가는 건 모두가 이 문학인지 뭔지 하는 것 때문이야. 뭐 강석운 선생을 만났다구?」

고영해는 뭔지 모르게 일종 불길한 예감을 불현 듯 느끼며 이번에는 좀 더 자세히 원고를 뒤적거리기 시작하였다.

「뭐, 한혜련?」

아내의 이름이 무심 중 눈에 띄었다. 그 대목을 고영해는 읽어본다.

《강선생님을 뵈러 가는 동기부터가 칸나는 불순했는지 모른다. 올케 한혜련의 이십 년에 걸친 숨은 연정이 눈물겨워서 였던가? 칸나여, 솔직하자. 자기 답지 않은 영웅심은 결국 칸나의 귀중한 인간성을 그르칠 따름이다.》

『이십 년에 걸친 숨은 연정?』

영림을 상대로 했던 불길한 예감이 회오리바람처럼 휙 하고 아내에게로 번지어 갔다.

여기서 고영해는 맨 처음부터 다시금 원고를 찬찬히 읽어볼 수밖에 없는 그 어떤 다급한 심정의 노예가 되어 백매를 훨씬 넘어선 「칸나의 저항」을 끝까지 읽고 났을 때는 이미 자정이 넘은 무렵이었다.

원고를 읽어 나가는 동안 고영해는 때때로 이상 야릇한 신음 소리를 냈다.

돌구름 강석운에게 대한 미스 헬렌의 숨은 연정이 순서 있게 기록되어 있지는 않았지마는 그날 고영림이가 혜련과 헤어져서 강석운을 만나러 간 심리적 경위에서부터 강석운으로 하여금 미스 헬렌에 대한 기억을 소생시키기 위하여 이야기한 십 구년 전의 원산 해수욕장 봉선화의 서글픈 전설, 죽은 후에 꽃다발을 들고 무덤을 찾아가는 것 보다는 죽기 전에 한 번 만나 보아달라는 이야기 등등……강석운에 대한 고영림의 불타는 정열과 아울러 아내 혜련의 기라처럼 아름답고도 서글픈 연모의 정을 고영해는 숨가쁘게 읽어 내려갔다.

『이게 도대체 어찌 된 일인가?』

사리를 가려서 따져 볼 여유도 없이 폭풍처럼 전신을 뒤흔들어 오는 것은 불륜한 아내에 대한 증오에 찬 가책과 더럽혀진 남편의 체면과 열광적이 아닌 질투의 정염이었다.

우연히도 아내의 비밀을 알고 난 고영해는 한 동안 형언할 수 없는 격정의 시달림 속에서 아연히 자기를 잃고 앉아 있다가 이윽고 원고를 다시 테이블 위에 가려 놓은 후에 사랑채인 자기 방으로 돌아왔다.

의걸이, 장롱, 경대, 책상, 머릿장 등 등 십여년 동안이나 아내의 손 때가 묻은 방 세간들이 허수아비 같았던 남편이라고, 일제히 아우성을 치면서 달려오는 것 같았다.

이 방 세간들처럼 자기가 옮기고 싶으면 옮기고 그대로 놓아 두고 싶으면 놓아 둘 수가 있는 아내인 줄로만 고영해는 알고 있었던 것이다.

「그러한 아내가 십 여년 동안이나 딴 사나이를 마음 속에 품고 있었다는 말이지?」

참으로 어처구니 없는 노릇이라고, 적어도 한 가정의 왕자로서 남편의 존엄성이 허수아비처럼 무시를 당하고 있던 과거의 결혼 생활을 돌이켜 볼 때, 그 앙큼한 아내의 가슴패기를 갈기갈기 찢어 놓고 싶은 충동이 무서운 기세로 머리를 들어왔다.

파경(破鏡)의 가정이기는 했다. 그러나 아내의 불륜으로 말미암아 이혼을 한다는 것은 남편의 수치일 수밖에 없다.

『음, 강석운! 아내와 누이를 모조리 건드려 놓을 셈인가!』

이상한 방향으로 감정이 폭발되어 갔다.

『어떡하면 좋은가?』

고영해는 좀처럼 잠을 이룰 수가 없었다. 아내에게 무시를 당한 남편의 체면을 세워야만 하는 것이다.

뿐만 아니라, 시들어 가는 가을의 화초처럼 아무런 흥미도 느끼지 못하고 있던 아내 한혜련이가 그런 종류의 마음의 비밀을 품고 있었다는 한 가지 사실만으로써 갑자기 싱싱한 매력을 가지고 되살아 왔다. 그리고 그것은 고 영해가 꿈에도 생각지 못하고 있던 이상 야릇한 매력이었다.

『아내가 딴 사나이를 생각하고 있다!』

이 한 가지 사실의 발견이 이처럼 갑자기 아내의 존재를 소중히 느끼게 할 줄은 몰랐다. 따라서 처음에는 뜻뜻

미지근하게 느끼고 있던 질투의 정염이 차아 열광적인 자세를 취해 오기 시작하였다.

그러나 잠을 이루지 못한 채 아침을 맞이한 고영해에게는 이미 삼십 오세가 지닌 현실적 계산 방법이 오고 있었다. 이 불쾌한 질투심 속에서 오랜 동안을 시달린다는 것은 정신적으로나 육체적으로나 지극히 불건강한 노릇이라고, 사업가다운 사무 처리를 결심하고 안방으로 들어가서 어머니에게 사연을 쪽 이야기하였을 때, 어머니는 소스라치게 놀랐다.

「아니, 영림이가 그런 사나이를……」

어머니가 펄쩍 뛰면서 걱정하는 것은 며느리가 아니고 딸이었다.

「아니, 영림이가 미치지 않은 이상, 여편네가 있고 자식 새끼들이 수두룩한 그런 녀석한테 걸리다니…… 애야 빨리 서둘러야겠다.」

한 자리에 앉아 배기지를 못하고 어머니는 연방 엉덩방아를 찧었다.

「어머니, 염려 마세요. 일은 간단합니다. 한 년은 놓아 주고 한 년은 붙들어야 겠읍니다.」

「무슨 말이냐. 똑똑히 말 좀 해 봐라.」

『한 년은 원하는 대로 이혼장에 도장만 찍으면 되고요. 영림이 년은 송준오와 곧 결혼을 시켜 버리는 수밖에 없어요. 우물쭈물 하다가는 집안 망신 톡톡히 하게 됐습니다. 며느리 떼우고 딸 망쳐요.』

『글쎄 영림이가 어디 말을 들어 먹어 줘야지. 저 때문에 독약까지 먹은 사람인데 끄떡도 하지 않는 걸 보면……』

『어머니가 오냐오냐 받아 주니까 그러는 거예요.』

『아뭏든 영림일 잘 감시해야겠다. 그 녀석과 만나지 못하도록…… 그 녀석이 영림이를 자꾸 꾀어 내면 어떡하느냐?』

『그런 정도는 아직 아닌 것 같아요. 영림의 편에서 열을 올리고 있는 모양인데…… 보아서 사태가 정말 악화되면 제가 강석운을 한 번 만나 봐도 좋습니다. 이야기를 하면 들어줄만한 인간이기도 하니까요.』

『글쎄 어떨는지…… 그만큼 이름 있는 사람인데 남의 소중한 딸을 망쳐 놓기야 할라구?』

『어쨌든 삼청동엘 좀 다녀 와야겠습니다.』

고영해는 긴장한 모습으로 훌쩍 어머니 옆에서 일어섰다.

18. 남자[男子]라는 이름의 動物[동물]

「언니, 피곤할 텐데 이제 돌아가요.」

「그래요, 그렇지만 오랫만에 걸어 보니까 어찌나 기분이 상쾌한지 모르겠어요.」

이른 아침을 마친 후, 혜련은 자꾸만 걷고 싶다고 했다. 그래서 이왕이면 화장이라도 하고 나서자고, 영림은 제 손으로 올케의 화장을 정성들여 해 주었다.

삼청공원 일대에 아침의 정기(靜氣)가 고요히 깃들어 있었다. 한복을 입은 올케의 팔을 끼고 소나무가 우거진 산 밑으로 우불꾸불 뻗은 산보로를 영림은 천천히 거닐고 있었다.

「언니가 그처럼 화장을 하고 나서니까 정말 천사 같은 걸요.」

「참 아가씨도, 놀리면 싫어요.」

「강선생님에게 한 번 보여 드리고 싶은 걸!」

그러면서 영림은 갸웃하고 혜련의 얼굴을 익살맞게 들여다 보았다.

「아이, 참……」

꺾어 쥔 솔가지 하나로 들여다보는 영림의 얼굴을 때

리는 시늉을 내며

「곰팡이가 파아랗게 쓰른 머나 먼 옛날의 기억인데…… 아가씨는 괜히 그걸 자꾸만 과장을 해서 생각하면 싫어요. 오빠만 그렇지 않았으면 벌써 기억조차 희미해졌을 건데……」

「그러니까 결국 언니에게는 오빠가 은인이 된 셈이야. 오빠가 바람을 피웠기 때문에 돌구름의 기억이 되살아 나왔으니까, 그렇잖아요?」

「뭐가 되살아 나와요? 아가씨가 옆에서 자꾸만 강선생 예찬을 하니까 그런 거죠.」

「흥, 숨김 누가 모를 줄 알고? 거문고 소리가 불행히도 피리 소리보다 높지 못했기 때문에 생긴 봉선이의 불행……」

그러다가 불현 듯 혜련의 빨간 새끼 손가락을 들여다보며

「물 잘 들었죠?」

「누가 들려 준 봉산데 그래요?」

어젯밤, 영림은 아직 피지 않은 봉선화 봉오리와 잎사귀를 뜯어다가 혜련을 위해서 들여준 봉선화였다.

「돌구름이 들여 주었음 좀 더 잘 들었을 걸!」

「아 에이, 내 참……」

혜련은 얼굴을 빨갛게 붉히며 한 두 번 쿡쿡 기침을 했다. 썩어가는 혜련의 가슴에는 아침 공기가 지나치게 냉냉했는지 모른다. 호흡을 할 적마다 싸아하도록 폐부에 젖어 드는 자극 있는 공기였다.

「언니의 일생 소원이 뭐죠.」

「소원이라고…… 난 정말 아무 것도 없어요.」

「똑똑히 좀 말해 봐요.」

그러면서 영림은 팔꿈치로 콕 하고 혜련의 옆구리를 찔렀다.

「아이, 간지러!」

혜련은 허리를 꼬았다.

「언니도 간지러운 걸 다 아네요.」

「아이, 아가씨도 참…… 누굴 등신으로 아나봐요.」

「난 또 아무런 생각도 아무런 감각도 없는 등신이나 무골충 쯤으로 알고 있었는데……」

혜련은 조용히 웃으며

「몸이 약하면 마음도 약해지나봐요. 아무런 욕망도, 의욕도 없어요. 저녁에 고스란히 잠이 들었다가 아침엔 제발 좀 깨나지 않아 주었으면…… 그게 소원이에요.」

「또 남의 눈시울만 데우는 소리……」

「오싹 오싹 추워요.」

「그럼 이제 들어가요.」

그러는데 저만큼 골목 어귀에서 택시 하나가 멎더니 중절모를 쓴 신사가 황급히 차에서 내렸다.

「오빠 아냐?」

「그렇군요.」

고영해는 성큼성큼 골목 안으로 걸어 들어갔고 택시는 밖에서 기다리고 있었다.

「어제 저녁에 전화로 한 번 닦아 세웠더니만…… 제법 뛰어 왔군 그래.」

「내버려 두지 않고 아가씨는 괜히……」

「택시가 기다리고 있는 걸 봄 인삿말 몇 마디 집어던지고 곧 돌아갈 판인데……」

「아가씨, 암말 말고 내버려 두셔야 해요.」

「글쎄 나한테 맡겨 둬요.」

둘이는 택시 옆을 비끼어 골목으로 접어 들어갔다.

올케를 부축하고 방으로 들어섰을 때, 영림은 장모와 간단히 인사를 마치고 난 오빠의 표정에서 일종 형언할 수 없는 긴장미를 문득 발견하고 그것이 단순한 문병이 아님을 재빨리 눈치챘다.

「언니, 어서 누워요. 오한이 나는데……」

아랫목에 깔아 놓은 이부자리에 손질을 하며 영림은 혜련을 뉘려 했다.

「괜찮아요, 아가씨.」

그러면서 혜련은 반대로 자리를 거두려 하였다.

「하도 누워 있으니까 진절미가 나는지, 자꾸만 바깥을 걸어 보고 싶다구……」

장모가 옆에서 혼잣말처럼 중얼거렸다.

그러나 사위는 아무런 대꾸도 하지 않고 영림의 옆에 쪼그리고 앉은 아내의 파리한 모습을 물끄러미 바라만 보고 있다가

「누워요.」

감정이 극도로 억압된 한 마디를 고영해는 토했다.

「괜찮습니다.」

고개를 조금 들다 말며 혜련은 조용한 대답을 하였다.

「홍차가 아직 좀 남았는지 모르겠다.」

이 사위를 대하기가 이 장모는 자꾸만 어렵고 송구스러워서 오래 마주 앉아 있을 수가 없다. 그래서 몸을 일으키는데

「어머님도 좀 앉아 계십시요. 제 이야기를 어머님도 같이 들어 주셔야 겠으니까요.」

「그래도 차나 한 잔……」

「괜찮습니다, 앉으세요.」

장모는 도로 가만히 앉았다. 고영해의 무거운 어조가 방 안의 공기를 갑자기 숨막히게 하였다.

「당신도 누워요. 누워서도 내 말은 알아 들을 수 있을 테니까……」

「무슨 이야긴지는 모르지만…… 어서 말씀하세요.」

소그듬이 고개를 숙인 채 혜련은 한 두 번 기침을 하면서 대답하였다.

오빠가 무엇 때문에 이처럼 긴장을 했는지, 영림은 도시 짐작도 가지 않는다. 증오의 빛이 후딱후딱 떠오르는 오빠의 표정을 영림은 날쌘 사냥개처럼 골똘히 살피기만 하였다.

혜련의 얼굴을 핥는 듯이 바라보고 있던 오빠의 표정이 그때 후딱 방 바닥으로 떨어져 내려가는 것을 영림은 보았다. 오빠의 그 날카로운 시선 앞에 방바닥을 짚고 있는 혜련의 다섯 손가락이 있었다. 어제 저녁에 봉사를 들여 준 새끼 손가락도 있었다.

다음 순간, 오빠는 다시 시선을 들어 뜰 담장 밑을 문득 내다보았다. 아침 햇발이 눈부시게 쏟아져 내리는 신록의 화단이 그 곳에 있었다. 아직 꽃을 피우지 못한 국화, 맨드라미, 백일홍, 채송아, 금중화, 나팔꽃 등등……

그러나 화단의 절반을 차지한 것은 줄기차게 자라고 있는 봉선화의 청청한 무더기였다.

시선을 돌리며 오빠는 이윽고 입을 열었다.

「길게 말하지 않겠오. 내가 오늘 당신을 찾은 것은…… 과거 십 여년 동안에 걸친 결혼 생활에 있어서 나는 단 하루도 당신의 남편이 되어 보지 못했다는 사실을 깨달은 때문이오.」

「옛?」

혜련은 놀라 해말쑥한 얼굴을 불현 듯 들었다.

「새삼스럽게 놀랄 필요는 없을 거요. 우수부인 한혜련의 우수의 원인을 지금에 와서야 알았기 때문이요.」

「아………」

가느다란 입속 외침이 혜련의 핏기 없는 입술을 새어 나왔다.

영림도 놀랐다. 동시에 어제 저녁, 허술히 건사했던 테이블 위에 원고가 번개처럼 머리를 스치고 지나갔다. 그러나 이미 때는 늦었다.

『돌구름과 미스 헬렌의 이야기도 알았고 당신이 늘상 봉선화를 열심히 가꾸던 정성도 이미 알았소. 시누와 올케가 한 사나이를 두고 경쟁을 하고 있는 심리적 투쟁도 알고 있오.』

거기서 고영해는 원고에서 얻은 지식을 샅샅이 들어가며 혜련의 정숙하지 못한 마음의 자세를 맹렬히 공박하기 시작하였다.

사정을 모르는 장모는 그저 어리벙벙해서 한 마디의 변명도 없는 딸과 시누의 표정만 살피며 어두운 얼굴을 하고 있었다.

『영림에게는 이따 집에 가서 할 말이 있으니까 여기서는 터취 하지 않겠다.』

『좋아요. 집엘 가든지 아무 델 가든지, 행동에는 제가 책임을 질 테니까 상관 없지만……… 언니를 그처럼 불륜한 아내로 몰아치는 오빠의 분노를 나는 문제 삼고 싶어요.』

『무엇이 어때?』

고영해는 맞받아 가며 소리를 쳤다.

『오빠, 오빠의 목소리가 왜 그 처럼 높아야만 하는

거요? 오빠의 분노가 도대체 어디서부터 오는 거요?」

「마음으로는 딴 사나이를 생각하면서 남편에게 안기던 아내다! 그러한 앙큼하고도 괘씸한 아내임을 알고도 분노를 참아야 한다는 말이냐?」

「아아, 그건…… 그건……」

영림의 대답이 튀어 나오기 전에 숨가쁜 신음 소리와 함께 혜련은 비틀비틀 자리에 쓰러지고 말았다.

영림과 어머니가 혜련을 부축하여 자리에 뉘고 이불을 덮어 주는데

「아가씨!」

혜련은 반드시 누워 눈을 감고 영림의 손 하나를 더듬어 잡으며

「아무 말 마시고…… 오빠가 좋을 대로 하시면 되는 거예요.」

그러는데 어머니가 울음 섞인 목소리로

「애야, 혜련아. 이게 도시 어떻게 된 노릇이냐?」

「어머니는 아무 것도 모르고 계시는 것이 좋으세요.」

「그래도 어디 그러느냐?」

그때, 영림은 오빠를 향하여

『오빠는 언제부터 유신론자가 됐우? 사람을 공박할 때는 정신주의의 칼을 휘두르고 자기를 변호할 때는 유물론의 방패를 들고…… 물체가 있은 후에야 영혼이 있다는 오빠의 지론은 어디로 뺑소니를 쳤우? 자기는 별짓을 다하고 돌아다니면서 뭐 언니의 마음의 자세를 문제로 한다고요. 어디서 그런 뻔뻔한 소리가 나오는 거유?』

『이 건방진 년이 누굴 보고 뻔뻔하다고?』

고영해는 눈알을 부라리며

『너는 도대체 무엇 때문에 들고 나서서 서두르는 거냐, 응?』

『오빠나 아버지가 모두 돼 먹지 못한 인간들이기 때문에 하는 말이예요. 저희들은 미친 개처럼 싸돌아 다니며 방탕할 대로 방탕하면서도 아내의 마음속까지를 문제로 삼겠다고 날뛰어요? 뭐, 불륜한 아내? 남자들의 어디를 누르면 그따위 뻔뻔한 인생관이 튀어 나오는 거요?』

『입을 못 닫치니?』

꿰엑 하고 고영해는 소리를 치며

『인생관이 아니다!』

『그럼 뭐예요?』

『그것이 남자의 소리다! 그것이 사나이의 거짓 없는 아우성이다! 아무 데를 눌러도 튀어 나오는 진실의 발언이다!』

『악덕한!』

영림이도 맞받아 나가 고함을 치며

『욕심장이! 악마! 짐승의 무리들아! 사내들이 멸망할 때도 머지 않아 올 것이다.』

영림은 정에 격해 제 고함 소리에 그만 핑 하고 눈물이 돌았다.

『이년이 주둥이만 살아 가지고……』

고영해는 불끈 주먹을 쥐었다.

그것을 보자 영림은 비웃는 듯이 조용한 어조로

『남자들의 주먹 위에 하늘이 있다는 사실을 알아야 할 거예요.』

『음, 네가 지금 나를 교육시키고 있는 모양이지만…… 그따위 간사한 말로써 유혹을 당할 네 오빠는 이미 아니야. 주먹 위에 하늘이 없는 것이 현실이다. 제 힘을 남에게 나눠주는 것은 일시적인 동정이요, 감상일 뿐, 결국은 제 힘에 알맞는 욕망 위에서 몸부림치다가 죽는 것이 인간의 운명이요, 현실의 궤도다.』

『오빠도 대학을 나온 사람임 그런 무지 몽매한 언사를 어떻게 감히 입에 담는 거요?』

『대학을 나온 사람이 그런 말을 하니까 문제가 되는 거야.』

『힘 없는 여성들은 그럼 모두가 다 죽어야 하겠네요. 언제까지나 남자들의 동정을 비럭질해야만 한다는 말이예요?』

『죽든 살든, 빌어먹건 줏어먹건 그건 그대들 여성들의 일이지, 내 일은 아니야. 나는 남성으로서의 내 한 몸을 제대로 가누기에도 지쳤어. 남의 일에 참견할 마음의 여유가 내게는 없다는 말이야.』

『이기주의의 권화 같은 말만 오빠는 해요.』

『이기주의가 얼마나 인간다운, 거짓 없는 주의라는 걸 네가 터득하기에는 아직 인생이 어려. 여성들이 이기주의가 아니어서 얌전히들 엎디어 있는 줄로 알아? 들썩거리고 나서 봤댔자 별반 신통한 일이 없으니까 얌전하다는 말이라도 들어볼까하고들…… 이기주의적 계산 방법에 있어서는 여성들이 한 걸음 더 뜨는 거야.』

『남권주의(男權主義)의 횡포지 뭐예요?』

『그 횡포스런 남권주의를 무찔러 버리는 임무와 사명

이 내게 있는 것이 아니고 바로 그대들에게 있다는 말이다. 남성들이 양보해 주기만 바라지 말고 그대들의 힘으로 전취(戰取)하라는 말이야.」

「그래서 남편들은 외도를 해도 좋고 아내들은 생념조차 허용되지 않는다는 말이죠?」

「맞았어, 그런 거야.」

「인류의 이상은 다 어디로 갔어요?」

「이상이란 밤 하늘의 별 무더기와 같은 거야. 멀리서 반짝거리는 걸 바라만 볼 수 있는 거지 붙잡을 수는 없어. 별나라에서 사는 화성인(火星人)들은 이 지구를 멀리 바라보면서 이상존이라고 생각하고 있을 거야.」

「인간의 양심은 다 어디로 갔어요?」

「양심을 앞세우기에는 내 욕망이 좀 더 바쁘다! 실은 여기 올 때, 그대들의 소원대로 이혼장에 도장을 찍어 줄 생각을 하고 있었다.」

「그럼 찍으세요.」

「안 찍겠다.」

「왜 안 찍어요?」

「생각이 갑자기 달라졌다.」

「어떻게 달라졌다는 말이예요?」

『솔직히 말하마. 도장을 찍음으로써 네 올케가 마음 놓고 그 작자와 만날 생각을 하니 기가 막힌다.』

『흥, 저 먹긴 싫어도 남 주긴 싫다는 말이죠?』

『맞는 말이야!』

『어쩌면 욕심도……』

『그 말도 맞는 말이야. 이처럼 욕심이 갑자기 생길 줄은 나 자신 생각도 못한 일이니까…… 이처럼 갑자기 네 올케에게 새로운 애착을 느낄 줄은 정말 몰랐어!』

그러면서 고영해는 오늘따라 화장을 하고 있는 아내의 얼굴을 물끄러미 바라보았다. 냄새가 나던 아내의 얼굴이었다. 그 얼굴에서 무언지 모르게 보오얗게 떠오르는 한 줄기 그윽한 향기 같은 것을 고영해는 불현 듯 느끼고 있었다.

『어쩌면 오빠는 악마 같은 말만 골라서 하는 거요?』

어처구니가 없어서 영림은 정말로 벌렸던 입이 좀처럼 닫혀지지가 않았다.

『그것이 악마 같은 말인지, 천사같은 말인지를 나 자신도 모른다. 다만 나는 솔직한 마음의 풍경을 설명하고 있는 것 뿐이다.』

『아가씨, 내버려 두시래도…… 마음대로 하시람 되잖

아요. 이혼을 했다고 내가 기쁠리가 없을 테고 안 했다고 슬프지도 않으니까요.」

감은 두 눈꼬리에서 말간 눈물이 조용히 흘러내리고 있었다.

어머니도 울고 있었다.

「무슨 뚱딴지 같은 이야긴지, 나는 아무런 것도 모르지만……재는 오늘 이때까지 사내사람이라고는 자네 하나 밖에는 모르는 아이라네.」

치맛귀로 어머니는 눈물을 씻으며

「어렸을 적부터 마음이 꼬옹해서 남처럼 헐레벌떡 돌아다닐 줄도 모르고, 몸이 허약한 탓도 있고 해서 방 구석에 들어 배겨서 책이나 볼 줄 알았지…… 재가 봉선화 꽃을 좋아한 건 어린 시절부턴데 여자 사람치고 봉선화를 좋아하지 않는 사람이 어디 있겠노?」

「그것이 보통 봉선화가 아니랍니다.」

고영해는 씁쓰레한 웃음을 띄면서 대답하였다.

「자네도 너무하네. 이야기를 들어 보니 그런 일도 있었던상 싶지만 열 셋이나 넷이면 그거야 정말 어린애가 아닌가! 그것도 내가 알기엔 단 이틀인가 사흘인가? 그리고는 영영 헤어져 살아서 모르는 사람인데…… 사내 사람이라고는 통 모르는 애인만치 그 때의 청년이 후일 유일한 소설가가 됐다니까 희미하던 기억이 새로워지는 건 인정이 아닌가. 그걸 가지고 무슨 마음의 비밀이니 불륜이니 한다는 건 너무하는 이야기네. 모르기는 하지만도 내 딸만큼 얌전한 아이는 벼랑 없을 거네, 노여우네.」

「제가 어머니 말씀을 좀 더 보태서 설명하겠어요.」

하고 영림이가 이내 말을 받으려는데

「아가씨, 정말 그냥 내버려 두시래도.」

혜련은 영림의 손길을 또 잡아당겼다.

「언니, 가만 있어요. 오빠가 이 사실을 안 건 분명히 지금 내가 쓰고 있는 원고를 본 때문인데……」

「그렇다, 어제 저녁에 그걸 보았다. 그대들은 한 사나이를 가지고 경쟁을 하고 있다지.」

「아무런 말을 해도 나는 괜찮아요. 그렇지만 언니를 위해서 나는 분명히 해야 겠어요. 언니의 생각은 지금 제 어머님이 말씀하신 그대로예요. 기억이 되살아 나왔을 뿐이지 무슨 남녀 관계로서의 연정이 되살아 나왔다는 건 결코 아니었어요. 그러나 설혹 그것이 연정이라고 가정해도 좋아요. 오빠가 좀 더 가정 생활에 충실했던들 기억은 되살아 나왔을런지 몰라도 그것이 연정으로 변모하지는 않았을 것이예요. 어머니의 말씀을 들음 언니가 일생 동안 다소나마 호의를 갖고 대한 사나이는 오빠와 그 돌구름이라는 청년 두 사람 밖에는 없어요. 그런 위치에 있는 오빠가 가정을 비우고 나돌아 다니니까 아무런 데도 의지할 곳이 없는 언니의 마음이 그 희미하고 짧은 기억이나마 더듬어 보았다는 것이 뭐가 그처럼 불륜하다는 말이예요?」

「그렇지는 않을 거야. 나는 네 원고를 읽었다. 그 원고에는 강석운이 분명히 내 아내의 애인으로 기록되어 있었다!」

「원고에는 그랬어요. 그러나 거기 대해서 이제부터 설명하려는 거예요.」

「그 이상의 설명은 괴변이다.」

「아냐요, 강선생님에 대한 내 심리적 갈등의 경로를 이 자리에서 밝히겠어요.」

「귀찮다, 그만 둬라.」

「이거 보세요. 제가 왜 강선생님을 만나러 가는데 언니를 걸머지고 들어 갔는지를 꼭 설명해야겠어요. 나는 확실히 강선생님을 사모하고 있었어요.」

『집안 꼴 잘 돼 간다! 강석운의 이호 노릇을 하겠다는 건가?』

『이호건 삼호건 거기 대해선 이따 집에 가서 이야기할 테예요. 다만 내가 강선생님을 만나러 가는데 언니를 끌고 들어간 것은 말하자면 나 자신에 대한 하나의 레지스땅스(抵抗[저항])를 의미하고 있었을 뿐이예요.』

『무슨 괴변이야? 똑똑히 말해라!』

『괴변이라고 생각해도 할 수 없어요. 아까 오빠가 말한 것처럼 나도 내 마음의 풍경을 솔직히 이야기할 자유가 있다는 것 뿐이예요. 평온한 가정을 갖고 있는 강선생님을 만나러 가는 나의 동기가 아무리 생각해도 불순한 것 같았어요. 어딘가 하늘이 무서워요. 그래서 나는 나 자신의 그러한 불순과 무서움을 속이고 무마하기 위한 한낱 핑계로서 언니의 문제를 의식적으로 확대시켰어요. 마치 언니가 근 이십 년 동안이나 줄곧 강선생님을 사모하고 있던 것과 같은 환각을 언니에게도 주려 했고 나 자신도 가지려고 했었어요. 나는 언니 때문에 강선생님을 만나러 가는 것이지, 나 자신의 불순한 동기 때문이 아니라고, 누구에게도…… 인간 뿐이 아니라 신에게도 떳떳이 변명할 수 있는 뚜렷한 동기를 만드느라고 일부러 문제를 확대시킨 것 뿐이예요.」

「관념적으로는 그럴 상도 싶다는, 결국은 되는 대로 꾸며 대는 이야기야.」

영림의 성품으로서는 어쩐지 그럴 성도 싶었다. 그러나 결국 고영해는 반신반의의 심정으로 동생을 바라보았다.

「아무렇게나 생각해도 좋아요. 다만 일이 이렇듯 되고 보니 언니에게 미안할 뿐이예요. 오늘 아침만 해도 공원을 걸으면서 나는 될 수 있는 대로 강선생님에 대한 언니의 연정에 불을 지르고 있었어요.」

「그건 또 왜?」

「요 수일 내로 강선생님을 한 번 더 만나보기 위해서요. 만나러 가는 구실을 신에게도 보여 드리고 자기 자신에게도 만들어 놓을 셈으로요.」

「네가 무슨 소리를 지껄이고 있는지 나로서는 도시 알 수가 없다.」

「그렇지만 인제는 다 틀렸어요. 이처럼 제 마음 속 깊이 파묻혀 있던 미묘한 움직임을 탁 털어 놓고 보니 인제부터는 나 자신도 속일 수가 없고 또한 신에게도 뭐라고 변명의 여지가 없게 됐어요. 언니, 미안해요.」

혜련의 손길을 영림은 꼭 쥐어 주었다.

『아가씨도…… 그렇지만 아가씨가 그처럼 조심성 있는 생각을 하고 있는 줄은 몰랐어요. 그저 칸나의 불타는 의욕과 정열 뿐인 줄만 알고 있었어요. 아가씨는 정말 좋은 사람이예요.』

『인제부터는 언니도 건드리지 않고…… 저 갈 길을 곧장 칸나는 갈 수밖에 없게 됐어요. 그 누구도 속이지 않고…… 나 자신도 속이지 않고……』

『아가씨의 생각이 정말 그렇다면 하는 수 없는 일이지만…… 그렇지만 잘 생각해서 하셔야지 집안 어른들의 말씀도 조금은 귀담아 들어야 할 거예요.』

『어쨌든 영림아, 너는 나하고 집으로 가자. 지금 쯤은 아버지도 오셨을테니까……』

고영해는 그리고 나서 혜련을 향하여

『당신이 진정으로 나와 헤어지기를 원한다면 나도 그렇게 할 용의는 이미 갖고 있오. 그렇지만 당신이 나 이외의 그 누구를 생각하고 그러한 연정 때문에 갈라지기를 안타깝게 바란다면 나는 죽어도 도장을 찍지 않을 테요. 당신이 나를 걸어 쌍벌죄로 고소를 할 때까지는 안 찍을 테니까……』

「염려 마시고 어서 돌아가세요. 법을 끌어 내고 싶을 만큼 생에 대한 욕망은 이미 강하지가 못하니까요. 제일에 대해서는 당신이 하고 싶은 대로 하시면 될 거예요. 아까 당신이 한 말을 들으면 남자들의 세계에서는 모두가 다 그렇다니까 결국은 당신도 그럴 수밖에 없을 거예요. 저는 뭐 당신을 탓하는 것도 아니고 남자들을 못마땅히 생각하는 것도 아니예요. 저는 다만 여자라는 이름을 가진 한 목숨의 운명을 생각하고 있을 뿐이예요.」

그러면서 혜련은 젖어 있는 눈을 가만히 뜨고 천정의 꽃 무늬를 말똥히 바라보고 있었다.

「좋소. 결국 당신은 당신대로의 운명을 개척해 나갈 수밖에……」

「오빠, 돼 먹지 않은 소리는 인제 그만하고 빨랑빨랑 돌아가세요.」

「너도 같이 가자.」

「그래 가요!」

영림은 홀가분히 몸을 일으켜 오빠를 따라 방을 나섰다.

「흥, 거 봉선화 꽃 많이 심었는 걸! 아예 화단 전부를 봉선화로 채워 버리지!」

남편의 빈정거리는 소리가 대문간에서 들려왔다. 이윽고 자동차 구는 소리가 멀어지며

『얘, 혜련아, 네 남편이 무진 오해를 하고 있는구나!』

어머니의 목소리가 글썽거리고 있었다.

『하고 싶은 대로 하라면 되지요.』

『그래도 오해가 있다면 풀어 줘야지.』

『풀어 줄만한 오해 거리도 없지만…… 기력도 없어요.』

『남자들이란 오해 삼기가 쉽단다.』

『아버지도 그러셨우?』

『아버지야 원체가 얌전하신 분이었으니까 말할 것도 없었지만…… 그렇지만 어쨌든 남자들이란 자기 아내의 정조 관념에 대해서는 무척 까다롭단다.』

『저희들은 멋대가리 없이 굴면서도……』

『거야 남자들이니까 하는 수 없지만…… 그래서 옛날부터 여자들은 길을 걸어도 소그듬히 땅만 보고 걸어야지, 고개만 조금 쳐들어도 의심을 받았단다.』

『…………』

아무런 대답도 없이 혜련은 조용히 눈을 감아 버렸다.

19. 人間[인간]의 探求[탐구]

이날 아침, 고종국씨는 황산옥의 품안에서 애리를 생각하면서 늦장을 부리고 있었다.

동과 남을 향한 언덕 밑 침실에 놓인 더블 베드가 육십과 사십의 체중을 넌지시 실은 채 연륜에서 오는 그들의 생리의 찻수(差數)가 돈이라는 매끄러운 기름으로 말미암아 아무런 지장도 없이 메꾸어지고 있는 진기로운 인생 풍경을 멍청히 바라보고 있는 것이다.

그러기 때문에 만일 그 육중한 더블 베드가 발언의 능력을 갖고 있다면 다음과 같은 명확한 한 마디를 중얼거렸을 것이다.

『화폐는 현대인이 지닌 생리의 일부분을 형성하고 있다.』

화폐를 참답게 사랑할 줄 아는 황산옥의 생리는 인간을 사랑하는 다른 여성들의 그것과는 조금도 다름 없는 기능과 정열을 발산하고 있었기 때문이다.

사랑의 대상이 인간이래야만 하는 법은 없을 것이다. 그것은 꽃이라도 좋고 새라도 좋고 고양이나 강아지라도 무방하다. 자연을 사랑한 시인 묵개도 있었고 골동품을 사랑한 회고 취미자도 있었거늘 하물며 현대인이 돈을 사랑하고 돈과 정사(情死)를 한대서 무엇이 나쁠 것이냐고, 황산옥은 더블 베드의 무기력한 침묵을 대신하여 소리 높이 외쳐도 무방하였다.

『영감, 무엇을 멍청히 생각하고 계슈?』

『아, 무엇이라고…… 산, 산옥을 생각하고 있었지.』

애리와 산옥을 고사장의 혀 끝은 얼른 바꾸어 놓았다.

『산옥은 이처럼 영감 옆에 있는데 생각할 게 뭐가 있어요?』

『아, 참 그랬었군! 난 또 산옥이가 어디로 홀랑 달아난 줄로만 생각했었지.』

『아이, 영감도 참 슬쩍 넘겨 버리는 데는 선수라니까……』

애리가 어젯밤 약속을 왜 지키지 않았을까? 적어도 사장과의 약속인데……

고년의 야들야들한 눈웃음…… 고년이 인제 사내 간장을 여남은 게 빼 먹고야 떨어질 거야!

그러나 다음 순간, 고사장은 자기의 간장이 다소 녹슨 사실을 깨닫자 씁쓸한 웃음 하나를 넌지시 천장에다 던지며 불로초를 캐오고 불사약을 구해오라고 고래고래

소리를 치면서 몸부림하던 진시왕의 심정을 가만히 어루만지고 있는데

『참 영감!』

『응?』

『영감 말대로 강교수를 한 번 슬쩍 유혹해 봤어요.』

『아, 그래? 언제?』

공상에서 깨어나며 고사장은 불끈 침대에서 일어나 앉는다.

『어저께…… 그리고 저번에도 한 번……』

『그래 어떻게 유혹해 봤어?』

『심심해서 놀러 가는 척 했어요. 저번엔 서재에서 무슨 글을 쓰고 있었고

어저껜 닭장 안에 들어가서 모이도 주고 화초도 가꾸고 그랬어요. 그래 이런 이야기 저런 이야길 하면서 슬쩍 추파를 한 번 던졌지요. 호호호……』

산옥은 베개에 볼을 비비며 자지러들게 웃었다.

『그래 어떻게 됐어? 걸리던가?』

고사장은 심각한 표정으로 물었다.

정말로 고사장은 그것이 알고 싶었던 것이다. 일생 동안을 그처럼 근엄하게 살아 온 강교수의 생리와 일생

동안을 벌렁거리는 불꽃처럼 욕정에 달떠서 살아 온 자기의 그것과를 고사장은 진심으로 비교해 보고 싶었던 것이다.

그래서 언젠가의 잠자리 속에서 지나가는 말처럼 그런 이야기를 슬쩍 비쳤더니만, 바탕이 화류계 출신인 산옥은 깔깔깔깔 한 바탕 웃어 댄 후에 정히 그렇다면 한 번 시험해 보자는 것이었다.

고사장은 그러나 시험해 보라는 말도 할 수 없었고 그만 두라는 말도 하지 않은 채 그대로 내버려 두었던 것이 정말로 시험을 해 봤다는 산옥의 말에는 놀라지 않을 수 없었다.

「그래 추파를 던지니까 걸리던가?」

냄새가 나기 시작한 산옥이기는 했으나 정말로 그것을 실행해 보았다는 말에는 어딘가 한 구석 마음이 언짢은 데도 없지는 않았다. 그러나 이왕 시험해 본 일이고 보면 결과나 들어 보자고, 진실을 탐구하는 과학도처럼 마음이 차분히 가라앉기 시작하였다.

「영감이 무척 걱정이신 모양이야. 강교수가 정말로 걸려들까봐서…… 호호호 ……」

「걱정은……」

『아니, 그럼 걱정이 안된다는 말예요?』

산옥이가 발딱 일어나 앉으며 따져 왔다.

『그래 내가 그 고리타분한 영감쟁이와 그래도 무방하다는 말이야?』

산옥은 고사장의 잠옷 멱살을 긁어 쥐고 흔들어 댔다.

『아니, 이 양반이 왜 갑자기 이러는 거야?』

『흥, 내가 인제 다 영감의 생각을 알아 채렸어! 인제 냄새가 나니까 그렇게 해서 나를 슬쩍 다른 대로 떠맡겨 버릴 배짱 아냐?』

『아니, 어둔 밤중에 홍두깨 모양으로 그건 또 무슨 소리야?』

『다 알았어! 그렇지만 잘 안될 걸! 흥, 그 누구들처럼 몇 푼 쥐어 준다고, 그걸 가지고 꾸벅꾸벅 쫓겨 나갈 황산옥은 아니야! 나는 죽어도 영감 옆에선 못 떨어져!』

『글쎄 산옥이더러 누가 떨어지라는 건가?』

『그럼 왜 걱정이 없다는 거야? 영감이 자꾸만 강교수의 마음을 떠 보고 싶다니까, 그래서 해본 일인데……』

『글쎄 말이 헛 나가서 한 말을 가지고서…… 왜 걱정이 없겠노? 이처럼 산옥이가 귀여운데……』

고사장은 넌지시 산옥의 턱을 쓸어 올렸다.

『정말이지?』

『그럼, 정말이고 말고!』

그제서야 산옥은 멱살을 놓으며

『하루에 죽 세끼를 먹고도 젠척 하는 강교수 같은 영감쟁이가 수백 명 달라붙어도 이 황산옥은 끄덕도 없어요.』

『아, 글쎄 누가 그걸 모를라고…… 그래 강교수가 뭐라고 하던가?』

고사장은 싸이드 테이블에서 담배를 집어다가 하나는 자기 입에, 또 하나는 산옥의 입에다 물려 주며 라이타를 켰다.

『맨 처음 번엔 강교수가 글을 쓰고 있었는데 밖에서 내가 간드러지게 한 번 웃어 줬지.』

『응, 그래서……』

『그랬더니 강교수는 내 웃음에 따라서 성긋이 웃으려다가 얼른 외면을 하지 않겠어요?』

『음………』

『그리고 어제는 꽃밭에서 화초를 가꾸고 있길래, 아이 선생님 취미는 참 고상하네요. 저희 집 영감님은 술만 드는 취미 밖에는 통 모르는 걸요. 저는 이처럼 선생님 옆에서 일생동안 꽃이나 가꾸다가 죽었음 한이 없겠어요. 그러면서 이번에는 눈을 하나 살그머니 감아 보였지.」

「그래, 그래 저편에서 뭐라고 해?」

여러 가지 의미에서 고사장은 목마른 물음을 말했다.

「그랬더니 말이야. 호호홋…… 나를 한 번 힐끔 바라보고 나서…… 그 바라보는 눈초리가 보통이 아닌걸! 윤이 반짝 하고 도는 걸 보았으니까……」

「음, 역시 목석은 아닌 모양이로군!」

「바라보고 나서 뭐라고 하는고 하니, 꽃을 가꾸면 배가 고프다고요. 그래서 내가 또 한마디 했지.」

「뭐라고?」

「사랑만 있으면 배고픈 것이 뭐가 무서울까요? 그랬지.」

「허허허헛, 막 연애를 했구려!」

「글쎄 잠자코 내 말 좀 들어 봐요. 그랬더니 하는 말이 걸작이야. 시장끼를 참는 것도 어렸을 적부터 단련을 해야지, 부인처럼 사십 줄에 접어 들고 보면 창자가 건방져서 말을 들어 줘야지요? 그리고는 훌쩍 일어서서 서재로 꽁무니를 뺐어요. 호호호……」

『허허허헛……』

그러나 고사장의 웃음은 오래 가지 못하고 금새 중단되고 말았다.

『음, 역시 나와는 어딘가 좀 다른 데가 있기는 있어!』

『오늘은 일요일인데 어디 강교수나 한 번 방문해 볼까?』

아침을 먹은 후, 고사장은 정원을 거닐면서 창포를 삶아 낸 물에 머리를 감고 있는 산옥을 향하여 그런 말을 했다.

『영감 앞에서 한 번 강교수를 유혹해 볼까?』

『제 버릇 개 못 준다고, 요정에서 손님 다루던 솜씨를 써 볼 셈인가?』

『호호호홋…… 재미 있지 않아요?』

그러는데 회사 지프차가 들어 닿았다.

『아현동 마님께서 회사로 전화를 걸으셨습니다. 집안에 무슨 중대한 일이 생겼다고 곧 사장님을 모시고 오라고요.』

운전수의 보고였다.

『중대한 일? 무슨 일인데?』

『내용은 자세히 말씀을 안하시고 그저 빨리 가서 모

셔 오라고요.」

「곧 간다고 가서 그래.」

지프차는 다시 달려 가고 차고로 부터 자가용 닷지가 이윽고 굴러 나왔다.

옷을 갈아 입고 나오는 고사장에게

「홍, 마님의 세도가 상당하시군! 영감은 암만해도 엄 처시하셔! 호호홋……」

산옥이가 농담 절반 진담 절반으로 빈정거리는 말이다.

「쓸데없는 말 말아요. 이런 때나 충성을 다 해 줘야지.」

이윽고 닷지는 강교수 댁 대문 앞으로 해서 일로 시내를 향하여 내닫기 시작하였다. 화단 앞에 쭈그리고 앉아서 풀을 뜯고 있는 강교수 내외의 자태가 얼깃설깃한 울타리 사이로 들여다 보였다.

반 시간 후, 고사장이 아현동에 도착하였을 때, 한달 동안이나 얼굴을 보지 않아도 조금도 섭섭지 않은 마누라가 아랫목에 보료를 깔아 놓고 기다리고 있었다.

「무슨 일이요?」

일부러 더 허겁지겁 스프링 코트와 모자를 벗어 버려

야만 자세가 선다. 한 사나이가 두 여자를 거느리고 사는 데는 역시 그러한 제스추어가 필요할 만큼 무언가 마음에 걸리는 것이 있는지도 모른다.

남편의 그러한 태도가 메스껍기는 하지마는 싫지도 또한 않다. 그러한 형식적인 굴복이라도 있기에 이 마누라는 이 위치에서 오늘날까지 과도의 정신적인 상처를 입음이 없이 지탱해 올 수가 있는 것이다. 아내는 아내로서의 법적 위치가 침범당하지 않는 이상 태반의 경우는 남편의 방탕을 묵인하는 습성을 갖고 있다.

〈보오보와르〉는 말했다.

《방탕한 남편을 지닌 아내는 한 사람의 아내로서는 피해를 입고 있지만 한 사람의 인간으로서는 존경을 받고 있는 것이다.》

영림의 어머니도 결국은 그것이었다. 존경과 동정의 자각은 때로 인간 생활의 샘물이 될 수가 있기 때문이다. 만일 그것마저 없었다면 과거 오랜 역사에 있어서 고규 (孤閨)를 지켜온 뭇 아내들은 글자 그대로 남성의 노예일 수밖에 없었을 것이다.

그러나 그들 고규의 아내들은 자기네들이 남성의 노예라는 자각은 극히 희박했다. 아니, 노예를 자각하기 전에 한 사람의 인간으로서의 존귀한 사명을 자각하고 남편의 방탕과 투쟁하여 온 것이다. 아내로서의 소규모의 인생이 아니었다. 좀 더 커다란 인생, 인간으로서의 여성, 인간으로서 모성의 사명을 다하기 위한 대규모의 인생이었던 것이다.

의식적이건 무의식적이건 간에 이러한 대아적인 감정의 발로로써 이루어진 그들 고규의 아내들의 인생이야말로 남편의 애정권, 경제권, 폭력권 등 온갖 소아적인 이해 관계를 초월한 성스러운 인생인 동시에 노예라는 한 마디로써 집어 치우기에는 너무도 벅차고 숨가쁜 영혼의 높이가 영봉(靈峰)처럼 영롱하게 솟아 있었던 것이다.

「영림이가 큰일 났읍니다.」

남편의 애정을 상실하고 망각한지 이미 오랜 마누라의 모든 관심이 가문의 지조를 지키고 딸의 정조를 수호하려는, 한 사람의 주부로서의 위치와 어머니로서의 자리에 있다는 것은 당연한 귀결이 아닐 수 없다.

「강교수의 아들이?」

마누라에게서 자세한 사연을 듣고 난 고종국씨가 우선 커다란 놀람을 가지고 외치듯이 한 한 마디는 작가 강석운이 아니었고 성실한 학자요 인격자라는 말을 듣는 강학선 교수의 아들이었다. 바로 어저께 산옥이가 그의 인격을 시험해 보았다는 강교수의 아들이었다.

『강석운은 바로 정능 옆집에 사는 강교수의 아들인데……』

『어쩌면? 그럼 그 강교수를 잘 아시겠구려?』

『아다마다! 음, 아비는 인격자일런지 몰라도 아들 놈은 개판이었군!』

『글쎄 말이예요. 그 녀석이 어쩌자고 남의 집 딸 며느리를 모조리 집어먹을 셈인지……』

『생각하면 알 법한 일이기도 하오. 그 녀석이 요즈음에 쓰는 소설을 보면 도무지 돼 먹지가 않았거든. 사회악을 장려하는 글만 쓰는 녀석인데……』

그때, 대문 밖에 차가 닿으며 영해와 영림이가 또 같이 시무룩한 표정을 하고 성큼성큼 들어섰다.

『너 거기 좀 앉거라.』

이런 때나 위엄을 보이자는 듯이 턱으로 고종국씨는 자리를 가리켰다.

영림은 오빠 옆에 아무 말 없이 앉았다. 고씨 일가의 가족 회의는 이리하여 긴급 소집을 보게 된 것이다.

「글쎄 애야 네가 어쩌면……」

어머니는 다음 말을 잇지 못하고 딸의 모습을 아래 위로 훑어보며 이십 사년 동안, 그처럼 알뜰살뜰한 모성애가 오순도순 깃들여 있는 구석 구석을 우선 파내 보고 있었다.

「네가 글쎄 어쩌자고 그런 녀석과……」

바라보면 볼수록 이 모퉁이도 알뜰했고 저 모퉁이도 살뜰하다.

「네 아버지는 계집에나 미쳐서 싸돌아 다녔지만…… 내야 무엇 때문에 살아 왔노? 금지옥엽, 너 하나 남부럽지 않게 길러 보려고 살아 왔는데……」

사실 그렇다고 영림이도 생각한다.

남편의 사랑이라고는 꿈에 떡맛 보듯이 하며 살아 온 어머니가 오직 하나 삶의 희망을 붙인 것은 남편의 노예라는 열등 의식보다도 먼저 내 혈육과 내 책임에 대한 좀 더 숭고한 우월감에서였다. 남편에게 아내로서의 학대는 받고 있지마는 적어도 한 사람의 인간으로서는 남편보다 자기가 우월하다는 자각 하나를 발받이로 하여 살아온 어머니임을 영림은 알고 있기 때문이다. 그리고 그러한 어머니를 영림은 지금 극도로 슬프게 하고 있는 것이다.

『어머니의 마음, 나도 잘 알아요.』

영림은 조용한 대답을 했다.

『그런 줄을 네가 안다면 나를 좀 기쁘게 해 주려므나.』

『어떻게 함 어머니가 기쁘겠어요?』

일부러 미소를 지어 보이며 영림은 물었다.

『송준오와 결혼하면 오죽 좋겠니?』

영림은 그냥 미소를 띄운 채,

『그 이가 그처럼 어머니 눈에 들었어요?』

『아, 얌전하고…… 또 너를 그처럼 아껴주고…… 여자란 그저 저를 아껴주는 남편이 제일이란다. 네 아버지처럼 밤낮……』

『또 쓸데없는 이야기를……』

고종국씨는 양미간을 찌푸리며 씁쓰레 웃었다.

『그렇지만 어머니, 어머니는 아껴 주지 않는 남편도 아껴 주면서 한 당대 살았지만…… 나는 아껴 주는 남편이라도 내가 아끼고 싶지 않음 못 살아요.』

그때, 오빠가 불쑥 말을 받으며

『그래 송군의 어디가 나빠서 못 아낀다는 말이냐? 서

울 장안을 뒤져 봐라. 그만큼 순진한 청년이 그리 쉬운 줄 아느냐?」

영림은 핼끔 오빠를 쳐다보며,

「오빠가 아끼는 만큼 나도 준오씨를 아껴 보려고 노력했어요. 그러니까 쓸모 없는 충고는 그만 두세요. 공연히 혓바닥이나 닳을 뿐이예요.」

「뭐가 어째서? 어머니나 아버지나 내나가 다 네 앞길을 진심으로 걱정하고 있다는 사실을 모르겠니?」

「진심으로 생각해 주어서 감사합니다!」

영림은 고개를 깐뜩 숙여 보였다.

「어쨌든 간에……」

그때, 아버지는 비로소 참견을 하며 위엄 있는 한 마디를 입에 담았다.

「강석운은 안된다. 절대로 안된다!」

「저도 그걸 잘 알고 있어요.」

영림은 부드러운 대답을 했다.

「잘 안다면 그런 생각은 단념해라!」

「저도 노력하고 있어요.」

「나는 강석운이라는 사나이를 잘 안다. 전번 날, 강교수 내외와 같은 자리에서 식사도 한 적이 있다만……」

『그러세요?』

영림은 다소 의외였다.

『말하자면 이중 인격자야. 표면으로는 점잖은 체 하지만 바람잡이거든. 그건 그녀석이 요즈음 쓰는 소설만 보더라도 알 법하지 않느냐? 뭐랬지? 아, 「유혹의 강」인지 뭔지 하는 그 따위 패륜의 글을 쓰는 작자니만큼 뱃속은 극히 음흉해. 그런 작자의 손에 한 번 걸려 들기만 해 보아라. 너 같은 애숭이는 국물도 없다.』

『아버지의 충고도 감사합니다.』

영림은 또 고개를 깐뜩 숙였다.

『뭐야? 너는 아버지한테도 그런 태도를 취할 셈이냐?』

오빠가 옆에서 꿰엑 소리를 쳤다.

영림은 조소의 표정으로 고개를 들며

『오빠가 효자인 줄은 벌써부터 알고 있으니까요.』

『어쨌어?』

오빠의 얼굴 빛이 험악해졌다.

『효자라는 말이예요. 효자가 난 집안에 효녀가 나지 못해서 서운하다는 말이예요.』

『아니, 이년이……』

『애들아, 쌈할 때가 아닌데 왜들 그래야만 하느냐?』

어머니가 만류하였다.

『아마 취미가 어슷비슷하니까 존경의 마음도 생길 거예요.』

순간, 아버지의 안색이 홱 변하는데 오빠의 손길이 철썩 하고 영림의 얼굴로 갔다.

『애야, 이게 무슨 짓이냐?』

어머니가 아들의 주먹 쥔 팔을 꽉 부여잡았다.

『이년아 아까부터 못하는 수작이 없이…… 부모를 모욕해도 분수가 있지.』

그러나 영림은 아무런 반항의 말도 하지 않았다. 얻어맞은 볼을 두 손으로 움켜 쥔 채 눈을 가만히 감고 있었다. 오랫동안 그러고 앉아 있었다.

『영림아!』

하고 그때, 아버지가 지극히 불쾌하고 험악한 표정으로 불렀다.

『말씀하세요.』

눈을 뜨지 않고 손도 떼지 않은 채 영림은 대답하였다.

『네가 지금 나를 핀잔하고 있는 줄 잘 안다. 또한 너한테 핀잔을 들을만 했었는지도 모른다.』

담배를 붙여 무는 고종국씨의 손길이 가느다랗게 떨리고 있었다.

　『그러나 그것과 이것과는 문제가 다른 줄을 알아야만 해.』

　『무엇이 어떻게 다른지, 말씀해 주세요.』

　『좋아, 한 마디로 말한다면 우리들은 너를 사랑하고 있다는 것 뿐이야. 그처럼 사랑하는 딸이나 누이 동생을 자식 새끼가 수두룩한, 가정을 가진 사나이의 첩으로서는 정말 눈물이 나서 못 보내겠다는 것 뿐이다!』

　『그러기에 말이예요. 영림아, 너도 철이 났으면 생각 좀 해 보려므나 글쎄.』

　어머니였다.

　『이게 다 문학인지 뭔지 하는 것 때문이랍니다. 인간이 어찌어찌 닦아놓은 길을 파괴하는 것이 문학의 본질이라니까요.』

　오빠였다.

　『그럼 아버지께 제가 한 마디 말씀 드리겠어요.』

　영림은 비로소 손을 떼고 눈을 가만이 떴다. 손가락 자리가 시뻘겋게 왼편 볼에 물들어 있었다.

　『집안에서 모두들 저를 사랑하는 마음에서 그러는 줄

은 저도 잘 알고 있어요. 그렇지만 저를 참되게 사랑해 주신다면 저를 그대로 내버려 두세요.」

영림은 진심으로 그것을 원했다.

「내버려 두면 어떡한다는 말이냐? 심경이 그 처럼 위험한 길로 기울어지고 있는 것을 어떻게 가만히 앉아서 보기만 하라는 말이냐, 응?」

고종국씨는 딸을 달래기 시작하였다.

「내버려 두면 저는 저대로 잘 생각해서 행동할 테니까 걱정 마세요. 옆에서 그렇게 초상 난 집처럼 자꾸만 떠들어 대면……」

강선생님은 더 자꾸만 뵙고 싶어져요, 하는 말을 꿀꺽 삼켜 버리고 말았다.

「어쨌든 송준오가 싫다면 싫어도 무방하지만 강석운은 안된다. 딸 하나 낳았다가 그런 법이 어디 있다는 말이냐? 더구나 이 아버지나 오빠를 탓하면서도 너 자신은 그런 상스럽지 못한 생각을 해도 좋을 수는 없지 않느냐?」

「그러게 말입니다. 아버지, 얘는 아까도 나를 가리켜 짐승이니 악덕한이니 하는 말로 호되게 공격해 왔지만……」

그러면서 오빠는 영림을 향하여

「그래 너는 남자들의 방탕을 그 처럼 증오하면서 도대체 어째서 너 자신은 강석운이라는 한 가정의 남편과 그런 관계를 맺고 싶어 하느냐는 말이다 네 이론이나 인생관이. 도대체 돼 먹지가 않았어. 어디 거기 대한 네 이론을 한 번 들어 보자.」

「강석운이가 너와 그런 관계를 맺는다면 그 작자도 악덕할이요, 짐승인 것이 분명한데…… 그래 너는 강석운의 악덕에는 눈을 감고 네 오빠만을 공격할 자격이 있느냐?」

「있어요.」

영림은 토라진 대답을 명확하게 하였다.

「있어? 그런 논리가 성립이 돼?」

「성립이 되죠.」

「어떻게 된다는 말이냐?」

오빠의 언성은 또 높아졌다.

「신을 무시하는 인간에게는 짐승 밖에 남을 것이 없다는 말이예요.」

「무엇이?」

「그러나 신이 되기에는 인간은 너무 약해요. 짐승이

되어 버리기에는 인간은 너무 강해요. 신으로 승격할 수도 없고 짐승으로 추락할 수도 없는 것이 인간이라고 나는 믿어요.」

「흥, 네가 신을 끄집어낸다는 말이지?」

「주먹 위에 하늘이 없다고 생각하는 오빠에게는 신이라는 존재가 가장 귀찮을 거예요. 그렇지만 신으로 승격할 수는 없지만 그 귀찮고 까다로운 신의 존재를 믿는데서 인간은 짐승의 영역으로 부터 구출을 받고 있는 거예요. 나는 신도 되고 싶지 않고 짐승도 되고 싶지 않아요. 나는 다만 참다운 인간을 찾고 있을 뿐이예요. 그 밖에는 아무 것도 없어요.」

「그래 그것이 강석운과의 케이스에 있어서 무슨 관련성이 있다는 말인가? 그 작자는 너와 그런 관계를 맺어도 짐승이 아니라는 말인가?」

「그래요, 오빠는 짐승이 되지만 강선생님은 인간이예요.」

「애이, 입 좀 닥쳐라! 아전인수냐? 사랑은 맹목이라더니 그런 당치 않은 논리가 어디서 부터 튀어 나오니?」

오빠는 홱 얼굴을 들며 외쳤다.

「천만예요!」

영림은 자신 있는 어조로

『나에 대한 강선생님의 생각은 아직 모르지만…… 그러나 강선생님과 나의 관계가 앞날에 있어서 좀 더 깊어진다면 그것은 인간이기 때문에 생기는 연애 관계예요. 그렇지만 오빠는 그게 아냐요.』

『그럼 나는 뭐냐?』

『짐승의 본능 뿐일 거예요. 좀 더 달리 말함 여성들을 속여 먹는 악마구요.』

『요 계집애가……』

눈알을 부라리고 들리는 팔을 어머니는 또 꽉 눌렀다.

『신의 존재를 무서워하는 인간만이 참다운 연애를 할 수 있는 자격을 가졌다는 말이예요. 오빠의 경우는 점잖게 말해서 단순한 애욕, 치정…… 좀 더 정확한 과학적인 술어가 있지만 입이 더러워질까봐서 감히 담을 수가 없어요.』

영림은 휙 몸을 일으켰다.

『이 계집애가…… 좀 앉아!』

오빠는 영림의 팔을 낚아챘다.

영림은 비틀비틀 엉덩방아를 찧었다.

『애야, 왜 이리 우락부락스리……』

어머니는 엉덩방아를 찧는 딸을 가누며 아들을 만류했다.

「어머니, 좀 가만 계세요. 이 계집애가 제법 이론 투쟁을 하자는 모양인데…… 그래 연애와 애욕이 뭐가 다르다는 말이냐, 응? 어디 너 한테서 교훈을 좀 받아 보자!」

오빠는 지극히 불쾌한 모욕감을 느끼며 영림을 억지로 주저앉혔다.

「말하고 싶지 않아서 그만 두겠어요. 나는 시간이 없어요.」

영림은 또 일어섰다.

「앉아!」

또 팔을 잡으러 오는 오빠의 따귀를 이번에는 영림의 편에서 보기 좋게 내갈겼다.

「아, 이 계집애가 사람을 친다?」

오빠도 훌쩍 일어났다.

「건방진 소리 말아요. 나는 사람을 친게 아니고 개 돼지를 쳤다고 생각하고 있는 거예요.」

「뭐야, 이년아! 개 돼지야?」

오빠의 손길이 또 철썩 날아갔다.

「뭐야, 이 개 돼지가……」

영림은 죽어라 하고 오빠에게 달려 붙으며 마구 갈기고 할퀴어 주었다.

『얘들아, 글쎄 왜들 이 모양이냐?』

어머니가 아들의 몸뚱이를 꽉 부여잡는데 획 하고 휘두르는 오빠의 손길에 걸려 영림의 뒤통수가 따악 하고 소리를 내며 옷장 밑에 머리를 구겨 박고 쓰러졌다.

『아이고, 엄마아!』

영림은 무섭게 흐느껴 울기 시작하였다.

『아이고, 얘 영림아!』

어머니는 오빠를 놓고 영림에게로 달려가자 머리를 열심히 비비기 시작하였다.

고종국씨는 아무 말도 없이 묵묵히 앉아만 있었고 오빠는 붉으락 푸르락하며 고래고래 소리를 쳤다.

『고 계집애가 주둥아리만 까 가지고 인제 집안 망신 톡톡이 시킬 거야! 에이, 집안이 망하려니까 별 놈의 계집애가 하나 나와 가지고……』

『얘, 글쎄 너 좀 가만 못 있겠니?』

어머니는 아들을 꾸짖다가

『아이고, 얘 머리에서 피가 나는구나!』

어머니가 허겁지겁 경대 위에 놓인 마큐롬 병을 집어

솜에 적셔서 발라 주고 있는 데 영림이 조용히 눈물 어린 얼굴을 들며

「오빠, 참 재미 있는 말만 골라서 하는구려. 부자가 경쟁을 하듯이 난봉을 피우는 건 집안 망신이 안되는 세상이라죠?」

「영림아!」

그때서야 비로소 고종국씨는 무서운 호령을 하였다.

「너는 오늘 이 아비를 개 돼지로 취급을 했어! 그러나 너도 흥분했고 나도 약간 흥분했기 때문에 오늘은 아무런 말도 않기로 하겠다. 어서 네 방으로 건너가 보아라.」

영림은 한참 동안 가만히 앉았다가

「아버지, 제 실언을 용서하세요.」

영림은 고개를 숙이며 그렇게 사과를 했다.

「어서 건너 가거라.」

「네, 건너가기 전에 이 사건에 대한 오해를 풀어 드리겠어요.」

「그래 말해 봐라.」

「저는 뭐 강선생님의 첩 노릇을 하려는 것도 아니고 정식 결혼 같은 것을 생각해 본 적도 없다는 말이예요.

또 무슨 이렇다는 뚜렷한 연애 행동도 있는 것이 아니예요. 그저 그런 것을 저 혼자서 생각해 보고 그것을 문장으로 표현해 보았을 따름이예요.」

「음, 알아 듣겠다.」

「오빠의 말이나 아버지 어머니의 말씀이나 다 잘 알고 있어요. 그래서 저로서도 될 수만 있으면 준오씨와 결혼을 하려고 노력도 해 보았고 또 이제부터도 그 노력을 계속해 보겠어요, 그것 뿐이예요.」

「좋아! 좋은 말을 영림은 했어! 그렇게 되기를 온 집안이 원하고 있으니까!」

「그래야지, 그럼 그렇고 말고!」

어머니도 적이 안도의 가슴을 쓸어 내린다.

「그리고 삼청동 언니의 문제는 도시 문제도 되지 않는 거니까, 괜히 오빠의 과장된 말을 곧이 듣지 마세요.」

그리고는 피 묻은 손을 머리에 그냥 대고 영림은 자기 방으로 총총히 건너왔다.

20. 칸나의 解放[해방]

영림은 방으로 건너왔다. 방 안을 둘러본다. 책상, 양복장, 책장 등 방 안은 어제처럼 쓸쓸하다.

미닫이를 열고 양실로 나갔다. 테이블 위에 원고가 어제 저녁과 같은 자리에 놓여 있다. 그렇지만 오빠의 그 추잡한 눈초리와 상념이 스치고 지나간 원고라고 생각하니 어쩐지 비장(祕藏)의 보물이 더럽혀진 것 같아서 마음이 언짢아 견딜 수가 없다.

아버지와 오빠는 강석운의 첩이 될 셈이냐고, 그런 말로 영림에게 따져 왔었지마는 그러한 추잡한 관념 밖에는 가질 수 없는 그들의 세계가 저주스럽기 한이 없다. 그러한 세속적인 오예(汚穢)의 관념으로 부터 초월하기 위한 칸나의 노력이었다.

영혼의 연소가 없는 육체적인 결합만이 그들의 세계에 있는 것이다. 그리고 그것을 가리켜 애정이라고 그들은 불렀다. 짐승과 조금도 다름이 없기에 짐승이라고 영림은 깨우쳐 주었을 따름이다.

그렇건만 오빠는 주먹을 들어 왔다. 그들도 짐승이란 한 마디에는 격분을 느낄 만큼 짐승의 세계를 멸시하고 있는 것이 분명했다. 그렇다면 그것이 남성의 거짓 없는 아우성이며 주먹 위에 하늘이 없다는 장담을 한 그들의 마음에도 신은 깃들어 있는 것이다. 그들은 다만 신의 너그러운 침묵을 기화로 삼고 짐승이 되어 가고 있을 따름이라고, 영림은 그들의 분노의 원인을 밑바닥까지 꼬치 꼬치 캐어 보고 나서야 비로소 뒤통수의 아픔을 느꼈다.

밤알만한 혹이 돋아 있었다. 옷장 서랍 손잡이에 닿아서 피가 조금 배었을 뿐, 영림은 원고를 가려 가지고 내려와서 책상 서랍에 넣고 쇠를 잠근 후에 벽에 걸린 둥그런 거울을 들여다보며 콜드크림으로 얼굴을 닦아 내고 머리에 간단히 손질을 하고 나서 백을 들고 홀가분히 방을 나섰다.

안방에서 두런 두런 올케에 대한 이야기도 들리고 자기의 이름도 들려 나오고 있었다. 무슨 신통한 전후책을 강구하고 있는지 모른다고, 구두를 신고 댓돌을 내려서는데 방문이 탁 열리며 어머니가

『너 어딜 가느냐?』

목소리와 표정이 똑 같이 어둡고 걱정스럽다.

『잠깐 나갔다 오겠어요.』

『어디를 나가는지 가는 데나 말하고 가려므나.』

『거리에 나가요.』

『무턱대고 거리면 어디냐?』

『한강에 빠져 죽으러 나가는 게 아니니까, 염려마세요.』

『애도 어쩌면……』

대문을 나서서 아현동 비탈길을 전찻길로 내려올 무렵까지 영림의 걸음걸이는 자못 기가 차 있었다. 무슨 긴급한 용무라도 있는 사람처럼 영림의 감정은 긴장할 대로 긴장해 있었다.

그러나 서대문 로타리까지 걸어 나온 영림의 발길은 목적 없는 타성으로 움직이고 있었다.

『어디를 가나?』

갈 데가 없다. 갈 데가 많은 것 같아서 뛰쳐 나온 영림이었다. 그러나 가만히 생각해 보니 갈 데가 있어서 뛰쳐 나온 것이 아니고 그대로 앉아 있을 수가 없어서 취한 행동임을 영림은 깨닫고

『그래도 어디든지 가야지!』

기가 차서 토라지게 뛰쳐 나온 자기의 자세를 집안 식구들에게 세우기 위해서도 어디든지 영림은 가야만 했

다.

『아, 강선생님을 방문할까?』

무심 중 중얼거린 한 마디에 영림은 저도 모르게 가벼운 흥분을 전신에 느꼈다.

『지금이 몇 신가?』

영림은 불현듯 시계를 들여다보았다.

『열 한시 십분 전…… 오늘은 일요일인데 선생님이 집에 계실런지?』

로타리 한 모퉁이에서 영림은 망서리었다.

우연에만 맡길 것이 아니라 수일 내로 강선생을 한 번 찾아 볼 생각은 하고 있었으나 여러 가지 의미에서 그런 생각을 실천에 옮기기에는 칸나의 자기 저항이 상당히 굳셌다. 최후의 일순간까지 자기의 벌렁거리는 의욕을 누르고 있는데서 칸나 고영림은 한 사람의 연애인(戀愛人)으로서의 고뇌보다도 한 사람의 인간으로서의 좀 더 폭 넓은 희열 같은 것을 느끼고 있었던 것이다.

그렇건만 오늘 ──

영림은 서슴치 않고 동대문행 전차에 홀가분히 올라타고 혁대에 매어달리며 마음 속으로 외쳤다.

『그렇건만 오늘부터 칸나에게는 이미 자기 저항의 노

력이 필요치 않은 것이다.」

이러한 결론이 온갖 세속적인 기반과 속박으로부터 영림을 완전히 해방시켜 주고 있었다.

아까 집에서 영림은 싸울 때 왜들 초상 난 집처럼 떠들어 대느냐고 가만히 내버려 두면 결국 영림은 자기대로의 분별을 가지고 일을 무사히 처리할 수 도 있는 노릇인데 옆에서 그처럼 떠들어대고 보면 자기 저항의 노력은 보람이 없어지고 낡은 인습의 압력만을 거세게 느낄 수밖에 없었다.

「칸나의 생명은 칸나 자신만이 이것을 주재(主宰)해야만 하고 또한 주재할 권리를 가지고 있는 것이다.」

생명의 주재권을 부모에게 빼앗긴 셈이 되어 버린 오늘의 싸움이며 압력이었다.

오늘의 압력이 없었던들 칸나는 자기 생명의 몸부림을 자기 손으로 적당히 주재하여 무사히 무마했을 런지 모른다. 그리고 이처럼 홀가분히 강선생을 만나기 위하여 전차에 올라타지 않았을 런지 모른다.

이리하여 자기 자신을 향하고 있던 칸나의 내면적인 저항은 그를 둘러싸고 있는 외부적인 주변을 향하여 그 자세를 돌연 바꾸어 버리고 말았다.

영림은 이미 자기 자신에게서 쉽사리 해방되어 나올 수가 있었다.

『아아, 명랑한 날씨다!』

심신이 갑자기 명랑해지고 가벼워 지는 것 같았다. 마음의 부담은 이미 없다. 있는 것은 오직 외부의 압력 뿐이다. 마음의 부담에 비하면 외부의 압력 쯤은 영림에게 별반 문제가 되지 않았다.

이윽고 종로 사가에서 영림은 전차를 바꾸어 탔다. 원남동을 지나고 창경원을 지날 무렵 봄을 즐기려는 유흥객이 창경원 앞에 물결치고 있었다.

『혹시 선생님이 아이들을 데리고 창경원에나 오지 않았을까?』

들창 너머로 영림은 흐느적거리는 인파를 내다보았다. 젊은 여성들이 모두가 다 말쑥한 옷차림을 하고 있었다.

『이럴 줄 알았음 양복이나 갈아 입고 올 걸 그랬지.』

영림은 자기의 그 철 늦은 꺼무틱틱한 곤색 양복을 새삼스럽게 훑어보다가

『괜찮아, 괜찮아! 옷차림으로서 사람을 저울질 할 강 선생님은 적어도 아니니까.』

혜화동에서 전차를 내린 영림은 넓은 길로 한참 걸어

들어가다가 이윽고 오른편 골목으로 접어들었다. 접어들면서 세번째 이층 양옥 앞에서 걸음을 멈추었다. 「강석운」이라는 나무 문패가 흰 팽키 칠을 한 정문에 붙어 있었다.

강선생의 문패를 바라보는 순간, 영림은 공연히 가슴이 설레어 견딜 수가 없었다.

「도대체 강선생님을 만나서 어떡하겠다는 말이야?……」

마음의 구속으로 부터 풀려 나왔다는 오직 그 한 가지 명랑한 해방감이 영림을 여기까지 이끌어 온 것 뿐이었다.

얼깃설깃한 정문 사이로 들여다보니 아담한 정원에 화단이 있고 그 둘레로 사철나무와 은행나무가 서 있었다. 돌산으로 둘러 쌓인 조그만 못 같은 것도 있는 성싶었다.

그제서야 영림은 이렇듯 빈 손으로 달려 온 자신을 후회하였다. 저번 날 밤, 을지로 입구에서 헤어질 때는 화분을 하나 사 갖고 간다는 약속을 했었는데…… 여남은 살 되어 보이는 사내와 칠팔세쯤 된 계집애가 화단 옆에 쪼그리고 앉아서 공기를 하고 있는 것이 들여다보였다.

영림은 얼른 돌아서서 혜화동 로타리로 되돌아 나와

케이크 한 상자를 사들고 들어갔다.

『아버지 계시냐?』

정문을 들어서서 현관 앞을 지나 안마당으로 걸어가면서 영림은 물었다.

『네, 계세요.』

사내 아이가 일어서며 영림을 말똥히 바라본다.

『네가 도선이지?』

영림은 다가가며 사내 아이의 머리를 쓰다듬어 보았다.

『네.』

『그리고 너는 혜숙이고?』

『네.』

혜숙이도 대답을 했다. 영림은 벌써 오래 전부터 이집 식구의 이름을 모두 외우고 있는 것이다.

『어디 나하고 공기 좀 해 볼까?』

도선이는 히쭉 웃었고 혜숙이는 비둘기처럼 말똥말똥 쳐다보았다.

『어머니도 계시냐?』

『네.』

도선이는 안으로 뛰어 들어가며

「어머니, 손님 오셨어요.」

하고 안방을 향하여 고함을 쳤다.

「그래?」

안방 문이 스르르 열리며 재봉틀 위에 앉아 있던 옥영이가 복도로 나왔다.

유리 문을 드르룽 열며

「어디서 오셨어요?」

그러는데 영림에게 손 하나를 잡힌 채 혜숙이가 다가오며

「엄마, 아줌마가 나하고 공기하재요.」

그 말에 옥영은 웃음을 지으며

「아이, 혜숙인 누구하고도 금방 친해진답니다.」

옥영은 신발을 신고 뜰로 내려서며 혜숙이와 손을 잡고 걸어오는 영림이를 맞이하였다.

「애기들이 무척 귀여워요.」

그러면서 영림은 옥영에게 인사를 하고 나서 자기 소개를 했다.

「사모님은 혹시 저를 모르실런지 모르지만…… 고영림이라고, 작년 가을에 「칸나의 의욕」 이라는 원고를 좀 보아 주시면 하고 선생님께……」

『아, 「칸나의 의욕」 왜 몰라요? 참 좋은 글이라고, 선생님이 하도 칭찬하시길래 나도 읽었답니다.』

『어쩌면 사모님도…… 부끄러운 글을 뭣하러 읽으셨어요?』

『나는 아무 것도 모르지만 칸나의 생각에는 공명하는 데가 많았답니다.』

『아이, 어떡함 좋아요? 사모님까지 그러심……』

『자아, 어서 좀 올라오세요. 선생님도 이제 곧 일이 끝나실 거예요. 오늘은 일요일이라서 오후는 쉬신다니까요.』

『그럼 잠깐만……』

『자아, 어서 올라 오세요.』

옥영은 영림의 등을 밀다시피 하여 안방으로 이끌어 들였다.

『일감을 벌여놔서 어수선 하지만…… 어서 여기 좀 앉으세요.』

재봉틀에 늘어진 일감을 걷어 올리며 옥영은 영림에게 아랫목 자리를 권했다.

『아니, 사모님, 여기 앉겠어요.』

『글쎄 이리 좀 내려와 앉으세요.』

영림의 글을 읽은 후부터는 적지 않은 호감을 갖고 있는 옥영으로서는 영림이가 처음 보는 사람 같지가 않으리만큼 어딘가 친근감을 느끼며 그렇게 권했다.

「아이, 정말 사모님……」

영림은 황송하여 도저히 옥영의 권을 받을 수가 없어 머릿장 앞에 조용히 꿇어 앉았다.

「그럼 이 방석을 까세요. 온돌 방은 딱딱해서 양장한 분들에게는 정말 고통이에요.」

「감사합니다. 그럼 깔겠어요.」

영림은 권하는 대로 방석을 깔며 옥영이라는 한 여성이 지닌, 어딘가 귀족적인 고상한 인품과 아울러 그 친밀한 신경이 가져오는 다사로움을 불현 듯 느꼈다.

「혜숙아, 이건 네 것이다.」

영림은 과자 상자를 혜숙의 앞에 내밀었다.

「뭘 다 그런 걸 갖고 오세요? 접때도 선생님이 저녁 대접을 받았다는데요.」

「변변치도 않은…… 바쁘신 선생님에게 봐 주십사고만 해 놓고는……」

「혜숙이, 아줌마한테 고맙습니다, 안해?」

「아줌마, 고맙습니다.」

혜숙은 깐뜩 고개를 숙였다.

『아이, 귀여워요.』

그것은 단순한 인삿말이라기보다도 영림의 감각이었다. 이처럼 감각을 가지고 아이들을 귀엽다고 해 본 적이 영림에게는 통히 없었다.

『그럼 잠깐 앉아 계세요. 내 선생님한테 올라가 보고 오겠어요.』

『선생님 바쁘실 텐데 괜히 와서 방해만 됨 어떡하나?』

『영림씨가 오셨다면 선생님도 반가워 하실 거예요.』

옥영은 과자 상자를 머릿장 위에 올려 놓고 총총히 방을 나섰다.

그제서야 영림은 마음을 놓고 방안을 한 번 휘이 둘러보았다. 사모님의 애정의 때가 구석구석을 탐탁하게 메꾸고 있는 것 같은 알뜰한 방이었다.

『후우……』

하고 영림은 저도 모르게 긴 한숨을 지었다. 금만가들의 가정처럼 호화롭지는 못하나마 조촐한 가구들이 빈틈없이 째어 있는 이 아담한 방 안 풍경이 영림을 갑자기 서글프게 하였다.

혜숙이가 우두커니 앉아서 영림을 말끄러미 바라보고 있었다. 서글픈 감정이 이상한 방향으로 머리를 들어 영림은 갑자기 혜숙을 한 번 안아 보고 싶어졌다. 좀처럼 아이들을 안아 본 적이 없는 영림이가 돌연 손을 뻗쳐 혜숙을 무릎 위로 끌어다 안았다.

『혜숙이가 아주 얌전하군.』

혜숙의 토실토실한 조그만 몸뚱아리를 발작처럼 영림은 꼭 껴안으며 혜숙의 볼에다 자기 볼을 격렬히 비볐다.

왜 그런지, 싸늘한 혜숙의 볼이건만 영림에게는 차츰차츰 다사로워졌다.

강선생의 온기가 그 싸늘한 볼 밑으로 흐르고 있는 것을 영림은 분명히 감각하였다.

『아줌마, 아파요.』

오그라지는 조그만 몸뚱이를 영림이가 탁 풀어 놓는데 충충대를 내려오는 발자국 소리와 함께

『잠깐만 기다리세요. 선생님, 조금만 있으면 일이 끝나신다니까요.』

영림은 순간, 호다닥 놀라며 혜숙을 얼른 무릎 위에서 내려 앉혔다. 죄지은 사람처럼 두근거리는 가슴을 억제하며 떨리는 목소리로 영림은 대답을 했다.

『네, 괜, 괜찮아요..』

사모님의 발자국 소리는 그러나 방으로는 들어오지 않고 부엌으로 사라져 나갔다.

석운은 일을 끝내고도 이내 아래 층으로 내려가지를 못하고 서재 안을 뻥뻥 돌기만 했다.

『칸나가 마침내 왔다.』

조수처럼 밀려드는 불안한 기쁨과 흥분이 좀처럼 가시지가 않는다. 그러한 들뜬 마음을 가지고 내려갔다가는 반드시 실수를 저지를 것이라고, 조용하면서도 지극히 예민하고 날카로운 옥영의 신경과 눈초리를 석운은 생각하고 있는 것이다.

『뭣 때문에 왔을까? 멀지 않아서 미스터 송과 결혼을 한다지.』

어젯밤에 들은 애리의 말을 생각하며

『결혼보고? 원고 반환?』

영원히 오지 않을지도 모르겠다던 칸나가 왔다. 칸나의 그러한 행동에는 반드시 그 무슨 뚜렷한 동기가 있을 것이라고 그것이 만일 유혹일진대 유혹이라도 좋았다.

청춘의 종착역에서 아직도 서성대고 있는 나머지 한조각 청춘을 그처럼 아껴 줄 수 있는 칸나 고영림의 출현이야말로 작가로서나 인간으로서나 강석운의 가치가 다시 한 번 인정받은 것 같은 행복감이 전신을 휩쓸어왔다.

「그렇지만 강석운이가 그처럼 쉽사리 유혹에 빠질 수가 있을까?」

그러한 자신도 또한 마음 한 구석에 도사리고 있기에 인생의 한낱 시련(試鍊)으로서의 행동을 칸나와 더불어 가져 보아도 무방한 것이라고 자기의 움직임에 대한 결정적인 단안을 내리고 있는데 충충대를 올라오는 발자국 소리가 들리며

「여보, 아직도 멀었어요?」

옥영의 목소리였다.

「아, 내려갈께!」

「저희가 올라 갈테예요. 영림씨가 선생님 서재를 한 번 보신다고요.」

「그래? 그럼 올라오지.」

석운이가 열어 젖힌 문을 옥영이가 차 소반을 들고 들어왔고 그 뒤로 영림이가 따라 올라왔다.

「선생님, 안녕하세요?」

영림은 들어서며 웃는 낯으로 인사를 했다.

「오오, 영림양이 이거 웬일이오?」

「선생님께 잠깐 말씀드릴 것이 있어서요.」

무의식 중에 뛰어 나간 한 마디였다. 무슨 뚜렷한 이유도 없이 방문했다는 것이 자꾸만 마음에 걸리고 있던 참이라, 사모님에게 변명이나 하듯이 입을 연 것이 그런 말이 되어 버리고 말았다.

「자아, 어서 앉으세요.」

책상 앞 남편 옆에 앉아서 소반에 담긴 과일과 케이크와 차를 내려 놓으며 옥영은 앉기를 영림에게 권했다. 내놓은 방석 위에 영림은 앉으며

「선생님 바쁘시죠?」

그리고 나서야 비로소 강선생의 모습을 찬찬히 바라보았다.

「괜찮소. 오늘은 인제 끝났으니까요.」

강석운도 그러면서 영림의 얼굴을 빤히 쳐다보았다.

시선이 마주치며 둘이는 가만히 웃었다. 시선부터 마주쳤다는 것은 눈동자 속에 감추어진 마음의 움직임을 서로가 다 재빨리 포착한 셈이었다.

영림의 눈동자가 말을 했다.

석운의 눈동자가 말을 받는다.

그런 줄도 모르는 옥영은 차 석 잔을 각기 나누어 놓노

라고 여념이 없이

「이 케익, 영림씨가 사 갖고 온 거예요.」

「아, 그런 걸 뭘 다 ……」

그제서야 석운은 시선을 떨어뜨리고 찻종지를 들었다.

「어서 영림씨도 드세요.」

그제서야 영림도 석운의 눈동자로 부터 옥영의 눈동자로 시선을 얼른 옮기며

「사모님도 같이……」

말꼬리를 잇지 못할 만큼 영림의 시선은 당황을 하며 억지로 눈웃음 하나를 옥영에게 지어 보였다.

두근거리는 가슴을 가까스로 가라앉히며 영림은 서재 안을 두루 두루 살펴보았다.

호화로운 서재를 상상하고 있었는데 검소하기가 비길 데 없다. 들창 옆에 낮은 책상, 그 옆에 곰보 유리 문이 달린 커다란 책상, 그 옆에 전축, 저편 모퉁이에 놓인 코너 테이블 위에 아스파라가스의 분이 하나 한들한들 놓여 있었다.

「선생님이 좋아하시는 석류를 한 분 사 갖고 오려다가 그만 시간이 없어서, 다음으로 밀어야겠어요.」

「뭘 그런 것까지……」

『약속만 해 놓고…… 약속은 개인의 법률인데, 그만 마음이 촉박해서 범법(犯法)을 했어요.』

영림은 저도 모르게 뒤통수로 손이 갔다. 밤알만 하던 혹이 호두 알만큼 커져 있었다. 영림은 차차 비장한 심경이 되어 가고 있었다.

『원고 속의 칸나와 똑 같죠? 이야기나 인상이』

옥영은 남편 옆에서 케이크 한 조각을 집으며 영림을 유심히 관찰하고 있었다.

석운은 웃으며

『당신과 비슷한 데가 있는 학생인데……』

『호호, 그러세요?』

옥영은 남편과 마주 보면서 부드럽게 웃었다.

『아이, 선생님도……』

영림도 따라 웃었으나 마음 속으로는 강선생을 쳐다보면서 눈꼬리 웃음을 웃고 있는 사모님에게 일종 형언할 수 없는 질투를 불현듯 느꼈다.

남편의 모든 것을 차지하고 있다는 반석 같은 신념이 사모님으로 하여금 자기의 존재를 극히 가볍게 치부하게 하고 있는 것 같았다. 오빠에게 매를 맞아 가면서 달려온 자기가 아니었던가.

「저 선생님, 오늘 갑자기 제가 찾아 온 것은……」

다급한 감정의 풍경을 설명하고 싶어서 시간 전에 생긴 싸움의 경과가 저절로 튀어 나오려는 것을 영림은 후딱 정신을 차리고 다음 말을 꿀꺽 삼켜 버렸다.

「아, 무슨 일인데?」

석운은 정색을 했다.

「저어……」

할 말이 없다. 되는 대로 주워 댄 것이

「저희들 문학을 좋아하는 몇 동무가 있는데요. 선생님을 한 번 모시…… 저어…… 식사나 하면서 선생님 말씀이나 들을까 하고요.」

「언제?」

「오늘…… 지금 모두들 기다리고 있어요.」

엉터리 없는 거짓말이다.

「오늘?」

석운은 의외라는 듯이 웃었다.

「실은 어저께 찾아 뵈려 했었는데…… 집안에 갑자기 무슨 일이 생겨서 그만 제가 오지를 못했어요. 그래서 제가 지금 동무들이 모인 장소엘 다녀오는 길이예요. 선생님한테 연락을 못했으니 후일로 밀자고요.」

이야기에 차츰 줄거리가 선다. 그래서 다음부터는 어지간히 자신 있는 어조로

『그랬더니 동무들이 어디 들어 줘야죠. 어쨌든 저더러 가 보고 오라는 거예요. 선생님이 정말 바쁘심 후일에 모시기로 하겠다고요.』

『음, 요즈음 젊은이들은 어쨌든 제멋대로야. 상대편의 사정은 들으나 마나 제 요구만 내대면 그만이라지?』

그러는 남편을 옥영은 만류하며

『그러니까 영림씨가 사정을 이야기하는 것 아냐요?…… 일도 끝났는데 바람도 쏘일 겸 나가 보세요.』

『그래도 무방하지만, 어쨌든 버릇을 모르는 것이 한국적 민주주의의 한 특징이라니까 하하핫……』

『후훗……』

하고 영림은 웃으며

『선생님 미안합니다. 사모님 감사합니다.』

하고 머리를 숙였다.

열 두시 반이 가까와 오는 책상 위의 시계를 바라보며 석운은

『장소가 어딘데?』

『명동이예요..』

「명동? 모인 학생은 몇 명이나 되는고?」

「대여섯 명 돼요.」

「남학생들도 있고?」

「여학생들 뿐이예요.」

「음……」

그러는데 옥영이가 옆에서

「여인 천국이군요, 수염이나 좀 깎고 가세요.」

「수염은…… 누가 선을 뵈러 가는 건가?」

「그런 게 아냐요. 젊었을 때는 수염도 일종의 화장이 되지만 늙을수록 몸단장을 해야만 한다는 데도……」

「늙다니, 누구가 늙었다는 말이오?」

「암, 새파랗게 젊으셨지요. 영림씨, 선생님은 인제 겨우 갓 서른 밖에 안되셨답니다. 후훗……」

「후훗……」

그래서 두 여인이 쿡쿡 웃는데

「아, 그 웃음 말이요.」

하고 석운은 갑자기 소리를 쳤다.

「네?」

「당신과 영림양의 웃음이 어쩌면 그렇게 꼭 같소? 후훗…… 하고 끄트머리를 꿀꺽 삼켜버리는 웃음, 감정의 꼬리를 이성의 칼로 잘라버리는 웃음, 여음이 있어서 예술적 향기가 그윽한 웃음, 조심성이 있어서 겸양의 덕을 보이는 웃음인데 도대체 그런 웃음 법을 어디서들 수입해 왔오?」

그래서 이번에는 다른 종류의 웃음이

「하하하……」

「호호호……」

하고 한바탕 벌어졌지만 석운은 이 두 여성이 가끔 가다가 똑 같은 종류의 웃음 「후훗」을 발하는데서 어딘가 성격의 일치점을 발견하고 있는 것이다.

앞에서 말한 것은 그 웃음이 지닌 장점 뿐이지만 그 장점의 이면을 뒤집어 보면 다음과 같은 결점을 내포하고 있는 것이다.

그것은 송두리째 자기네들의 감정을 개방할 수 없고 개방하기 싫고 개방하면 안된다는 조심성이 있는 비밀이 마음 한 구석에 도사리고 있다는 것이다. 좀 더 나쁘게 표현하면 앙큼한 것이 무엇하나 심중에 자리잡고 있다는 증거인 것이다.

여인 천국으로 태연하게 남편을 내보내는 옥영이나 떳떳한 구실로써 옥영의 남편을 밖으로 끌어내는 영림이나 똑 같이 그 「태연」과 그 「떳떳」 이외의 그 무엇이 그들의 감정의 모퉁이를 옭아매고 있다는 것을 짐작하면서도 석운은 그 웃음이 지닌 내용의 일면만을 입에 담아 해석을 했을 뿐, 다른 일면은 결국 마음 속에 새겨두고 말았다.

강석운의 이러한 행동은 이미 강석운의 영혼이 병들어 있다는 충분한 증언일 수밖에 없었다.

어쨌든 극히 조심성 있는 두 여인임에는 틀림이 없었고 동시에 한낱 기분주의로 타락하기에는 다소 억울한 교양의 발판이 두 여인에게는 있었던 것이다.

「그럼 수염이나 좀 깎고 갈까?」

일어서려는 강석운을 영림은 막으며

「아이, 선생님 괜찮아요. 저희들이 선생님을 모시는 건 강선생님의 모습이나 보자는 게 아니니까요. 얼굴만을 내세우고 으시대는 핸섬 보이는, 명동 거리에 얼마든지 있잖아요?」

「하하핫, 그럼 그만 두지. 어쩌면 내 마음에 꼭 맞는 말만 영림양은 골라가면서 할까?」

그 말이 다소 옥영의 정성을 슬프게 했으나

「참 영림씨는 좋은 데가 있어요. 요샛 사람들과는 다

른 데가……」

악의 없는 옥영이었다.

손님인 영림의 말을 존중하고 남편의 의향을 소중히 하여 자기를 양보하는 사모님의 겸양 앞에 영림은 마음속으로 머리를 숙이고 있었다.

『참 몰랐더니 한성양조의 고사장이 바로 영림양의 아버님이시라고?』

옷을 갈아 입으려고 몸을 일으키다 말고 석운은 생각난 듯이 말했다.

『참 집의 아버지를 아신다고요? 아버지가 그런 말씀을 하시던데요.』

『얼마 전에 같이 식사를 하셨답니다. 정능 할아버지와 함께……』

거기서 옥영은 대신 설명을 했다.

『그러세요?』

영림은 의외였다. 정릉엔 별반 가 본 적이 없는 영림으로서는 바로 옆집에 사는 이가 강선생의 부친이신 강교수인 줄은 꿈에도 모르고 있었다.

『그게 바로 영림양과 만나던 날인데……』

『어머나?』

「그렇지만 그때는 고사장님의 따님인 줄은 몰랐었지.」

「그럼 언제 아셨어요?」

「어젯밤, 거리에서 우연히 애리양을 만났더니만 ……」

「아, 애리를 아세요?」

영림은 뜻 밖이라는 듯이 또 외쳤다.

「벌써부터 알고 있지.」

「어쩌면…… 그래서 아셨군요.」

「학교에 다니는 줄로 알고 있었더니 한성양조에 취직을 했다지 않아? 영림양과는 중학 동창이라고…… 덕택에 영림양이 쉬 결혼한다는 사실도 알았고」

「결혼? 누구와 한다는 거예요?」

석운과 옥영은 마주 쳐다보면서 말 없이 웃었다. 남편한테 들어 옥영도 알고 있다는 것이다.

「아, 알았어요. 송준오씨라죠?」

석운은 웃으며

「미스터 송이라고 왜 원고에 등장하는 인물 있지 않아? 영림양을 위하여 독을 마신 바로 그 청년이라더군.」

애리다운 이야기라고 생각은 하면서도 애리의 그러한 중상에는 강선생에 대한 애리에 애정 문제 같은 것이 밑바닥에 감추어져 있는 것 같은 직감이 영림에게 왔다. 그러나 영림은 구태여 그것을 부인하려 들지는 않았다. 그래서

『그렇게 될런지도 모르죠.』

했다.

그 순간, 옥영은 무언지 모르게 막연히 안도감 같은 것을 문득 느끼며 역시 자기는 영림의 출현을 저도 모르는 사이에 경계하고 있었는지도 모른다고 생각하였다.

옥영 자신 자각도 못했던 그런 종류의 본능적인 경계심이 뭇 아내에게는 있는지 모른다. 그처럼 굳건한 남편을 모시고 있으면서도 그런 경계심을 품는다는 것이 옥영 자신의 비열한 인격 때문이 아닐까도 생각하였다.

어쨌든 이 순간에 있어서 옥영이가 체험할 수 있는 하나의 진실은 달팽이 뿔과도 같은 것이 모든 아내에게 구비되어 있는 것이며 그것은 동시에 온갖 여성의 유혹으로 부터 남편을 수호하려는 일종의 예민한 촉수(觸手)로서의 역할을 하고 있는지 모른다는 사실이었다.

『오늘날처럼 허무 맹랑한 세상에 그만한 각오와 정성

을 가지고 한 여성을 사랑할 수 있다는 건 희귀한 일이니까 영림양도 지나친 자존심만 갖고 **빨랑빨랑** 결혼을 해야만 해요.」

말만은 발라야 한다는 격의 말 밖에는 안되는 말을 씨부리고 있는 것이라고, 영림의 결혼을 소리 높이 반대하고 싶은 충동을 석운은 느끼며 갑자기 마음 속이 공허해졌다.

「고맙습니다. 선생님.」

영림이도 바른 말을 했지마는 바른 감정일 수는 물론 없다.

「그저 제 사람이 됐다고 생각하면 나쁜 것도 좋게 보이는 법이라고.」

십 팔년 간의 결혼 체험을 옥영은 말하고 있는 것이다.

강석운이가 옷을 갈아 입으려고 아래로 내려간 사이에 두 여인은 잠깐 동안 멍청히 앉아 있었다.

「선생님의 작품 행동에는 사모님의 내조의 공이 많으시다죠?」

어느 정도의 내조인지를 영림은 알고 싶어서 그것을 물었다.

「아이, 영림씨도…… 제가 무얼 안다고요?」

옥영은 얼굴을 붉혔다.

『아냐요, 제가 나이는 어리지만…… 이런 말씀을 드려서 용서하세요, 사모님.』

영림은 긴장한 표정으로

『저 과히 사람 잘못 보지 않아요. 사모님 상당하세요. 오늘 보니까요.』

『어마나, 영림씨도…… 잠깐 보고 어떻게 알아요?』

『사모님, 왜 자꾸만 겸손하세요?』

『제가 무얼 겸손해요? 또 그런데가 조금 있다고 해도 아무것도 모르는 사람이면 겸손할 수밖에 없잖아요?』

『아냐요, 상당하신 사모님이세요.』

영림은 진정으로 그 한 마디를 솔직하게 토했다.

『그런 말을 하는 영림씨야 말로 보통이 결코 아닌 것 같아요.』

이 한 마디도 김옥영의 진심이었다.

『사모님, 건방진 말 같지만요, 한 마디로 사모님을 평해 보면…… 용서하세요. 저희들 문학을 좋아하는 사람들은 걸핏함 사람을 다루어 보기 좋아해서는 큰 일이예요.』

『서당 개 삼년에 풍월을 읊는다고, 그런 의미에서는

영림씨의 말을 충분히 이해하고 있지요. 그리고 그런 정도라면 저도 영림씨를 한마디로 평해볼 수도 있어요. 호호호……」

이 마지막에 흘러 나온 「호호호」야 말로 똑 같은 내용의 말이지마는 고영림에게 있어서 결핍되어 있는 김옥영의 관록이었다.

고영림은 웃지 못했는데 김옥영은 웃는 것이다. 강석운 쟁탈전에 있어서의 김옥영의 위치가 그만큼 견고하다는데서 오는 안도감이라기 보다도 차라리 한 사람의 여성 대 여성의 대결에 있어서 인간적인 무게였던 것이다.

패기가 만만한 영림으로서는 이미 사십대에 가까운 사모님의, 곰팡내가 나기 시작했을 사고 방법을 얕잡아 보고 있을 수밖에 없었고 완숙에 가까운 인생기에 도달한 김옥영으로서는 영림의 패기를 일종의 치기(稚氣)로서 처분할 수밖에 없었다.

어떻든 간에 이 두 여인이 솔직하게 상대방이 지닌 인격의 가치를 인정한 것만은 사실이었다. 동시에 그러한 솔직한 확인(確認)은 서로 서로가 다 함께 하나의 호적수(好敵手)를 발견하였을 때에 느끼는 가벼운 흥분과 더불어 일종의 투쟁 의식의 발동을 의미하고 있는 것이다.

「호호호」 하고 웃어 넘기는 사모님에게 영림은 순간, 일종의 가벼운 압박감을 느끼며, 그래서 일부러 미소 하나를 덤으로 띠며

『어디 그럼 사모님부터 평해 보세요. 그 담에 제가 말할께요, 네.』

애교의 의미로 「네」를 하나 더 영림은 부록으로 붙였다.

『그럼 내가 먼저 말해 볼까요?』

옥영도 웃는 얼굴로 대답하였다.

보통 같았으면 사람의 평을 그것도 이런 경우에 있어서 제가 먼저 입에 담는 몰상식한 옥영이가 아니었다. 그러나 이 자리에서는 옥영이 편에서 재빨리 기선(機先)을 제압해야만 했다. 잘못해서 똑 같은 평이 두 사람 입에서 나오게 되는 경우에 있어서 나중 발언한 사람은 추종이 아니면 모방으로 오인을 받기 쉬워 옥영의 창조적인 고유한 평이 빛을 잃기 때문이었다.

『실례가 되면 용서하셔야 해요.』

『염려 마세요, 사모님도……』

『한 마디로 말해서 영림씨는 이야기하면 통할 수 있는 사람이라고 봤어요.』

『어마? 제가 하고 싶은 말을 사모님이 먼저 하심 어떡하세요?』

『호호호, 호호홋……』

옥영은 명랑하게 웃어 젖혔고

『…………』

영림은 좀 더 깊은 압박감에서 덤덤히 옥영을 바라보았다.

영림이가 느끼는 압박감은 그러나 절대로 불쾌한 것이 아니고 도리어 자기의 가치를 인정받았다는 하나의 행복감으로 이내 변모를 하고 있었다.

『참 저처럼 선생님한테 원고를 가지고 오는 사람이 많죠?』

『많지만…… 어디 그걸 다 일일이 읽어 볼 시간이 있어야죠, 영림씨는 특별이예요.』

『아이 고마워라.』

『사실은 고마운 게 아니고 글이 좋았던 탓이지요. 처음 몇 장만 읽어 보면 아신다니까요. 열 장만 무난히 읽어 넘길 수 있는 글이면 된다고요. 그런데 영림씨 글은 말이예요. 원고 집필을 모두 집어 치우고 단숨에 읽으셨으니까요. 그쯤 되면 문제 없다고요. 그러니까 선생님이 고마운 게 아니고 원고가 고마웠죠.」

「아이, 사모님도…… 편지도 많이 오죠? 독자들에게서……」

「네, 많이 와요.」

「여성 독자와 남성 독자와 어느 편이 더 많아요?」

강선생님에 관한 일은 무엇 하나 놓치지 않고 샅샅이 영림은 알고 싶은 것이다.

「그저 반반씩 되나봐요. 근데 참, 이상한 독자가 한분 있답니다.」

생각이 난듯이 옥영은 불쑥 그런 말을 했다.

「어떤 사람인데요?」

「어쩌면 글쎄 한 번도 잊지 않고 선생님의 생일과 크리스마스에는 꽃 봉투를 꼭꼭 보내오는 여성 독자가 있답니다.」

「꼭꼭이라고…… 생일과 크리스마스는 일년에 한 번씩인데……」

「그러기에 말이예요. 벌써 육이오 전부터니까 칠 팔 년은 넉넉히 될 거예요. 보통 때는 아무런 소식도 없다가 생일과 크리스마스만 되면 분홍 꽃봉투가 날아 오는 걸요.」

「어마, 상당히 열광적인 애독잔가 봐요. 그래 선생님도 회답을 내시고?」

꽃 봉투만은 보내지 않았지마는 자기에게도 그만한 정성은 확실히 있는 것이라고, 영림은 그 꽃 봉투의 주인공과 무슨 경쟁이라도 하고 있는 심정이 불쑥 되어 가고 있었다.

「어디가요, 주소가 통 씌어 있지 않으니까 어디 회답을 낼 수가 있어야죠?」

「왜 그럴까요?」

「글쎄 말이예요. 선생님도 그 지극한 정성이 눈물겨웁다고 감사의 답장을 내고 싶어 하지만…… 주소를 모르고 보니 도리가 있어야죠.」

「팔년 동안을 내내?」

강선생님의 생신은 영림도 벌써 부터 알고 있었다. 단행본이나 잡지 같은데 실린 강선생님의 경력은 여학생 시절부터 많이 보아 왔었기 때문이다.

「이름은 씌어 있어요?」

「네, 금심(琴心)이라고, 저어 거문고 금자와 마음 심잔데……」

「금심…… 내용은 뭔데요?」

연거푸 물어 오는 영림의 그 집요한 태도에 옥영은 마음의 고개를 갸웃 했다. 금심이란 혹시 영림의 별명인지 모른다고……

『내용도 언제든지 똑 같아요. 아주 간단한……』

『뭐라고 씌어 있어요?』

확실히 수상한 데가 있기는 있다고, 날카로운 신경은 눈동자로만 모아 놓고 표정은 아주 태평한 춘풍처럼 허수러이 가지며

『역시 봉투와 똑 같은 분홍 편지지 한복판에 붓글씨로 이렇게 씌어 있어요.』

《祝生辰[축생신](또는 祝聖誕[축성탄])

先生[선생]님은 항상 제 琴心[금심]에 살아 계시오. 이렇게 一年[일년]에 두 차례씩 聖誕[성탄]과 꼭 같은 意味[의미]를 지닌 先生[선생]님의 生辰[생신] (또는 先生[선생]님의 生辰[생신]과 꼭 같은 意味[의미]를 지닌 聖誕[성탄]) 祝賀[축하]하는 글월을 올릴 수 있는 幸福[행복]만이 제 삶의 보람인가 하옵니다.

生辰前夜[생신전야](또는 크리스머스 이브)

琴心[금심]은 조용히 올림》

「판에 박은 듯이 언제든지 꼭 같은 내용이예요.」

「어쩌면?……」

사모님이 자기를 의심하는 줄은 꿈에도 모르고 영림은

「금심이란 어딘가 기생 이름 같지 않아요?」

「나도 그래서 선생님께 물어 보았어요. 그러나 요정에서 만났던 기생들은 많아도 금심이란 이름을 가진 사람은 통 없었다니까요.」

「참 모를 일도 다 있군요.」

그러나 사모님은 대답 대신 영림의 표정만 골똘히 살피고 있었다.

「그럼 올해도 선생님의 생신에는 또 꽃 봉투가 올 거 아냐요?」

「모르긴 하지만 아마 올 거예요.」

그러나 금심이가 한혜련의 익명인 줄을 아는 이는 하늘 아래 땅 위에 한 사람도 없었다. 불쌍한 계집애 朱鳳仙(주봉선)이의 거문고 소리는 어이하여 그처럼도 조그맣고 이처럼 낮기만 했던고! 그 이름과도 같이 빨간 봉선이의 단심(丹心)이여, 연연(娟娟)한 거문고줄에 연연(戀戀)한 마음을 가득히 싣고 남 몰래 구슬피 울던 탄야월(彈夜月)의 영혼인양 일년에 두 차례씩 꽃봉투를 띄움으로써

삶의 보람을 찾으려는 미스 헬렌의 금심은 언제까지 살
으려나?

『자아, 영림양, 이제 나가 볼까?』

아랫층에서 석운의 목소리가 올라왔다.

『네에.』

두 여인은 똑 같이 대답을 하며 아래로 내려갔다.

회색 양복에 회색 중절모, 석운은 이미 구두를 신고
뜰로 내려서며

『큰 애들은 다 어디 갔오?』

『정능 할아버지한테 갔어요. 아버지께 달걀 얻어다
드린다고요.』

『맨손으로 보냈오?』

『쇠고기 몇 근 사 보냈어요.』

『음, 잘 했오. 자아 영림양!』

『사모님, 안녕히 계세요.』

『또 놀러 오세요.』

『혜숙이, 안녕.』

『아줌마, 안녕.』

도선이는 어딜 갔는지 보이지 않는다.

남편과 나란히 서서 정문을 나서는 영림의 뒷모습을

옥영은 말뚱히 바라보고 섰다가 찻종지를 치우려고 다시 이층으로 올라가면서 마음의 고개를 또 갸웃거렸다.

저녁을 대접한다고 젊은 여성들이 찾아 와서 남편을 데리고 나가는 경우가 한 두 번이 아니건만 어쩐지 오늘의 내방객인 고영림에게는 무언가 지적할 수 없는 불안감이 후딱 머리에 들어왔다. 그리고 그러한 불안감이 머리를 들기 시작한 것은 꽃봉투의 주인공인 금심의 이야기가 났을 무렵 부터의 일이었다.

이층으로 올라가서 찻종지를 소반에 담아 책상 위에 올려 놓고 방을 쓸어 내리려고 창문을 활짝 열어 젖뜨리는데 골목 어귀를 빠져나가고 있는 두 사람의 뒷모습이 시야에 들어왔다.

그것은 앞집 지붕 위로 넘겨다 보이는 골목 어귀에서의 일이었다.

나란히 걸어가던 영림이가 우뚝 걸음을 멈추며 남편을 말끄러미 쳐다보고 섰다. 영림의 그러한 갑작스런 동작에 따라 남편도 우뚝 멎으며 영림의 얼굴을 물끄러미 들여다본다.

다소 떨어진 거리여서 똑똑하지는 않지마는 입이 움직이지 않는 것을 보면 단 한 마디의 대화도 거리에는 있는 것 같지가 않았다. 있다면 그것은 눈동자의 대화일 따름이라고 옥영은 눈 앞이 아찔해졌다.

옥영은 열었던 창문을 본능적으로 홱 닫았다. 닫힌 문을 이번에는 조금만 열고 시선만 총알처럼 내 뽑았다.

오뚜기처럼 서서 아무 말도 없이 남편의 얼굴을 찬찬히 쳐다보고 있던 영림이가 그때 홱 고개를 숙이며 골목 밖으로 뛰쳐 나갔다.

순간, 멍멍히 섰던 남편이 영림의 뒤를 약간 당황한 걸음걸이로 따라 나갔다.

넓은 한길을 왼편으로 몇 발자국 꼬부라지다가 이윽고 둘이의 그림자는 옥영의 시야에서 사라지고 말았다.

대화를 상실한 이 한 토막의 묵극(黙劇)이 십 팔년에 걸친 김옥영의 반석같은 아내로서의 자리를 뒤흔드는 일대 비극의 푸롤로그(序幕)가 아니기를 옥영은 이윽고 경건한 마음으로 하늘에 조용히 빌었다.

21. 誘惑[유혹]의 江[강]

혜화동 로타리에서 두 사람을 집어 실은 택시가 명륜

동을 거쳐 창경원을 지날 무렵에도 영림은 아무 말도 없이 프론트글라스 너머로 닥쳐오는 거리의 풍경만 골똘히 쏘아보고 있었다.

골목 어귀를 나설 무렵에 취한 영림의 행동에서 강석운은, 이미 칸나의 침묵의 이유 같은 것을 민감하게 느끼고 있었다. 그래서 강석운도 똑 같은 침묵 속에서 고영림의 옆 얼굴을 때때로 살펴보며 이 드라이브 코스가 지닌 그 무슨 운명 같은 것을 멍청히 생각하고 있었다.

영림은 한 번도 석운의 얼굴을 돌아다보지 않았다. 그것이 다소 신경에 걸려

「그렇게 아무 말도 없이…… 어떻게 된 셈이야?」

「…………」

「모인 학생이 몇 명이랬지?」

「…………」

「모르겠는 걸. 꼭 화난 사람 모양으로……」

「아, 돈화문 쪽으로 돌아가요. 안국동으로 해서 가요.」

대답은 없고 원남동에서 영림은 그렇게 외쳤다.

「네네.」

「화날 이유는 하나도 없는데 화난 사람 같은 감정이

하나 가뜩 가슴에 차 있어요.」

「…………」

이번에는 석운의 편에서 벙어리가 되었다.

「왜 그런지 모르겠어요.」

「…………」

「선생님이 아심 그런 심리 상태를 작가적인 입장에서 좀 해부해 주세요.」

「그래도 무언가 조금은 있겠지, 화날 이유가……」

「조금도 없어요.」

「영림은 이상한 사람인 걸!」

「모르는 척하지 마세요. 선생님이 그걸 모르심 누가 알아요? 제 감정의 한 오리 한 오리를 선생님은 지금 빤히 들여다보고 있으면서도 아주 모른 척 하고 어물어물 넘겨 보내실 작정이시지만……」

「내가 뭘 안다고 그래? 천 길 바다 속은 알아도 한 길 가슴 속은 모른다는데.」

「후훗……」

그때서야 비로소 영림은 석운을 돌아다보고 미소 하나를 비웃듯이 지어 보였다. 석운도 따라서 빙그레 웃어보였다.

두 사람은 그 이상의 말을 필요로 하지 않았다. 화날 이유는 없으나 화난 사람 같은 감정을 둘이는 너무도 잘 이해하고 있었다.

『화날 이유라고는 단 한 가지, 사모님이 저를 너무도 잘 대해 주신 것 뿐이예요. 정말 좋은 사모님이세요.』

『잘못 대해 줬더라면 큰일 날 뻔 했었군.』

『그랬음 얼마나 좋겠어요! 이처럼 우울하지는 분명코 않았을 테니까요.』

『영림은 예쁜 말을 잘 해서 좋아.』

『제 말 예쁘세요?』

『예뻐. 영림의 입에서는 주옥 같은 말이 마구 쏟아져 나오는 걸.』

영림은 만족한 듯이 석운을 말갛게 바라보며

『목에 가시가 든 사람처럼 선생님도 어물어물 삼켜 버리지만 마시고…… 주옥 같은 말을 좀 마음 놓고 쏟아 놔 주세요.』

석운은 그말이 또 주옥처럼 예뻐서

『쏟아 놓았다간 줏어 담지를 못해.』

『삼켜 버림 소화 불량에 걸려요.』

『그 편이 오히려 난 걸.』

「암만 해도 목에 걸린 가시를 빼 드려야 할까 봐요.」

「또 주옥 같은 말을……」

「이 길 두 번째예요. 달포 전에…… 아, 저 출판사 앞에서 내리셨지요.」

견지동을 지나 차는 일로 명동을 향하여 달려가고 있었다.

삼켜 버리면 소화 불량이 된다고, 목에 걸린 가시를 빼 드려야겠다는 영림과 쏟아 버렸다가는 주워 담지 못할 것을 걱정하는 석운 사이에 대화는 또 뚝 끊어진 채 차만 달렸다.

종로를 지나고 또 을지로를 건널 때,

「어제 같이 걷던 사람이 미스터 송이요?」

영림은 앞을 바라보던 그대로의 자세로 고개만 끄떡끄떡 했다. 한참만에 영림은

「처음엔 반가워 하던 선생님이 나중에는 왜 그처럼 쌀쌀하셨어요?」

「…………」

얼마 있다가 석운은

「목에 가시가 걸려서……」

「그러신 줄 알았어요.」

『아, 여기가 명동인데요.』

『장소가 어딘데?』

명동 입구를 지나 차는 곧장 달려가고 있었다.

『명동 어디 쯤입니까?』

운전수가 물었다.

『그냥 가요.』

진고개 입구를 지나 차는 남대문 쪽으로 달렸다.

석운은 빨리 영림을 돌아다보았다. 오뇌의 빛이 한 줄기 영림의 프로필을 뒤덮고 있었다.

어디서 차를 멈춰야 할런지, 정처없는 차 바퀴의 운전만이 신경에 왔다.

곧장 가면 한강이 될 테지, 한강 건너 편에 한성양조가 있다. 무서운 것은 하나도 없었으나 회사 사원들의 눈이 귀찮아

『시청 쪽으로 꺾어 줘요.』

남대문 앞에서 차는 돌았다.

이상 더 석운은 목적지를 묻지 않았다. 영림의 얼굴에 푸뜩푸뜩 떠 오르는 오뇌의 빛이 모든 것을 설명해 주고 있었기 때문이다.

『곧장 갑니까?』

시청 앞에서 운전수는 또 물었다.

『아무데나 가 줘요.』

『네?』

『어서 곧장 가요.』

영림은 눈을 감고 상반신을 되는 대로 탁 젖히다가

『아얏!』

쿠션에 뒤통수가 부딪혀 혹이 뜨끔 했다. 뒤통수의 얼얼한 아픔을 영림은 애정의 댓가라고 생각했다.

『어디 다쳤어?』

『아니요.』

눈을 감은 채 영림은 가만히 대답했다.

『그럼?』

『사모님 좋으신 분이예요.』

뚱딴지 소리를 영림은 중얼거렸다.

『영림양은 나쁜 사람인가?』

『노오! 나도 좋은 사람이죠.』

『어디로 갈깝쇼?』

중앙청 앞까지 와서 운전수는 또 물었다.

『가고 싶은 데로 가요.』

『가고 싶은 데라고요. 곧장 가면 효장동인데요.』

「그럼 그리로 가요.」

차는 또 달렸다.

차가 어디로 가든, 석운도 이미 내던지듯이 영림과 같이 눈을 감으며 마음을 가라앉히기 시작하였다.

「그냥 곧장 갈깝쇼? 자하문 밖으로요.」

효자동 종점에서 운전수는 말했다.

「마음대로 하시요.」

눈을 감은 채 이번에는 석운의 편에서 대답을 했다.

꼬불꼬불한 골목을 빠져 나가는 차는 이윽고 탄탄한 비탈 길을 날쎄게 달리기 시작했다. 일요일이라 오고 가는 차량이 눈에 띄이게 많았다.

자하문 고개를 넘어 세검정(洗劍亭)에 다달았을 무렵까지 석운과 영림은 단 한 마디의 대화도 나누지 않았다. 가느다란 한숨만이 가다가 두 사람의 입술을 새었을 따름이었다.

「어떡할까요? 더 올라갑니까?」

「그냥 올라가요.」

개울을 끼고 차는 울퉁불퉁한 길을 어디까지나 자꾸만 기어 올라갔다.

유흥객들이 술추렴을 하며 개울가 여기 저기서 떠들어

대고 있었다. 개울 건너 편 숲 사이에서도 그랬다. 조용한 아베크도 있었다.

「선생님, 능금 밭이 굉장히 많아요.」

「아, 능금 밭이……」

영림의 시선을 따라 석운은 창 밖을 내다보았다. 가도 가도 즐비한 능금 밭의 행렬이다.

「이제 그만 내릴까요?」

「아, 그러지.」

차는 멎고 둘이는 내렸다. 상당히 깊숙히 차는 들어오고 있었다.

차삯을 치르고 나서 둘이는 그냥 위로 걸어 올라갔다. 사람의 그림자가 차차 드물어졌다. 조용한 것을 좋아하는 사람들만이 여기 한쌍 저기 한쌍 옹기종기 모여 있었다.

「이럴 줄 알았음 뭘 좀 사 갖고 올 걸 그랬어요.」

석운을 쳐다보며 영림은 웃었다.

「기다리고 있는 학생들이 준비를 톡톡히 해 놨을 텐데……」

「후훗……」

웃다가 돌부리를 헛 짚어 발 하나가 통그러져 나가며

『어, 엄마……?』

허위적거리는 손길과 함께 휘청하고 쏠려 오는 대단한 무게…… 그러한 무게가 어디에 깃들어 있었더냐고, 보기와는 딴판인 육중감을 두 팔에 느끼며

『하마터면 개울로 기어 들어가는 걸.』

『용서하세요, 선생님!』

완전히 담겨졌던 상체가 석운의 품 안으로 부터 비비적거리며 영림은 조금 얼굴을 붉혔다.

『거짓말을 하니까 돌부리가 벌을 준 거야.』

통그러질 때 빠져나간 핸드백을 석운은 집어 주며

『어째 그리도 무거워?』

보기에는 날쌘 암사슴처럼 탄력성이 있고 홀가분할 것만 같아 보이던 영림의 무게였다.

『후훗.』

영림의 빨간 얼굴이 웃음을 삼키며

『무거워서 짐이 되시나봐요.』

『웅?』

『제가 제 힘으로 제 한 몸을 가누지 못했으니까 선생님에게는 무거운 짐이 될 수밖에……』

말 뒤에 또 하나의 말이 숨겨져 있는 것이라고 영림의

그 번개처럼 흐르는 상념을 석운의 지성이 간지럼을 타도록 귀여워했다.

석운은 오뇌에 짙어 있는 얼굴에 웃음 하나를 성긋이 띠며

『짐이 되기를 무서워 하는 세속적인 조심성을 비웃는 말이겠지만…… 문제는 그 이전에 있어야만 할 거야.』

『알겠어요, 선생님의 말씀을…… 인간적 성실의 문제죠.』

『돌부리는 이 세검정 골짜기에만 있는 게 아니고 인생의 비탈길에도 있는거야.』

『그걸 아마도 제가 요즈음 헛짚고 있나 봐요. 그래서 제 한 몸을…… 제 한 몸을 가누지 못하고 자꾸만 선생님께로 쏠려 들어가고 있는 것 같지만……』

『돌부리도 지금처럼 헛짚지 않고 정신을 차려서 잘 짚고만 넘어가면 넘어갈 수도 있는 건데……』

『선생님에게 짐이 되는 제 무게를 드리지 않아도 좋았을 테고……』

『결코 짐이 되는 무게는 아니었어. 그렇지만 어쨌든 그 무게와 함께 하마트면 개천가 낭떨어지로 굴러 떨어질 가능성도 확실히 있었으니까……』

「정말이세요?」

「응?」

「제 무게가 짐이 되지 않으셨다는 말씀……」

석운은 영림의 눈동자에서 생명의 몸부림과도 흡사한 진지한 움직임을 뚫어지게 응시하다가 이윽고 침착한 어조로 대답을 했다.

「달가운 무게? 그저 달가운 무게였어.」

영림은 부르르 몸서리를 쳤다.

달가운 무게! 그저 달갑게만 생각키우는 무게를 강선 생님은 자기에게 느끼고 있는 것이다. 그러한 위치의 무게를 강선생님에게서 차지할 수 있는 칸나 고영림은 송구하리만큼 행복했다.

「선생님!」

숨가쁜 외마디 외침이 시발차(始發車)의 기적인 양 영림은 냅다 격정의 레일을 달리고 있었다.

「아아, 선생님!」

망그러진 인형 모양 고개가 뚝 부러지며 툭툭툭, 칸나의 격정은 마침내 맑은 물이 되어 발부리를 뿌리기 시작했다.

영림은 운다, 자꾸만 운다.

어린애들처럼 두 손등으로 연방 눈물을 씻어 내며 무섭게 흐느껴 울었다.

꼬박 서서 울었다.

강선생님이 자기를 그렇게 까지 생각해 주실 줄은 정녕 몰랐다. 무표정하리만큼 태연하던 모습, 쌀쌀하리만큼 무표정하던 어른다운 표정의 배후에서 영혼의 대화를 자기와 더불어 수 없이 바꾸고 있던 강선생님을 영림은 발견한 것이다.

『그렇지만 선생님!』

영림은 솟구치는 눈물을 씻으며 얼른 얼굴을 들고 천천히 석운을 추켜 보는 자세로

『그렇지만 선생님, 과히 염려하시지 마세요. 제 무게가 선생님에게 짐이 되실 때, 오뚜기는 쓰러졌다가는 또 바로 서니까요. 이처럼…… 이처럼 말예요.』

기척을 하고 영림은 석운의 앞에 오똑 섰다. 그냥 눈물은 흐르기만 했다.

여학교 시절부터, 실로 오랜 시일에 걸쳐 한 방울 두 방울 모아 두었던 눈물이기에 참아도 참아도 연방 솟구쳐 나오기만 했다.

『이만함 됐죠? 아까는 모르고 쓰러졌지만요.』

「..........」

무서운 얼굴을 하고 석운은 돌부처 모양 서 있었다. 눈물을 흘리면서 기척을 하고 서 있는 영림의 자태가 사랑에 불타는 마리아처럼 성스럽게 석운에게는 비쳤다.

「됐어! 그만 하면 훌륭해.」

그대로 내버려 두면 와락 쓰러안고 똑 같은 흐느낌 속에서 숨가빠 할 수밖에 없을 자기 자신의 허물어져 가는 자세를 최후적으로 석운은 간신히 지탱하며 조용히 말했다. 명령하듯이 말했다.

「오뚜기, 눈물을 씻어요.」

영림은 열심히 씻으며

「씻어도 그냥 나와요.」

석운도 자꾸만 눈시울이 뜨거워왔다.

그러나 자기마저 눈물을 보일 수는 없다. 그렇게 해서 이십 년이나 나이가 어린 영림의 격정에 불을 사를 수는 도저히 없다.

석운은 얼른 손을 뻗혀 빤히 추켜보고 섰는 영림의 두 어깨를 잡고

「오뚜기, 이제 돌아서서 가요.」

영림의 방향을 가만히 돌려 놓았다.

그대로의 자세로 그냥 마주 서 있기에는 석운의 모랄이 이미 약화되어 있었다. 저항의 발받이가 한 조각 남아 있어 말갛게 쳐다보며 우는 영림을 돌려 세우기는 했으나 아주 선 채 쓰러져 올 것만 같은 고영림의, 결코 짐이 아닌 달가운 무게를 거부해 버릴 자신은 이미 없었다. 젊었을 때는 도리어 그러한 용기가 석운에게는 있었건만……

『오뚜기, 망가지기 전에 어서 앞으로 걸어 가요. 오뚜기도 망가지면 바로 서지를 못하는 법이야.』

그때 석운은 마침내 눈물이 되어 볼을 적시고 있었다.

석운은 얼른 눈물을 닦아 내며 시름 없이 걸어가는 영림의 뒤를 서서히 따랐다.

일부러 목소리만을 명랑하게 높이어

『칸나의 오뚜기는 아직도 망가지지는 않았는 걸! 제법 잘 걷는구만!』

그러나 그런 말 따위에 영림이는 호응해 오지 않았다. 않을 만큼 영림의 감정에는 엄숙한 경지가 자리잡고 있는 것이라고, 사십 대의 완숙한 지성이 이십대의 미숙한 감정 풍경 앞에 눈물을 흘렸다는, 그 우스꽝스런 사실을 작가 강석운은 지금 중대시하고 있는 것이다.

한길을 비낀 송림 사이 오르막 길 막바지에 풀밭 하나가 있었다. 아이들 둘을 거느린 중년 부부가 그 풀밭에서 일어나 개천 가로 맞 받아 내려오고 있었다.

『저 사람들이 내려 오는데…… 그리로 가서 앉아요.』

흐느낌이 가시지 않아 대신 영림은 고개만 끄떡거려 보였다.

오르막 길 중턱에서 중년 부부의 일행과 마주쳤다. 가족 일동이 두 사람을 힐끔힐끔 돌아다보면서 내려갔다.

『엄마, 저 사람 도선이 아버지야.』

『그래 그래, 잠자코 있어!』

들릴락 말락한 이야기였지마는 뒤에 떨어져 올라가던 석운은 들었다.

무심 중 뒤를 돌아다본 석운의 시야 속에서 중년 부부는 모르는 체하고 앞장 서서 내려가고 있었고, 사내 아이들은 여전히 힐끗힐끗 이편을 돌아다보곤 했다.

『들켰다.』

석운은 마음이 시무룩했다. 남편의 얼굴에는 낯이 없었으나 인제 생각하니 부인과 애 한 놈의 얼굴은 확실히 낯이 익다. 이름은 모르나 도선의 아버지를 알아보는 그

놈은 확실히 도선이의 동무였다. 부인도 인사는 없었으나 아내 옥영이와는 마을 동무 쯤은 확실히 되어 있을 것이라고, 외나무 다리에서 원수를 만난 것 같은 느낌이었다.

십 팔년만에 처음 부닥친 오늘의 염사(艶事)가 이처럼 신속한 보도망을 거쳐 아내의 귀에 들어가게 될 줄은 꿈에도 생각지 못했다. 남들은 오랜 시일을 두고 바람을 피우면서도 아내의 눈만은 교묘히 속여 오는데 이건 도대체 어찌 된 셈이냐고, 하늘은 짓궂은 앙심을 품고 자기만을 중뿔나게 내려다보고 있었는지도 몰랐다.

상식으로 판단할 때, 자기 남편과 함께 인기척 드문 숲 사이를 걸으면서 흐느끼고 있는 한 젊은 여인을 아내 옥영의 감정이 어느 정도의 심증(心證)을 가질것인가 그건 이미 뻔한 이야기였다.

『할 수 없는 일이야!』

석운은 이내 단념을 할 수밖에 없었다. 그리고 그 단념 속에는 그 무슨 막연한 각오 같은 것이 불쑥 뒤섞여져 왔다. 달가운 짐에 대한 희미한 각오가 운명론적으로 처리되고 있었다. 이러한 목격자가 없었던들 그러한 각오가 운명론적으로 처리될 수 있는 강석운은 적어도 아니었던 것이다.

자기 자신에 대한 저항의 자세가 삽시간에 외부로 방향을 돌이켰다. 아내의 비탄과 분노와 저주에 대한 저항으로 돌변하고 말았다. 그것은 마치 칸나의 자기 해방과 비슷한 의미와 위치를 지니고 있었다.

『아는 사람이예요?』

눈물을 거두며 영림은 시름없이 물었다.

『아니, 알긴……』

둘이는 나란히 다리를 뻗고 풀밭에 앉았다. 멀리 송림 사이로 계곡이 흐르고 있었다. 맞은 편 산 너머로 초하의 사양이 눈부시게 뿌려진 계곡의 일원(一圓)이었다.

영림은 핸드백을 열고 껌 두 개를 꺼내 석운의 뻗힌 한쪽 다리 위에 가만히 올려 놓았다. 가벼운 한숨 하나가 영림의 입술에서 새어 나왔다.

올려 놓고 되돌아 가는 갸름갸름한 손길을 따라 석운의 시선이 움직이는데, 언덕 밑 개천가 길로 중학생들의 노래소리가 지나가고 있었다.

사랑해선 안될 사람을
사랑하는 죄이라서

말 못하는 내 가슴은

이 밤도 울어야 하나

둘이는 후딱 시선이 마주치며 조용히 웃었다. 이윽고 영림은 가만히 물었다.

『선생님, 사랑이 뭔가요?』

『몰라, 저 중학생에게 물어보면 잘 알으켜 줄 거야.』

『선생님이 그걸 모르심 소설은 어떻게 쓰세요? ……』

『산 속에 들어간 사람은 산을 모른다니까……』

사랑의 산 속으로 선생님이 들어가셨단다. 그래서 사랑이 무언지를 선생님은 모르신단다. 영림은 갑자기 소녀화보의 여학생들처럼 감상이 감미로워졌다.

『사랑이 무언지를 선생님은 아실 텐데……』

『혼자 있어도 즐겁고 둘이 같이 있으면 더욱 더 즐거운 것! 그게 사랑이지.』

영림의 감정이 손뼉을 쳤다.

『내가 아는 건 그것 뿐이야. 그리고는 아무 것도 몰라.』

석운은 소년들처럼 이름 모를 풀대 하나를 꺾어 입에

물었고 영림은 눈 앞에 돋은 앉은뱅이 솔잎을 한줌 훑었다. 훑어 쥔 솔잎을 스커트 위에 쭈욱 펼쳐 놓으며

　『열 일곱 살 때부터 선생님과 이렇게 한 자리에 앉아보기를 꿈꾸고 있었어요.』

　『꿈은 아름다웠으나 현실은 추했지?』

　『아아뇨.』

　영림은 도리도리를 해 보이며

　『꿈보다 현실이 제게는 더욱 더 좋았어요.』

　『그렇지는 못할 텐데……』

　『혼자 있어도 즐겁고 둘이 같이 있음 더욱 더 즐거운 것! 어쩌면 선생님은 한 마디로 열 마디 값을 하세요?』

　『독일에 릿타 하우스라는 시인이 있었어. 그의 시에 이런 것이 있었지.』

　사랑이 무엇이냐고 태양에 물었더니 태양은 아무 말도 없이 황금색 햇빛을 던져 주었다.

　사랑이 무엇이냐고 꽃에 물었더니 꽃은 그윽한 향기를 뿌린 채 잠자코 있었다.

　사람이 무엇입니까, 깨끗한 엄숙입니까, 달콤한 도취입니까 고 신에게 물었더니

신은 한 사람의 정숙하고 귀여운 여자를 내려 주셨다. 그때부터 나는 사랑이 뭐냐고 다시는 묻지 않았다.

「낡은 시대의 사랑이예요. 좋게 말하면 한 번 보고 좋아진 성춘향과 이몽룡 같은…… 나쁘게 말하면 집의 아버지나 오빠와 같은…… 동물적 순수성이 있을 뿐이예요. 그런 백치 같은 인간의 잠꼬대는 그만 외우시고 선생님의 사랑이 듣고 싶어요.」

석운은 싱긋이 웃으며

「모르는 말이야. 연애에서 동물적인 것을 제외하면 남은 것은 영혼의 공허 뿐이야.」

「어쩌면 선생님은 「유혹의 강」을 집필하면서 부터 인생관이 달라지신 것 같아요.」

「달라진 게 아니고 바로 잡고 있는 한 과정이라고도 볼 수는 있지.」

「어어? 그럼 선생님은 박목사의 행동을 정당시하고 계세요?」

「박목사의 행동 전부를 정당시하는 건 물론 아니야. 다만 그러한 생활의 존재 의의를 극도로 확대시켜 보는 것 뿐이니까. 말하자면 과거의 나의 작품 행동에 대한 일종의 반등이라고나 할지……」

「모르겠어요, 선생님의 말씀……」

「모를 것 없어. 감각으로서 영혼을 배반하지 말고 영혼으로서 감각을 배반하지 않는 연애 그것이 남녀의 참다운 사랑이라고, 이것은 불란서의 규수 작가요 연애 대장인 〈죠르쥬 쌍드〉의 경험적 연애 철학이야.」

「관념적으로는 알 것도 같지만요.」

「관념적이 아니고 칸나는 이미 체험을 하고 있다고 나는 생각하는데……」

「제가요?」

「칸나가 송준오라는 청년에게서 느낀 영혼의 공백을 오늘 와서는 나한테서 충족시키려는 갈망, 불행히도 칸나의 정신적 연령이 높았기 때문에 그것을 한 사람에게서 발견하지 못했을 따름이야.」

「확실히 그건 그랬어요.」

「영림은 아까 돌려 세워 놓지 않았으면 내 품 안으로 쓰러져 왔을런지 몰랐을 것이고 나 역시 영림을 끌어 안았을런지 몰랐어. 왜…… 영혼의 양식만으로는 사람의 배(服)는 부르지 않기 때문이야.」

석운은 좀더 계속했다.

『칸나는 나를 존경한다고 했어. 동시에 칸나는 존경 속에서 애정이 발아 한다고도 했었지.』

『네, 제 감정은 확실히 그랬으니까요.』

『그러나 칸나의 그러한 애정이 순전히 영적인 것만을 대상으로 했던 것이라면 칸나는 멀지 않아 이 강석운에 게서 실망을 느낄 거야. 나와 이렇게 같이 앉아 있어도 조금도 즐겁지 않을 때가 반드시 올 테니까 말이야.』

『안 와요.』

영림은 확고한 대답을 했다.

『어째 안 올까?』

『선생님이 지금 착각하고 계시는 것처럼 선생님을 사 모한 제 애정은 육체와 영혼을 뭐 그처럼 이론의 칼로 베이 듯이 양단해 놓은 게 아니니까요. 제가 말하는 것은 다만 미스터 송이 너무나 조급히 제 육체를 갈망한 것과 는 정 반대로 여성은 좀 더 조급히 남성들의 정신적인 세계를 갈망한다는 것 뿐이었어요. 정신적인 충족감이 없이는 여성의 육체는 좀처럼 감각의 기능을 발휘하지 않는다는 말이었어요. 그걸 선생님은 오해하셨나봐 요.』

『아, 이제 잘 알았어.』

석운은 금새 얼굴이 어두워지며

『어쨌든 연애의 결말은 애욕을 가져오는 거야. 그런 의미에서 칸나가 나를 따른다는 것은 인생의 커다란 돌부리를 헛짚은 셈이 됐어.』

『어째서요?』

『나에게는 가정이 있으니까……』

『선생님과 결혼할 생각을 한 번도 해본 적이 제게는 없어요.』

『그렇다면 더 큰 비극이다!』

『누구에게 있어서 비극이라는 말씀이에요? 선생님에게 있어서?』

『한국의 생리적 윤리는 남자의 과거는 씻어 주어도 여자의 과거는 씻어주지를 않는 거야.』

『과거는 자기의 역사를 의미하는 거예요. 자기의 역사를 씻기우기를 칸나는 바라지 않아요. 겨우겨우 공들여 아로새긴 자기의 역사를 칸나는 무엇보다도 소중히 하며 살아 갈 수 있는 인간이니까요.』

『불행한 생각이다!』

석운은 성난 사람처럼 물었던 풀대를 내동댕이치며 훌쩍 몸을 일으켰다.

『행복한 생각이지, 어째서 불행한 생각이라는 말씀이예요?』

영림도 스커트에 펼쳤던 솔잎을 털며 홀가분히 따라 일어섰다.

『가요! 내려가요!』

영림은 막아서며

『왜 이내 가세요? 공들여 온 길인데……』

『장소가 나쁘다. 지나치게 고요해. 사람들 있는 데로 내려가요.』

『선생님, 무서워서 그러세요?』

『무섭긴,』

석운은 말꼬리를 잇지 못하고 무서운 눈동자로 물끄러미 영림의 정열을 핥았다.

『가정이 무서우세요?』

『…………』

『그렇지 않음 제가 무서우세요?』

석운의 입 언저리가 연방 쫑끗거리기만 했다.

『제 역사는 제가 만들 테니까 선생님의 역사는 선생님이 만드셔야지.』

순간, 석운의 손길이 쭉 뻗었다. 영림이 두 팔을 힘차게

잡아 낚으며 비틀비틀 쏟아져 들어오는 어깨를 벅차게 끌어 안고

『영림!』

사십대의 지성이 지닌 최후의 저항은 드디어 허물어졌다.

억압되어 있던 격정은 돌팔매하듯이 분류했고 숨 가쁜 포옹 속에서 영혼의 격류는 아우성과 소용돌이를 쳤다.

『칸나여, 내 역사는 내 손으로 만든다.』

『아아, 선생님!』

열풍(熱風)속에서 접순(接唇)은 작렬했다. 나긋나긋한 칸나의 입술이 왔다. 꺾어지는 모가지, 눈을 감고 칸나는 창궁(蒼穹)을 우러렀다.

『칸나! 칸나는 내 것이다.』

『선생님도…… 선생님도 저의 ……』

자리를 못 잡고 허위적거리던 접순은 이윽고 말과 동작을 포기해야만 했다.

침묵과 정지, 이 두 가지 관념 속에서 삼라만상(森羅萬象)은 숨막힐 듯 고즈넉했다.

지구는 지축을 잃어도 좋았고 천체는 허물어져도 관심이 없다.

영육의 접순에서 인간의 꽃은 피었다. 예술도 피었다. 철학도 피었다.

『아아……』

하늘하늘, 칸나의 목소리는 폭 넓은 석운의 품 안에서 가냘피 떨고 있었다. 고요히 흐느끼고 있었다.

감격이 눈물로 유형화(有形化)했다. 이 단순한 생리학적 현상 과정에서 인간은 곧잘 영혼과의 대화를 교환하는 것이다.

영림은 강선생님의 벅찬 포옹 속에서 영혼의 불멸을 푸뜩푸뜩 느꼈다. 영혼의 불멸, 그것은 생명의 영원성을 의미하고 있었다.

실재는 감각으로써 인식(認識)되었다. 강석운이라는 참의 인격체를 감각으로써 인식하는 데서 영림은 주체적인 진실의 종합체로서 연애의 진리를 파악한 것 같았다.

강석운 선생에 대한 과거 오랜 시일에 걸쳤던 사모의 정에는 감각의 환영은 있었으되 그 실체는 없었다. 강선생님의 환영을 안고 잠자리에 든 적도 한두 번이 아니건만 그 사유(思惟)된 감각은 결국에 있어서는 개념적인 환각(幻覺)인데 불과하였다. 과부족(過不足)인 개념에서 연애의 실체는 진리적으로 파악될 수는 없었다.

오늘에 있어서는 칸나 고영림의 불타는 의욕은 강선생님의 아내가 되기를 원한 것이 아니었다. 칸나는 다만 영육의 일치에서만 올 수 있는 참다운 연애 감정의 실체를 강석운이라는 하나의 인격체에서 과학자처럼 정밀히 실험 해보고 싶었을 따름이다.

둘이는 풀밭에 나란히 앉아 있었다. 석운의 가슴에 영림은 빗비슴히 머리를 기대고 있었다. 기대인 영림의 어깨 한 쪽을 석운은 가만히 끌어 안고 있었다. 석운의 모자는 발부리 앞에 나동그라져 있었고 계곡을 건너 맞은 편 송림 사이에는 술 취한 젊은이들이 「사랑을 위하여 왕실도 버리고」 를 여념 없이 노래 부르고 있었다.

「남들은 왕실도 버리고 사랑을 했는데 칸나의 과거가 씻기지 않는 것 쯤 뭐가 그리 두려울까요?」

대답 대신 석운의 손길이 영림의 어깨에 힘을 주었다.

「선생님!」

「응?」

「칸나는 행복해요!」

저도 모르게 배알는 「한창」 이라는 애드버어브(副詞[부사])가 웃으워 한 두 번 영림은 쿡쿡 웃었다. 웃음과 함께 포동한 사지가 발산하는 가냘픈 율동이 석운의 품 안으로 퍼져 들었다.

『애정의 실감!』

퍼져드는 율동을 석운은 그렇게 표현했다.

『선생님, 뭐가 실감이예요?』

영림은 눈자위를 추켰다.

『아니야, 아무 것도 아니야. 어서 한창 행복해요!』

『후훗……』

영림은 웃음을 깨물며

『선생님, 수염을 안 깎고 오시길 잘 했어요.』

『왜?』

『깔깔해서…… 따끔따끔…… 영원히 기억에 남을 것만 같아요.』

석운은 말 없이 웃다가 영림의 머리를 두 손으로 힘차게 깜싸 안았다.

『아앗!』

품 속에서 억압된 소리가 났다.

『거기 아파요.』

『아, 혹이…… 어찌 된 혹이야?』

『후훗!』

『아프다면서 웃긴 왜 웃어?』

「선생님을 사모한 댓가인가 봐요.」

「무슨 소리야?」

머리칼을 들추고 석운은 들여다보았다.

「아, 피가…… 피가 말라 붙었어. 조금……」

석운의 허벅다리에 얼굴을 파묻고

「정신적으로만 선생님을 열심히 생각했기 때문인가 봐요.」

「그러면 혹이 생기나?」

「그럼요! 감정과 감각과 육체의 주소가 가슴이람, 정신과 영혼과 환상의 주소는 머리니까요. 가슴엔 하아트(心臟[심장])가 살고 있지만 머리엔 부레인(腦髓[뇌수])이 깃들어 있죠. 심장은 가만히 놔 두고 뇌수만 자꾸 부려먹으니까 그것이 마침내 불평을 품고 통그라져 나온 거예요.」

「아아, 칸나! 귀여운 칸나!」

「그렇지만 인제부터는 주로 심장을 부려 먹을 테니까 내일 쯤은 아마 쑥 들어갈 거예요.」

「아아, 칸나!」

석운은 혹 위에 가만히 입술을 비볐다.

소년 하나가 자질구레한 물건이 담긴 목판을 메고 와

서 사라고 했다.

「아이, 정말 배가 고파요.」

그제서야 두 사람은 시장기를 갑자기 느꼈다. 국산 위스키와 비스키트와 오징어와 카스테라를 영림은 샀다.

사랑만으로써는 배가 부르지 않는지, 뇌수의 불평을 간신히 무마해 놓으니까 이번에는 영림의 밥주머니가 발버둥을 쳤다.

영림은 비스키트를 연방 주워 먹었고, 석운은 위스키 병으로 나팔을 불었다.

드높은 녹음 사이로 사양이 비껴 든다. 바람이 이나보다. 얼룩진 햇볕이 무릎 위에서 하늘하늘 떨고 있었다.

「한 모금 마실래?」

「싫어요.」

「먹을 줄 안다면서?」

「선생님의 그림자는 밝아도 안 된담서요?…… 담배도 선생님 앞에서는 못핀담서요?

「선생님이 이젠 아니야. 제자를 포옹하는 선생님이 세상에 어디 있어?」

「제 앞에 계시잖아요?」

「선생님은 인제 집어 치워요. 일대 일이요. 남자요 여자의 문제야.」

석운의 표정이 금방 어두워졌다.

공복에 술기운이 찌르르 돈다. 가정과 아내와 아이들과 그리고 십 팔년 동안에 걸친 성실과 파국이 머리에 왔다. 표정에도 왔다. 그 조각 조각 깨어져 나간 성실의 파편 같은 것이 술기운과 함께 빙글빙글 전신을 돌고 있었다.

「선생이 선생 구실을 해야만 선생의 대접을 받는 법이야! 고영림 대 강석운의 문제다.」

혼자말처럼 석운은 되씹었다.

말끄러미 석운을 바라보며, 예기는 하고 있었지마는 내성(內省)이 시기가 너무나 빨리 온 것이라고, 영림은 강선생의 인간적 자세를 다시 한 번 확인을 하며

「선생님은……」

「선생님은 제발 좀 그만 두라니까! 제자를 끌어 안고 입을 맞추는 선생님이 어디있어?」

정체 모를 가벼운 분노의 한 마디를 석운은 불쑥 뱉았다.

술기운도 있었지마는 마음보다 먼저 말이 노기를 띄어 왔다. 습성으로 말의 뒤를 따라가면서 석운의 감정도 차

츰 분노 같은 것을 느끼기 시작하였다.

「선생님은 왜 그런 말씀을 하세요?」

「…………」

대답을 않고 석운은 꿀꺽꿀꺽 위스키만 들이켰다. 내팽개칠 곳이 없는 노기를 강석운은 술 안주로 삼고 있었다.

「선생님은…… 선생님은 지금 후회를 하고 계시는 거죠?」

오징어 발 하나를 씹다 말고 영림은 물었다.

「아니야!」

말과 함께 노기를 뱉어 버리려 했으나 튀어 나간 것은 말 뿐이고 정체 모를 노기는 그냥 감정 속에서 뒹굴기만 했다.

「그럼 왜 그러세요? 갑자기?」

석운은 부드러운 어조가 되며

「칸나가 인제부터 선생님이란 말만 안하면 돼! 이따위 강석운을 선생이라고 존경할 놈은 없을 테니까 말이야.」

「그건 선생님이 모르시는 말씀이예요.」

「또 선생님이야? 그만 둬요. 부끄러워.」

그러다가 석운은 또 영림을 홱 끌어 안으며 무섭게 몸부림을 쳤다.

「잃은 것은 존경이고 얻은 것은 사랑이다.」

「아이, 선생님! 저는 선생님의 영원한 애제자예요.」

「선생이 아니라도 좋고 제자가 아니라도 좋다! 그저 한 남자와 한 여자의 자격으로서의 행복을 누리면 그만이야! 그것이 인간의 정체일런지도 몰라. 인간 위에 지저분한 관사(冠詞)를 붙일 필요가 어디 있다는 말이야?」

「선생님!」

「있는 것은 관사가 아니고 그대와 나다!」

「선생님」과 「남편」의 자격을 잃은 댓가로 작가 강석운은 「인간」을 찾았다.

　분노는 이윽고 해소되고 사랑의 법열만이 그곳에는 있었다.

「선생님은 지금 인간을 찾으셨지만 인간이란 무얼 두고 하는 말인가요?」

　풀밭에 누워서 석운은 드높은 하늘을 쳐다보고 있었다. 그 옆에 빗비슷히 영림은 꿇어앉아서 조용히 물었다.

「나도 몰라. 영림이가 인간이고 또 내가 인간이라는 것 밖에 나는 아무것도 몰라.」

포옹의 흥분은 차차 가시고 사색의 즐거움이 둘이에게 왔다. 포옹의 흥분을 사색적으로 정리를 하려는 것처럼 영림은

「인간답다는 말은 사람이 동물에 가깝다는 것을 의미하는 건 아니겠죠?」

「그렇다고 신에 가깝다는 것을 의미하는 것도 아닐 거 아닌가?」

「그럼 결국 인간이란 무언가요?」

「영림이 같은 것, 강석운 같은 것, 아마 그런 걸 테지.」

「아이, 선생님도 참 꼭 같은 말만……」

「영림이가 거짓말까지 해 가면서 나를 아내 옆에서 끌어낸 것 같은 행동, 내가 한 사람의 남편이라는 것을 잊어버리고 영림과 뽀뽀를 한 것 같은 행동…… 그런 것들이 다 인간의 행동이야.」

　순간, 영림의 표정이 어두워졌다. 이야기를 하면 통할 수 있는 사람이라고까지 격찬을 해 주신 사모님이 아니었더냐고, 자기 저항이 박약했던 것을 불현 듯 느끼며

「선생님, 제가 확실히 나빴죠? 선생님을 유혹해서……」

『아니야, 영림이가 유혹한 것이 아니고 내가 유혹을 느낀 때문이야.』

『확실히 나쁘긴 했었지만…… 그렇지만 그 이상 더 자기를 누를 힘이 제게는 없었어요.』

『나도 마찬가지였어!』

『그 이상 자기를 누른다는 건 제 생명에 대한 모독이라고 생각했어요. 사모님보다는 역시 제 자신이 더 소중했으니까요.』

『세상에는 필요악(必要惡)이라는 것이 있는 거야.』

『필요악이라고요?』

『공자님 같은 분은 부부의 성생활까지를 필요악이라고 규정을 했어. 섹스는 인간에게 필요는 하지만 그건 선이 될 수는 없다는 거야. 그런 입장에서 본다면 내가 아내를 속이고 영림이가 사모님의 눈을 속인 것도 일종의 필요악일런지 몰라.』

『저는 다만 제 생명의 가치를 그 누구의 것보다도 귀여워 했을 뿐이예요. 그러기 위해서 제게는 선생님이 필요했어요. 그러니까 사모님에게 대해서 어딘가 안됐다고 생각키우는 것도 따지고 보면 싱거운 센치예요. 문제는 선생님에게 있는 거지 사모님에게 있는 게 아니니까요.」

「정확한 생각이야. 자기 확장(自己擴張)을 위해서 영림에게는 내가 필요했다는 말이지?」

「그래요, 제 나이가 어려서 그런지는 몰라도 연애에 있어서 섹스 문제 같은 건 제게는 그리 중요하지 않아요. 그 보다도 영혼의 양식이 필요했어요. 그 양식을 선생님만이 제게 주실 것 같았어요. 선생님의 작품을 여러가지 읽어 보면 기질적으로나 사고 방식으로나 또는 취미 같은 것까지 어쩌면 그처럼 통할 수가 있을까요?」

「값 비싼 말이야. 작품 세계에서나 인간 세계에서나 자기를 알아 주고 자기와 같아져 주는 사람만이 참다운 독자인 동시에 참다운 지기(知己)일 수가 있는 것이니까……」

「그래서 저는 만나서 한 두 번만 이야기해 보면 선생님이 저를 꼭 좋아하실 줄로 믿었으니까요.」

「그러니까 이처럼 좋아하지 않았어?」

「황송해요, 선생님!」

「선생님이란 말 이제 정말 그만 둬요.」

「그렇지만 이름은 못 부르겠어요. 도저히 입에 담기지가 않는 걸요.」

『그럼 그때까지 기다릴 테야.』

『여자의 애정은 역시 존경에서 부터 출발하는 것이 가장 깊이 있는 사랑의 과정인 것 같아요.』

영림은 석운의 손 하나를 집어서 자기 무릎 위에 가만히 올려 놓았다.

얼마나 지났을까?

사양은 좀 더 나지막이 비껴져 왔다. 새라도 울어 주었으면 좋으련만 유흥객의 발자취조차 멀어진 이 오솔길 끝에 자리 잡은 조그만 풀밭은 아늑만했고 정적만이 깃들어 있었다.

생명의 고동이 들려오는구나! 하늘을 쳐다보며 반듯이 누워 있는 폭 넓은 가슴 위에 청진 모양 기대인 영림의 한쪽 귀바퀴에서 툭, 툭, 툭…… 생명의 증언(證言)인양 영혼의 맥박은 신화처럼 신비로운데……

『신화처럼 신비로운 것만이 영양(營養)이 될 수 있는 순간이 인생에는 있는가 봐요.』

『그래서 유신론자가 생기는 거야. 인간의 영혼이 가장 깨끗해질 순간, 인간은 신비를 찾아야만 했지. 신앙은 신을 발견했고……』

『신은 흙으로 아담을 만들고 아담의 갈빗대로 이브를

만들었다죠?」

「아니야. 나의 창세기(創世記)는 조금 달라.」

「어떻게 달라요?」

석운은 혹 돈은 머리 위를 가만히 어루만지며

「아담과 이브를 만든 것은 신이 아니고……」

「네?」

「옛날 옛날 아주 먼나먼 옛날 얘기지.」

「어마, 선생님이 옛 말을 해 주시네요.」

행복하다. 여학생 시절부터 꿈꾸어 오던 그대로의 행복이 지금 실현되고 있는 것이다.

「어느 곳인지, 지명은 분명치 않지만 하여튼 세계 최고의 문학의 발상지인 바빌로니아의 벌판 쯤으로 생각해 두어요. 중앙 아세아, 지금의 이란, 이란 근처야.」

「석유가 많이 나다는데?」

「옳지 옳지. 신문도 제법 읽는군 그래.」

「아이, 선생님도 참! 석유 때문에 옥신각신 하잖았어요?」

「난 또 내 유혹의 강만 읽고는 다른 건 집어 치우는 줄 알았는데……」

「어서 이야기를 하세요. 참.」

「그 바빌로니아 벌판에 유혹의 강은 흐르고 있었어.」

「유혹의 강?」

「응, 그것이 티그리스 강인지, 유우프라데스 강인지는 분명치 않겠지만…… 어쨌든 유혹의 강은 천지 개벽 때부터 유유히 흐르고 있었어. 그 강 하나를 사이에 두고 이쪽 숲 사이에는 악마들이 살고 있었고 저쪽 벌판에는 천사들이 살고 있었대요.」

「정말 옛말이로군요.」

「신비는 영양소로 섭취하려는 칸나를 위해서 하는 이야긴데 옛말 치고는 구약의 창세기보다야 확실히 과학적이지.」

「흙으로 남자를 만들고 남자의 갈빗대로 여자를 만들지는 않았나요?」

「글쎄 그런 흐리멍텅한 이야기는 아니라니까! 강석운은 창세기에는 과학이 흐르고 있어.」

「어디, 어서 좀 빨리 이야길 하세요.」

「이편 숲 새에서 살고 있는 악마의 무리가 바라다보니 강 건너 허허 벌판에서 천사들이 나비처럼 춤을 추고 있지 않겠어? 악마들은 침을 꿀꺽 꿀꺽 삼키며 정신을 모조리 빼앗기고 말았지.」

「재미 있어?」

「암 재미 있지. 천사들은 제 흥에 겨워서 춤을 추고 있는데 악마의 눈에는 저희들을 유혹하기 위해서 춤을 추는 것이라고 생각했지. 그래서 악마들은 천사들을 가리켜 님프(妖精[요정])라고 부르며 욕을 하면서도 마음으로는 모두가 다 녹초가 됐어. 현대인이 여자를 요부라고 욕지거리를 하면서도 그 요부의 품 안에서 생명을 소모하는 것과 마찬가지의 이야기지.」

「그래서 어떻게 됐어요?」

「그렇지만 강물이 원체 거세고 넓어서 건너갈 수가 있어야지?…… 똑같이 생긴 악마들끼리만 사는데 이미 질식할 것 같은 단조로움과 권태를 느끼고 있는 그들로서는 강 건너로 바라다보이는 색다른 모습이 신비롭고 아름다워 견딜 수가 없었어. 무한한 동경과 뜯어 먹고 싶은 충동을 폭풍처럼 느꼈지만 강물은 여전히 거세기만 했지.」

석운은 말을 멈추고 뜯어 먹고 싶은 충동을 악마처럼 느끼며 머리의 혹을 꼭 눌렀다.

「아앗!」

「아파?」

「아픔도 애정인가!」

「정열은 병이 아닐 텐데……」

「그래서 어찌 됐어요?」

「악마 한 놈이 결심을 했지.」

「무얼?」

「죽는 한이 있을지라도 강을 건너 보리라고……」

「열성 분자네요.」

「나처럼.」

쳐다보고 내려다보고 네개의 눈동자는 조용히 웃었다.

「한 놈이 헤엄을 쳐서 건너가다가 절반도 못 가서 물에 빠져 죽었어. 다음 놈이 또 나섰지만 그놈도 마찬가지야. 죽을 줄을 뻔히 알면서도 워낙 님프에서 미쳐버린 악마들은 하나 하나씩 모조리 물귀신이 되고 말았지. 무서운 강이야.」

「그래?…… 그래서 어떻게 됐어요?」

「모조리 죽고 세 놈이 남았지. 유혹의 강은 어제 모양 오늘도 흘렀어. 불나비처럼 또 한 놈이 뛰쳐 들어갔지. 그놈은 마침내 강을 건너갔어.」

「막깔깔대고 카들거리며 도망을 치는 천사를 붙들어

옆구리에 끼고 강을 도로 건너오다가 기진 맥진해서 천사와 함께 또 물귀신이 됐지.」

「가엾어라」

「두 놈이 났았는데 또 한 놈이 뛰어들었어.」

「죽을 줄을 뻔히 알면서도…… 지독한, 지독한 열성이야.」

「악마처럼 지독하다는 말은 아마도 거기서부터 나온 걸 거야.」

부든러운 눈웃음을 웃으며 석운은

「그런데 그놈은 마침내 성공을 했어.」

「어마나!」

「열성이 있는 곳에 안되는 일 없다고, 그것도 아마 그때부터 생긴 걸 거야.」

「그래 천사를 붙들어다가 어쨌어요?」

「말할 것 뭐 있어…… 좋아서 날뛰었을 테지. 안고 돌아가면서 춤도 추고

아까처럼 뽀뽀도 하고……」

「싫어요.」

「오늘의 사교 춤은 그때서부터 시작이 됐다니까 글쎄.」

「거짓말.」

「그런데 사고가 하나 생겼어.」

「뭔데?……」

「나머지 한 놈이 질투를 했어.」

「저두 건너가서 하나 붙들어 옴 될 거 아냐요.」

「그러기에 말이래두, 헤엄칠 실력이 모자라서 남아 있던 놈이니까 건너가다가는 십상팔구 물귀신이 될 것은 뻔했지. 그래서 천사를 꾀임수로 자기 것을 만들려고 했어.」

「어떻게?」

「저 자식은 헤엄은 잘 치지만 춤은 자기가 잘 춘다고 그러면서 천사를 껴안고 한바탕 춤을 추었어.」

「근데?」

「아마 멋들어지게 추었던 모양이지? 천사는 그만 그 놈에게 홀딱 반해 가지고……」

「미친 년 같으니. 저 때문에 그 위험한 강을 건넌는 데……」

「미쳤는지 순진했는지, 아마 둘 중에 하날 거야. 원체 여자라는 게 맥힌데가 좀 있지 않아? 그런 게 다 그 때부터 시작된 일이래두.」

「그래서요?」

「가만 있어. 목 좀 축이고.」

더듬는 석운의 손길 앞에서 영림은 냉큼 자기가 병을 들었다.

「아아, 하세요.」

「어린애는 아닌데……」

「그저 그래 보는 거예요.」

부어 주는 위스키를 석운은 멋적게 입을 내밀고 받아 마셨다.

술의 향기인가 칸나의 향기인가?…… 유혹의 강 기슭의 악마들 모양 강석운은 완전히 향기 속에 도연했다.

「그쯤 되고 보니 처음 놈이 화가 날 수밖에, 농사는 자기가 지었는데 열매는 딴 놈이 딴다? 둘째 놈이 새치기가 하도 미워 덤벼들 수밖에…… 그리하여 유혹의 강 기슭에서 백주의 결투는 벌어졌어.」

「어느 편이 이겼어요?」

매마른 소리를 영림은 냈다.

「처음 놈이 물론 이겼겠지?」

「그랬으면야 오늘 이 사회의 새치기는 하나도 없었을 테지만…… 허위와 가면과 중상 모략이 이처럼 활개치는 것만 보아도 둘째 놈이 이겼을 것은 귀납적으로 뻔하지 않나.」

「어쩌면……」

「헤엄만에는 자신이 없지만 춤도 잘 추고 주먹도 세던 모양이야. 처음 놈은 나가떨어져 죽고 둘째 놈이 천사를 소유했어. 그제서야 천사는 나가떨어진 시체를 보고 통곡을 했었지만 참회의 눈물은 이미 늦었지.」

「…………」

「그래도 참회의 눈물이라도 뿌려 보는 게 기특하고 신통한 편이지. 요즈음 여자들도 그런 종류의 기특과 신통쯤은 갖고 있는 것 같드구면.」

「그래 그 다음은?」

「뻔한 일이지, 뭐야. 악마와 천사는 결혼을 했을 수밖에…… 그런데 열달 만삭에 아이들 낳고 보니 이게 도대체 어떻게 된 일인지, 깜짝 놀랐어.」

「왜요?」

「왜가 뭐야. 병신 놈을 하나 낳아 놓았다니까!」

「병신이라고요?」

「흉물에 가까운 불구자야, 요즈음 같아서는 써어커스로 데리고 다니면 돈벌이가 될만한 흉물인데……」

돌연히 취기가 돈 석운의 언변이 어느덧 유머를 섞어가며 유창해져 있었다.

『어떻게 생긴 아이기에?』

『천사인 어머니 어깨에 날개가 없고 악마인 아버지 이마에 뿔도 없다니까 글쎄.』

『사내? 계집애?』

『사내야. 이름은 아담이라고 지었어.』

그제서야 영림은 웃으며

『아버지도 어머니도 닮지 않은 우리 같은 사람이 나왔군요.』

『꼭 같지가 않을 뿐, 닮기야 닮았지. 뿔과 날개가 없을 따름이니까.』

『그래서요?』

『또 얼마만에 아이를 낳았대.』

『이번엔 나 같은 거죠?』

『음.』

『이름은 이브구요.』

『옳지, 맞았어. 이러다 보니 강석운 창세기에 칸나의 공도 적지가 않구먼.』

『그 둘이가 결혼을 했죠?』

『원체 사람의 종자라고는 둘 밖에 없고 보면 근친 결혼이라고 막을 수도 없어서 부모들은 내버려 둘 수밖에 없었고, 우주가 신의 사상이고 보면 생물의 종족 보존(種族保存)은 그의 사상 가운데 가장 중요한 플랜이기 때문에 인종이 많아지면 자연히 원친 결혼이 될 것이라는 원대한 포부를 품으시고 눈 몇 번 감아 두면 되는 일이 아니냐고 양미를 찌푸리면서 눈을 감았을 거야.』

『아이 재미 있어. 어쩌면 선생님은……』

애정의 감흥은 썬물처럼 멀어지고 경이에 가까운 존경의 염이 밑물처럼 새삼스럽게 밀려왔다.

『인간! 그러니까 인간의 어머니는 천사고 인간의 아버지는 악마죠?』

『암, 강석운의 창세기가 그것을 보장했어. 어머니를 따르려면 아버지가 말썽이고 아버지를 따르려면 어머니가 뿌르퉁이야.』

『이러지도 못하고 저러지도 못하고……』

『비가 오실는지 알 수 없는 이른 아침, 그러니까 효자는 아버지의 말씀대로 오른 발에는 짚세기를 신어야 했고, 어머니의 말씀대로 왼 발에는 나막신을 신을 수밖에……』

「아이, 선생님!」

존경의 염이 다시금 애정으로 환원하며 영림은 석운의 머리를 두 팔로 감싸 안았다.

「그러나 짚세기와 나막신은 충하가 져서, 걸을 때마다 이리 퉁그라지고 저리 쏠리고…… 그게 인간이라니까, 그게 사람이라니까.」

머리를 감싸 안고 볼을 비벼 오는 영림의 매마른 입술이 석운의 코 위에서 대롱대롱 매달려 있었다.

「자아, 창세기 구술도 끝났으니 인제 좀 걸어 볼까?」

「네.」

영림은 모자를 집어 석운의 머리에 씌어 주려다가 익살맞게 자기 머리에다 올려놓았다.

「어때요, 선생님?」

길 없는 길을 아무렇게나 마구 걸으며 영림은 물었다.

「서부 활극에 나오는 아리쓰 같군.」

「아리쓰가 누구에요?」

「중학생 시절 평양 제일관에 도둑 구경을 많이 갔었지. 들키면 무기 정학이지만 아리쓰가 이뻐서 그래도 다녔지.」

「글쎄 아리쓰가 누구냐니까요?」

「배우 이름은 모르고, 연속 서부 활극에 나오는 여주인공의 이름이야, 한 주일마다 갈아대어 여남은 주일에 끝나는 연속극인데 영화는 미국의 유니버살 꺼야. 금발 미인인데 테 큰 모자를 쓰고 장화를 신고 가는 허리에 쌍권총이지.」

석운은 나무때기 둘을 거두워 쥐고 영림에게 쌍권총을 소년처럼 착 겨누고 변사의 목청 그대로를 본따서

「야잇, 아리쓰! 손을 들어라! 아메리카 인디안의 혼백은 살아 있다!」

깔깔깔깔 영림은 웃다가 두 손을 들었다.

석운은 다가가서 영림의 허리에서 쌍권총을 뽑는 흉내를 내며

「계집애에게는 위험한 장난감, 록키 산맥에 황금이 쏟아진다. 아리쓰, 황금에 눈이 무져 여기까지 왔느냐? 눈 앞에는 권총, 등 뒤에는 폭포수! 아아, 진퇴 양단의 가련한 아리쓰여! 아리쓰의 운명은 과연 여하히 될는지, 내주일 이날을 손꼽아 기다리시라! 하하하하……」

「호호호…… 아이, 선생님 못하는 것이 없네요.」

영림은 허리를 꼬고 손벽을 치며 자지러지게 웃어 댔다.

「못하는 걸 내놓곤 다 하지.」

「어린애 같은 데가 있어요, 선생님은」

「아직 멀었어. 좀 더 사귀어 보면 갓난애도 될 수가 있지, 영림이 보고 엄마 소리를 할는지도 몰라.」

「아이, 우스워.」

「워낙 여성의 애정에는 모성애적인 데가 있는 법이야. 아까 내 머리를 두 손으로 감싸줬지? 그런게 다 그거야.」

「선생님은 정말 연애 박사, 아니 애정 박사예요.」

「아는 척하는 거지. 그래야만 영림이가 좋아할 테니까 말이야.」

「감사합니다.」

영림은 모자를 벗어 들고 곡마단의 마술사처럼 두 손을 벌리고 한쪽 발을 뒤로 조금 내뽑으며 멋진 인사를 했다.

「선생님.」

영림은 모자를 석운의 머리에 가만히 씌워 주며

「선생님에게 그처럼 유쾌한 데가 있는 줄은 정말 몰랐어요.」

석운은 씨익 웃었다.

영림은 석운의 넥타이를 바로 잡아 주면서

「좀 칙칙해요. 좀 화려한 것이라야 어울리겠어요. 나이와 넥타이는 정 반대라야 한다는데……」

「영림은 왜 그 칙칙한 곤색 양복만 입는 거야? 화장도 안 하고……」

「옷 차림이나 화장으로써 칸나의 가치를 인정 받아야만 한다는 건 슬픈 일이예요.」

「흐웅……」

석운은 귀여워 영림과 어깨동무를 하며 걸었다.

「그렇지만 선생님이 그러람 이다음부터 그러겠어요. 연지도 찍고 향수도 뿌리고……」

「어디 한 번 그래 봐요. 예술이란 결국 인공적 미의 창조야. 그런 의미에선 화장도 일종의 예술이라고도 볼 수 있지.」

「아이, 멋들어진 말씀! 어쩌면 선생님은……」

석운의 손등을 충동적으로 잡아당겨 앞 이빨로 영림을 꼬옥 한 번 깨물어 보았다.

정녕 영림은 영혼의 영양소를 강선생에게서 섭취하고 있었다.

22. 犯罪意識[범죄의식]

남편과 영림을 떠나보내고 나서 옥영 여사는 찻종지도 치우지 못한 채 남편의 책상 머리에 넋 잃은 사지를 가만히 주저 앉혔다.

앞집 지붕 위로 얼른 바라다본 남편과 영림의 묵극 한 토막이 자기의 착각이기를 옥영은 진심으로 빌었다.

오랜 결혼 생활 동안 여자 관계로 아내의 행복감을 위축시키고 평화로운 가정에 파문 같은 것을 던져 준 적이 한 번도 없었던 남편이기에 또한 가정 낙원설을 소리높이 제창하여 일부 주의의 결혼 형태의 문화성을 말로나 글로나 부르짖어 온 남편이기에 정녕 그 한 토막의 묵극이 옥영에게는 착각인 것만 같을 수밖에 없었다.

「그러나 분명 착각은 아니었다.」

요즈음에 있어서 남편의 태도에는 무언가 알 수 없는 일종의 초조가 엿보이고 있었다. 그리고 그것이 창작 생활에서 오는 초조는 분명 아니었다. 남편의 창작욕은 과거 어떤 시절에 비해서도 가장 왕성하게 불붙고 있었고 또한 고도로 연소되고 있음을 옥영은 잘 안다.

그러던 것이 「유혹의 강」을 집필하면서부터 남편의

초조감은 눈에 뜨일 만큼 현저해졌다. 그것을 옥영은 총명하게도 작품 행동과 현실 행동의 틈에서 오는 윤리적 감정의 부조화라고 생각하였다.

「여보, 흰 머리카락 또 하나 생겼오.」

거울을 들여다보며 빗질을 하다가 남편은 무슨 투정이나 하듯이 머리카락 한 오리를 처리하기에 너무나 많은 힘을 가지고 그것을 뽑아버리는 것을 옥영은 여러번 보았다.

「이것은 분명히 죽음의 초대장인데……」

뽑아 쥔 흰 머리카락을 물끄러미 들여다보는 남편을 향하여

「죽는 게 그리도 무서우세요?」

「아니야. 죽는 건 무섭지 않지만……」

「흥, 죽는 건 무섭지 않아도 청춘은 부재래(靑春不在來)라는 말이죠? 박목사처럼 한 번 발 벗고 나서 보시구려.」

「당신이 엉엉 울까봐 못하겠소.」

「저 좋아서 하는 일을 내가 왜 울어요.」

이러한 대화에서 옥영은 남편이 지닌 초조감의 정체 같은 것을 어렴풋이나마 붙잡을 수가 있었던 어제 오늘

이었다.

거기에 고영림이가 나타났던 것이다. 옥영의 눈에는 고영림은 남편을 좋아할 타잎 중에서 가장 선발된 여성으로 확실히 비쳤다. 사색적인 깊이가 있고 그러한 깊이가 벌렁거리는 정열로써 감싸져 있는 것이다.

「아, 참……」

옥영은 냉큼 일어서서 남편의 책상 서랍에서 영림의 「칸나의 의욕」을 꺼냈다. 또 다른 서랍 하나에서 생긴 일과 크리스머스 때면 꼭꼭 날아오는 분홍 봉투를 끄집어 내어 두 사람의 필적을 대조해 보다가

「아닌데, 필적이 확실히 다른데……」

원고와 봉투를 제 자리에 뒤집어 놓고 차종지를 들고 내려오면서

「아주머니, 이층 좀 쓸어내요.」

손수 방을 쓸어낼 기력이 어쩐지 없다.

「그래도 그이는 좀처럼 걸려들지 않을 꺼야. 젊었을 때도 그랬는데……」

젊은 시절에 남편은 삼방 약수로 가서 한 동안 원고를 쓴 적이 있다. 어떤 친구와 어울려서 술추렴을 하다가 기생 한 사람씩을 배당 받아 가지고 제각기 딴 방에서

잤다고 했다. 밤 새도록 자지를 못하고 뒤채기만 하는 남편의 꼬락서니를 보고 무안도 하고 화도 나서 동도 트기전에 기생은 뺑소니를 쳤다고, 그래서 공연한 화대만 물었노라고, 이것은 후일 그 친구들의 입에서 몇 다리를 건너 들어온 소식이었다.

그러나 「젊었을 때도 그랬는데……」 라는 옥영 여사의 오덕독스(正說[정설])속에 「젊었으니까 그랬다」 는 하나의 파라독스(逆說[역설])가 성립될 수 있는 가능성에 대한 지식은 옥영에게 없었다.

시부 강학선 교수의 성실을 철석같이 믿고 있는 정도로 옥영은 남편의 성실을 믿고 있었다. 그리고 그것은 또한 옥영 자신의 성실을 믿고 있는 것과 꼭같은 성실의 믿음이었다.

그러한 믿음이 허물어져야만 할 이유를 옥영은 발견할 수가 없는 것이다.

자기에게 대한 애정이 없어졌다면 모르지마는 그렇지 않은 이상 남편이 지닌 성실과 애정의 결합은 이 가정을 금성탕지(金城湯池)와도 같이 수호할 것이라고 생각하고 있었다.

해질 무렵 경숙이와 도현이가 계란 한 보따리 얻어 가

지고 돌아왔다.

「이 편지 할아버지가 주세요. 어머니 갔다 드리라고요.」

「무슨 편진데……」

옥영은 시아버지가 써 보낸 편지를 읽어 보았다. 두서도 없는 글이었다.

경숙 어미 보아라.

요즈음 네 남편이 쓰는 「유혹의 강」은 좀 지나치는 데가 있다고 보았다.

인간을 파고 들면 그럴는지는 몰라도 그렇게 까지 파고 들고 싶어하는 네 남편의 마음의 자세를 우리는 문제삼아야만 할 것이다.

중년기의 위기는 청년기의 그것보다 폭이 넓고 뿌리가 깊다. 이런 점을 경숙 어미는 잘 이해하여 네 남편의 마음의 자세를 바로 잡도록 세심 주의하여 가정의 공기를 항상 신선하게 만들고 남편의 관심이 외부로 뻗어 나가지 않도록 갑절의 힘을 써야만 할 것이다.

나와는 다소 달라서 특히 네 남편은 예술가이기 때문에 감정의 파도가 범인보다는 예민하고 섬세하고 또한 폭이 넓다는 사실을 알아야 할 것이며, 흔들리기 시작하면 걷잡을 수 없이 약하고 나긋나긋한 일면도 다분히 갖고 있기에 하는 말이다.

이러한 일면은 오르지 네 시모에게서 물려 받은 혈통 같지마는, 그래서 예술 부문에 종사하고 있는 것 같지마는 그러나 네 남편에게는 이십 년 가까운 가정 생활에 있어서 일시적인 암영(暗影)도 가져옴이 없는 의지적인 일면도 나를 닮았는지, 또한 있다고 보는 것이니까 너의 내조만 적당히 얻을 수 있다면 이러한 위기를 잘 넘겨 보낼 수가 있다고 생각하는 바이다.

총명한 경숙 어미이기에 감히 하지 않아도 무방한 말을 한것 같으나 늙은이의 노파심으로 알아 주면 고마울 뿐이다. 이런 이야기는 네 입으로 네 남편에게 할 필요는 없고 네 마음에만 간직해 두고 있음이 좋을 것이라고 생각하는 바이다.

『아버님도 역시……』

자기와 꼭 같은 그 무엇을 느끼고 계시는 것이라고 옥영은 시부 강교수가 지니고 있는 인격적인 존엄성과 함께 그 다사로운 배념이 눈물겹도록 고마왔다.

「정신을 바짝 차려야겠다.」

편지를 다시금 봉투에 쓸어 넣은 옥영의 손길이 가느다랗게 떨렸다.

「어머니, 오케 피아노 상회에 백이십 만환짜리가 한 대 나왔어요.」

저녁을 먹으면서 경숙이는 불쑥 그런 말을 했다.

「어떤 건데?」

「야마하 이호래요. 며칠 전에 나왔다고 살려면 그걸 사라고 김선생님이 그러셔요. 소리가 참 좋대요.」

「글쎄 샀으면 좋겠지만…… 아버지가 돈을 마저 만들어 주셔야지 않겠니?」

「아이, 참 속상해! 또 놓치겠네.」

보름 전에 아버지는 백 여만환의 인세 중 오십 만환을 갖다 주었다.

밤 여덟시 반, 강석운과 고영림은 명동 입구를 빠져나오고 있었다.

해질 무렵에 세검정에서 돌아와 명동에서 저녁을 먹고 나오는 길이었다.

「어젯밤 이 무렵 저는 이 십자로에서 울고 있었어요.」

「울긴…… 미스터 송과 같이 다니지 않았어?」

「같이 다니다가 저녁 먹고 여기서 헤어졌어요. 영원히 영원히 헤어졌지요.」

「결혼한다면서?」

「그저 그래 본 거죠. 제 온 넋이 선생님 품에 안겨 있는데 어떻게 딴 사람과 결혼을 하겠어요.」

영림의 정열과 의욕이 결정적으로 파동쳐 왔다. 벅차서 석운은 대꾸를 잃고 영림의 탄식의 그윽한 향기를 시인처럼 향수(享受)만 했다.

밀려드는 인파를 거추장스럽게 헤엄쳐 나가며 독백인 양 석운은

「천금처럼 값 비싼 봄 밤이라고 했었지. 그래서 이렇듯 쏟아져 들어오는 사람의 물결인가?」

다소의 취기도 보탬이 되어 있었으나 어젯밤처럼 석운은 마음 놓고 취하지는 못했다. 영림과의 동행이 강석운에게 조심성을 강요해 왔었기 때문이다.

「제가 딴 사람과 결혼을 한담 선생님은 확실히 화내 주시죠?」

그러나 석운은 못 들은 채 멍청한 표정을 일부러 지으며 시라도 읊듯이

「까다로운 지성의 무마와……」

「네?」

「희뿌옇게 둔탁한 감정의 표백을 위하여……」

「…………」

「불나비의 의욕을 지니고 갸륵하게도 몰려드는 이 수 많은 생명의 기체(基體)들…… 한숨과 하품과 걸레조각 같은 인정의 쓰레기 통, 그대 명동의 밤거리……」

번잡한 입구를 빠져 나오면서 영림은 석운의 팔 하나를 가만히 잡아 끼었다. 을지로 쪽으로 둘이는 꺾어지며

「명동의 생리 속에서 그러나 생명은 순간의 가치를 모색했다. 쥐어 짜도 마냥 고독은 흐르기만 했고 고독의 낙루(落淚)가 범람한 페이브 위에서 거리의 서정시인은 삶의 황홀을 찾았다.」

발자국 소리를 죽이며 영림은 솔깃이 귀를 기울이고 걸었다.

「술과 지분과 꿈과 아방쥬르와 스캰달에 굶주린 보헤미앙의 정열이 방탕하는 거리, 〈트로이 메라이〉(夢想[몽상])의 선율에서 도리어 현실을 발견하고 독을 마신 시인도 그곳에는 있었다. 소모된 정열과 생명을 섭취하며 명동은 살쪘다. 불나비 같은 인생을 마셔 버리는 명동

의 밤 거리……」

「불나비 같은 인생!」

영림은 석운의 긴 감상 속에서 그 한 마디만을 붙들면 되었다. 그것이 자기의 물음에 대한 대답인 것만 같았다.

「어젯밤 여기서 애리를 만났지.」

을지로를 건너면서 석운은 말했다.

「어젯밤도 이렇게 애리와 팔을 끼고 갔어.」

「그래 기분 좋으셨어요?」

「오늘보다는 마음이 평온했어. 불안한 것이 하나도 없었으니까.」

그래서 영림은 기뻤다. 강선생님은 불나비의 인생을 확실히 느끼고 있는 것이다.

「자아, 여기서 헤어져요.」

종로에서 석운은 팔을 풀고 손길만 잡아 쥐었다.

「저만큼 모셔다 드리고 싶지만…… 그냥 여기서 헤어지겠어요.」

「아, 그러기로 해요.」

「선생님, 언제 한 번 더 만나 주시겠어요?」

그러나 석운은 이내 대답을 하지 못하고 영림의 얼굴만 빤히 들여다보고 서 있었다. 어두운 얼굴이었다.

「선생님이 만나 주시지 않음 인제 아예 저는 선생님 안 찾아 뵙겠어요.」

「왜?」

영림은 석운의 손을 놓고 고개를 한 번 숙였다가 다시 들며

「선생님이 사모님과 나란히 앉아 계시는 걸 다시는 보고 싶지 않으니까요.」

「…………」

「그렇지만 그건 사모님이 못마땅해서 하는 말은 아니니까 선생님 과히 서운히 생각하실 건 없어요. 사모님이 제게 대해서 잘 해 주시면 주실수록 도리어 화가 나요.」

「하여튼 오늘은 여기서 그냥 헤어져요. 다시 만날 약속은 말고…… 또 만나게 될 때까지 헤어져 있기로 해요.」

영림은 원망스러운 듯이 말끄러미 석운을 쳐다보다가

「선생님 마음 편하실 대로 하세요. 그래야만 편하실 테니까요. 그렇지만 저도 안 찾아가고 선생님도 안 찾아 주시면 영 만나지 못할 수밖에 없군요.」

「영림!」

석운은 어두운 얼굴에 오뇌의 빛을 후딱 띠며

「서울은 좁아. 만나지 않고는 견딜 수 없을 순간까지 서로 참아 보기로 해요. 영림의 주소도 나는 알고 전화번호도 찾아보면 알 수가 있으니까 말이야.」

「본국 二三二三[이삼이삼]번이에요. 합함 열이 되죠. 그렇지만 저는 이미 참지 못해서 오늘 선생님을 뵈러……」

「스톱!」

석운은 갑자기 소리를 쳤다. 영림은 놀라서 입을 호닥닥 다물었다.

그러나 그것은 영림의 말을 중지시키는 호령이 아니고 둘이의 옆을 스름스름 지나가고 있는 박카아드를 멈추는 소리였다.

「오늘은 이 이상 아무 말도 없이 벙어리처럼 헤어지기로 해요. 자아 영림, 먼저 타고 가요.」

「선생님이 먼저……」

「쉬이, 말을 하면 안돼! 우리는 지금 벙어리가 됐으니까.」

영림은 쳐다보며 조용히 웃었다. 석운도 웃었다.

여자 벙어리는 가만히 손을 내밀었다. 남자 벙어리가 그 손을 꼭 잡고 남은 한 손으로 여자 벙어리의 손등을 귀여운 듯이 덮었다.

작별의 악수가 애석히 끝났다. 남자 벙어리는 여자 벙어리의 등을 떠밀 듯이 하며 차에 태우고 택시 값을 운전수에게 지불하며

『아현동까지!』

차가 떠나는데 여자 벙어리도 입을 열었다.

『생각하는 불나비.』

소학생처럼 공손히 숙이는 영림의 고개와 함께 박카아드는 네거리 로타리를 삥 휘돌아 갔다.

『귀한 물건이 사라져 갔다.』

구슬처럼 귀하고 휘황한 물건이 석운의 가슴 속 한 복판에서 총탄의 관통상(貫通傷) 하나를 감각적으로 남겨 놓은 채 쏘옥 빠져나간 것 같은 허전한 느낌이 돌연히 왔다.

박카아드의 보데가 어둠 속으로 사라지고 석운은 발꿈치를 돌렸다.

『일은 마침내 저질러졌다.』

실로 오랜 동안 푸뜩푸뜩 느껴오던 인생의 위기는 마침내 왔다.

종로 사가 쪽으로 천천히 걸어가며 석운은 후딱 하늘

을 우러렀다. 즐비한 빌딩 너머로 혜화동 일대에 별빛은 쏟아지고 있었다.

그 어느 별 밑에 아내는 앉아 있으리라. 자고 있으리라. 남편이 돌아오기를 기다리면서 건득건득 졸고 있을는지도 몰른다.

『아아, 또 하나의 귀한 물건이…… 아니, 진정으로 귀한 물건이……』

범죄자의 심리(心理)가 석운에게 왔다.

『취기가 모자란다. 술을 먹어야지.』

의식을 무마하기 위하여 석운은 한길 가 꼬치 안주 집으로 쏜살 같이 들어갔다.

영림과 헤어지는 즉시로 석운의 머리에는 가정이 오고 아내가 왔다. 해로동락의 성실한 애정을 꿈꾸고 있는 옥영에의 배반과 한 사람의 남편이라는 세속적인 위치에서 오는 일종의 범죄 의식이 점점 명백히 확대되어 왔다.

야릇한 감미로움을 그대로 남겨 놓고 호화로운 박카아드와 함께 사라진 칸나의 휘황한 구슬은 석운의 심장 속에서 마냥 눈부시기만 했건만 그 어느별 밑에 쪼그리고 앉아서 남편을 기다리는 옥영의 구슬은 비록 휘황찬란한 눈부심은 없었으나 석운의 머릿속에 오붓히 살아 있었다.

『박목사는 가정의 질곡(桎梏)을 박차고 나옴으로써 인간을 찾았다고 했다.』

아까 세검정 산 속에서 영림과 애정을 교환하는 순간에는 강석운도 그렇게 느꼈다.

그 느낌에 거짓이 없다면 자기는 이와 같은 범죄 의식을 갖지 않아야만 할 것이 아니냐고, 박목사의 철저한 생명제일주의(生命第一主義)가 갑자기 부러워졌다.

『나는 약하다.』

『가슴 속에 눈부신 휘황한 구슬과 머리 속에 살아 있는 오붓한 구슬』

이 두 개의 구슬을 다 함께 차지할 수가 없다. 인간의 세속적인 위치가 차차 취기를 돋구어 오는 석운을 극도로 슬프게 하고 있었다.

꼬치 안주 집 바텐 앞에서 컵 술을 마지막으로 들이키는 석운은 밖으로 나와 택시를 집어 탔다.

『어쨌든 일은 저질렀는데……』

거나하니 석운은 취해 있었다.

『남들도 다 하는 노릇인데, 나만 유독히 얌전할 필요는 또 어디 있어?』

속된 생각이 취기와 함께 자꾸만 머리를 들어왔다.

박목사 모양 철저하지 못한 석운으로서는 자기의 행동을 철학적으로 구명하기 전에 사회현상학적인 양식(樣式) 속에서 간단히 처리해 버리고 있었다.

「이게 다 왕자 의식에서 나오는 소리거든.」

지난 날, 석운은 옥영의 뒤를 밟아 수도극장 앞 골목 북경루까지 따라갔을 때, 석운은 결국 아내의 불륜을 왕자 의식으로써 처리하고 말았다. 남들이 다 하고 있는 바로 그 양식에서 한 발도 벗어나지 못했던 자기 자신을 불현듯 돌이켜 보며 석운은 씁쓰레 고소를 지었다.

「아내의 불륜은 용서하지 못하고 자기의 그것은 눈감아 주기를 원하는 이 모순된 심정! 이러한 괘씸한 심정은 도대체 어디서부터 오는 것일까?」

차는 창경원 앞을 몰아치고 있었다.

「세상의 모든 아내에게도 이런 종류의 모순된 심정이 깃들어 있는 것일까? 그런 심정이 애당초부터 없어서 그처럼들 얌전한 것일까? 있으면서도 인간이 성실해서 얌전한 것일까? 사회적 지위가 약해서 하는 수 없이들 얌전한 것일까?」

이윽고 차를 혜화동에서 멈추고 석운은 카스테라 한

상자를 샀다. 다시 차에 오르면서

『오늘 일을 아내에게 죄 털어 놓고 말까? 아직도 늦지는 않으니까.』

그렇다, 아직도 늦지는 않다. 그렇게 함으로써 좀 더 커다랗게 부딪혀 올 인생의 위기를 모면할 수도 있는 것이며 아내의 비탄과 분노로써 자기의 자유로운 욕망과 행동을 구속할 수가 있는 것이다.

이러한 고백은 괴롭고 거추장스런 범죄 의식을 제거해 버림으로써 줄곧 들떠 있어야만 할 감정의 파도를 가라앉히어 실락원의 비극을 최소 한도에서 저지할 수 있는 유일한 조치라고 석운은 문득 생각하였다. 그러기 위해서는 가혹한 자기 항쟁(抗爭)이 필요하였다.

신부 앞에서 참회를 하는 교인들의 심정이 철학적인 사고의 결과로서가 아니고 예술가적인 하나의 직감으로서 석운에게 왔다.

차는 멎고 석운은 정문을 들어섰다.

『아버지!』

옥영의 앞장을 서서 경숙이가 뛰쳐 나오며 과자 상자를 받아 들었다.

『응, 너 아직 자지 않았니?』

「아버지 돌아오시기를 기다리고 있었어요.」

「그래?」

옥영은 양복을 받아 걸며

「늦으셨군요.」

「아, 좀……」

그럴 성싶어서 그런지 오늘 따라 아내의 눈초리가 유심히 빛나고 있는 것 같아서 석운은 마음이 뜨끔 뜨끔 했다.

아내의 태도는 일상과 추호도 다른 점이 없었으나 시선이 잠시도 쉴 새 없이 이편의 표정을 붙잡고 있는 것 같았다. 순간, 까맣게 잊어먹고 있던 도선의 동무 녀석의 얼굴이 후딱 머리에 왔다. 그 녀석의 어머니의 얼굴도 왔다. 고자질?

「그래 재미 있어요? 학생들과의 좌담회……」

잠옷으로 갈아 입고 안방을 들어서는데 옥영은 물어 왔다.

「작은 애들은 다 자오?」

어떻게 대답해야만 될까고 시간의 여유를 얻기 위하여 딴 말을 석운은 물었다. 고백 여하의 문제가 아직 결정적으로 처리되지 않고 있었기 때문이었다.

『벌써들 자는데요.』

경숙이가 카스테라 상자를 풀면서 대답을 했다. 건넌 방에서 애들은 잔다.

『아이, 카스테라야 엄마! 아버지가 오늘은 특별이세요.』

『어쩌면……』

옥영의 목소리는 여전히 명랑했고 침착했다.

무심하다. 천사처럼 무심한 얼굴이라고, 그처럼 평온한 아내의 이십 년 가까운 행복이 자기의 고백 한 마디로써 산산이 깨어져 나갈 것을 생각하니 감히 입을 벌려 사실을 고백할 용기가 석운에게는 도저히 있을 수 없다.

이런 경우에 있어서 진실의 고백은 죄악을 의미했다. 빈혈증이 있는 아내는 까무러칠지도 몰른다, 애정문제에 있어서는 아직 세상을 모르는 온실의 꽃과도 같은 아내이기에 옥영의 그 비탄과 절망에서 오는 가슴 아픔이 석운 자신의 아픔처럼 느껴야만 할 것이 석운은 무서웠다.

『그래 학생들과 재미 있게 놀았어요?』

카스테라 한 조각을 집으면서 옥영은 천연스럽게 물었다.

「그저 그렇지.」

「여태껏?」

「세검정엘 갔었지. 복잡한 시내보다도 임간 좌담(林間座談)이 좋겠다고들 해서 그 길로 곧 택시를 타고……」

「그러세요. 그것 참 잘 하셨군요. 일요일이니까 사람들도 많았을 거예요.」

「많이들 나왔더구먼.」

「그래 점심이랑 저녁은 어떻게 하셨어요?」

「점심은 학생들이 초밥이랑 과자랑 사 갖고 갔었고 저녁은 시내로 들어와서 먹었지.」

이처럼 미리 복선을 펴 두면 보고가 들어오더라도 발뺌이 자연스럽게 성립이 된다.

이윽고 경숙이도 건너가고 석운은 자리에 들었다. 그러나 석운은 좀처럼 잠을 이루지 못했다.

「또 못 주무세요?」

한밤중에 아랫목에서 자고 있던 옥영이가 물었다. 이 남편은 불면증으로 잠못 이루는 밤이 많았기 때문이다.

「응.」

이리 뒤채고 저리 뒤채기만 하는 남편과 똑같이 옥영도 뒤채고 있었다.

「당신은 왜 못 자오?」

「나도 갑자기 불면증이 생겼나봐요.」

시부의 편지가 또렷하게 되살아 오기만 했다. 묵극 한 토막도 망막에 인박힌 채 사라지지가 않는다.

석운은 손을 뻗쳐 아랫목에 누운 아내의 손길을 말없이 더듬어 잡았다. 아내의 조그만 손길이 거기에 응하며 꼭 쥐여 왔다.

오래오래 같이 살다가 같이 죽자는 서글픈 호소처럼 자기의 손을 두 손길로 꼬옥 옥영은 감싸 쥐고 있었다.

「이 손길에는 역사가 있다.」

고난의 역사가 있고 환희의 역사가 거기에는 있었다. 옥영의 손길에서 느끼는 이 오붓하고 탐탁한 애정 속에서 석운은 고영림의 눈부신 정열이 한낱 백일몽(白日夢)처럼 허황함을 문득 느꼈다.

「고영림이가 도대체 뭐야!」

석운은 마음 속으로 부르짖었다.

정열은 병이 아닐 것이라고 어제 석운은 애정을 교환하면서 말했다.

그러던 것이 오늘 아침, 애들이 학교엘 가느라고 새벽부터 떠들어대는 이 부산한 현실을 눈 앞에 볼 때 정열은 역시 일종의 병이라는 느낌이 절실히 왔다.

들뜬 정열만으로써는 도저히 처리할 수 없는 생활의 톱니바퀴가 현실의 음향(音響)을 소리 높이 내면서 간단 없이 회전하고 있었다. 톱니바퀴의 이러한 회전 속에서는 그처럼 절실히 느껴지던 영림에의 감각이 하룻밤 사이에 차차 희미해지는 것 같았다.

「참 철 없는 것이지.」

나잇살이나 먹은 것이 영림이 같은 어린애 하나를 적당히 처리 못해서 질질 끌려 들어갔다는 생각을 하면 어처구니가 없기도 했고 부끄럽기도 했다.

「다시 만날 약속을 하지 않은 것만은 참으로 잘 했어.」

흰 머리카락을 뽑아 버리면서 하던 투정이 꼭 어린애들의 밥 투정만 같아서 싱겁기 한이 없다.

오월이 가고 유월이 왔다.

현실의 압박감과 아울러 영림을 잊어버리고자 하는 노력이 석운의 마음을 어느 정도 차분히 가라앉히고 있었다.

그러나 부부 생활에 이미 오점(汚點) 하나가 찍혔다는 이 역사적 사실이 석운을 항상 범죄자로서 취급하고 있었다. 아내가 모르고 있는 비밀 하나를 갖고 있다는 의식이 항상 머리로 들어왔다. 그래서 아내의 눈치와 표정을 늘 살피게 되었고 태연하던 애정 생활에 인공적인 장식이 자연 필요해졌다.

그러나 그것 역시 타성이 되고 보니 비밀을 가졌다는 생각이 처음부터 석운의 마음을 괴롭히지는 않았다.

「유혹의 강」의 집필은 차차 진행되어 저번 날 영림에게 미리 이야기해 준 강석운의 창세기를 기록하는 대목에서 석운은 여러 번 붓을 내던지고 영림을 감각적으로 생각하게 되었다.

악마와 천사의 이야기를 하면서 영림과 바꾼 정열의 한 매듭 한 매듭이 어제 일처럼 선명하게 피부에 왔다.

「이래서야 어디 글을 쓰겠나.」

하루에 한 회도 쓰지 못하고 석운은 책상 앞에 벌렁 나자빠져서 소설 생각보다도 영림의 생각을 좀 더 골똘히 하고 있는데 정신을 소모하고 있었다.

그럴 적마다 옥영은 어두운 얼굴을 하고 이층으로 올라와서 책상머리에 마주 앉으며

「그렇게 안 써져서 어떡하세요?」

「슬럼프야, 슬럼프.」

작가 생활에 때때로 습격해 오는 슬럼프(不振狀態[부진 상태])를 옥영도 잘안다.

『기분 전환으로 어디 여행이나 하고 오셨음……』

『외국 작가들은 그렇게들 하지만, 여기서야 어디 쥐 꼬리만한 원고료를 가지고는 여비도 안 나와.』

『참 우리 나라 작가들처럼 불쌍한 사람은 없어요. 생활비도 안 대 주고 좋은 원고만 쓰라니까요.』

『차 한 잔도 먹지 말고 된장에 김치 깍두기만 먹고서 훌륭한 작품을 연방 써 내라는데야 말할 것 뭐 있어? 에크, 된장 트림이 막 겨 올라오는구나.』

옥영은 웃으며

『참 커피 한 잔 끓여 올까요?』

『그만 둬요. 수지 계산이 맞지가 않아. 맹자 가라사대 항산(恒産)이 없으면 항심(恒心)도 없다고, 커피 한 잔 훌쩍 들이키고 된장도 떨어져서 소금밥 먹기는 싫어.』

커피를 끓이기 위하여 옥영이가 일어서는데 석운도 벌떡 일어나 앉으며

『여보!』

『네?』

『당신 뭐 할려고 살우?』

「당신하고 같이 죽을려고.」

「아주 막 생색을 내는군.」

「정말인 걸 어떻게 해요.」

「한 번 안아 줘.」

옥영은 얼굴을 붉히고 다시 꿇어 앉으며 다가드는 남편을 가만히 품에 안았다.

「이런 아내를 나는 지금 속이고 있지.」

금방이라도 머리 위에 벼락이 쳐 내려올 것만 같았다.

유월 중순 경, K신문의 「유혹의 강」은 하루 이틀씩 빠지게 되어 독자들을 실망하게 하였다. 전화로나 편지로나 하루도 거르지 말고 실어달라는 독자들의 재촉을 받고 담당 기자는 그 뜻을 작자에게 누차 전달했으나 슬럼프에 빠져서 큰 일이라는 말만 되풀이했다.

그런 상태로 유월 하순까지 갔다. 나중에는 관절염이라고 거짓말을 하지 않으면 아니 되리만큼 석운의 창작욕은 마비되어 갔다.

그동안 석운은 하루에도 여러 번씩 영림에게 전화를 걸 것을 생각하였다.

그러나 석운은 끝끝내 전화를 걸지 않고 견디어 배겼다.

어떤 날 같은 때는 혜화동 로타리로 나가서 약방 전화로 본국 二三二三[이삼이삼]번의 다이얼을 돌리다가 정신이 번쩍 들어 탁 수화기를 던지기도 했다.

그런 날은 하루 종일 책상 앞에서 뒹굴며 영림의 환영과 씨름을 하는 것이었다.

일부러 정원으로 뛰쳐 내려가서 옥영이가 열심히 가꾸는 야쓰데 분에 물도 주어 보고 걸레로 분을 반들반들 닦아 주기도 했다.

「야쓰데는 다년생이다. 칸나는 일년생이 아닌가.」

그렇게 중얼거리며 옆에 놓인 칸나 분을 바라본다. 무서운 의욕을 지니고 줄기차게 자라나는 칸나였다.

「그렇지만 칸나는 일년생이지. 칸나의 의욕과 정열이 제아무리 왕성하게 불타 올라도 서리를 맞을 무렵이면 시들어 버릴 걸 그래.」

시들어 버릴 고영림의 의욕이며 정열임을 칸나 분은 암시해 주는 것 같았다.

「그렇지만 다년생인 야쓰데는 수명이 길거든.」

칸나와 야쓰데, 범죄 의식과 왕자 의식 속에서 작가 강석운의 기력은 차차 피로해 가기만 했다.

영림은 다시는 찾아 주지 않았다. 편지도 띄워 오지

않았다.

그동안 옥영은 어떻게 된 셈인지, 이전보다도 더 명랑했고 나긋나긋 했으나 어딘지 모르게 어두운 우수 같은 것이 한 줄기 떠돌고 있는 것도 같았다.

집필이 여의치 않음을 걱정하면서

「그렇게 고생스럽게야 어떻게 쓰시겠어요? 신문사에 말해서 아주 중단해 버리는 게 오히려 마음이 편해서 좋을 거예요.」

「아니야, 나는 아직까지 소설을 중단해 본 적이 없어. 죽어도 끝까지 쓰고야 말 테니까.」

「그래도 몸을 돌봐야지 않아요? 요즈음 얼굴이 몹시 상했어요.」

「인제 추서겠지, 문제 없어.」

그러면서 석운은 주먹으로 허공을 쳤다. 그러한 남편의 태도에서 옥영은 언제나 매일반으로 그 어떤 불길을 전신으로 느끼곤 했다.

이리하여 영림과 헤어진지 만 한 달이 된 유월 하순에 애리에게서 댄스 홀 개점 축하 파티의 초댓장이 날아왔다.

홀 이름은 「애리자」(愛梨子)였고 장소는 을지로 이가

였다.

《인생과 사업과를 바꿀는지도 모르는 애리의 첫 출발을 축하하여 주시기 바라는 의미에서 맨 처음의 초댓장에다 선생님의 성함을 쓰고 있읍니다. 웃음을 팔아 먹고 사는 애리가 올림》

초댓장 한 모퉁이에 애리는 써 왔다.
「마침 잘 됐군. 요즈음 울적하신데 꼭 가 보세요.」
「언젠가?」
「내일 아냐요.」
「당신도 같이 갈까?」
「아아뇨, 갈 데가 따로 있지 내가 홀엘 어떻게……」

23. 祝賀[축하] 파티

댄스 홀 「애리자」의 개점 축하연은 오후 다섯시부터였다.

남편을 떠나보내고 나서 옥영은 한참 동안 뜰에서 서

성대고 있다가 연못물을 퍼서 화분에 물을 주고 있는데

「어머니, 창길이가 아버지 봤대요. 접대 세검정에 갔을 때 아버지 봤대요.」

돌아다보니 이웃집에 사는 창길이와 함께 도선이가 학교에서 돌아오는 길이었다.

「그래, 창길이 너도 그때 갔었니?」

화분에 물을 계속해서 주며 옥영은 물었다.

「네, 우리 아버지랑 엄마랑 다들 갔었어요.」

그러면서 창길이는 고무총으로 나뭇가지에 앉은 참새를 겨누었다.

「엄마, 우리도 능금 사 먹으러 가요. 아버지는 여학생하고만 가고.」

「도선이는 알지도 못하고…… 그날은 무슨 일이 계셔서 가셨단다.」

「창길이가 그러는데 여학생이 울면서 올라가더래요. 아버지는 뒤로 따라가고, 창길이 엄마랑도 다 봤다는데?」

「울면서 올라가?」

옥영은 화분에서 허리를 폈다.

「학생들이 많았지?」

창길이는 고무총을 탁 쏘며

「아니요, 혼자예요.」

「그래 둘이서 어디로 가던?」

「우리가 앉았던 자리로 올라갔어요.」

「둘이서?」

「네.」

「그래, 그 학생이 왜 울던?」

「몰라요. 우리 엄마가 그런 말 하면 안 된다고 하지말라고 그랬어요.」

창길이의 이 마지막 한 마디가 옥영의 눈 앞을 캄캄하게 하였다.

더 물어볼 필요가 이제는 없다. 창길이에게 함구령을 내린 것만 보아도 남편과 영림의 그 날의 행동은 넉넉히 추측할 수가 있었다.

「엄마, 우리도 아버지랑 세검정에 가요.」

「그래 이제 아버지가 돌아오시거든 물어보고 다음 공일에 가자.」

「아이 좋아! 창길아, 우리도 간대요.」

이윽고 두 아이는 뒷뜰로 뛰어갔고 옥영은 야쓰데분 앞에 덤덤히 서 있었다.

창길이 어머니에게 물어보면 좀 더 똑똑한 이야기를 들을 수도 있겠지마는 옥영에게는 어쩐지 그 똑똑한 이야기를 듣는 것이 무서워 일부러 흐리멍덩한 추측 속에서 일루의 희망같은 것을 붙잡고 늘어지는 편을 옥영은 취했다.

그러는데 뭉클 하고 오늘 저녁 축하 파티가 가슴에 왔다.

남편의 말을 들으면 애리라는 여자는 한성 양초의 고 전무의 후원으로 댄스 홀을 낸다고 했다. 그리고 그 고전무가 영림의 오빠이고 보면 그리고 또 애리와 영림이가 중학 동창생이고 보면

『그이는 오늘 저녁 영림이가 파티에 참석할 것을 예기하고 간 것이 아닐까?』

창길이의 말이 사실이라고 가정할 때 옥영의 이러한 상상은 십중 팔구 정확성을 지닐 수밖에 없었다.

『거미줄!』

자기 혼자만이 모르고 있는 무슨 불길한 실마리 같은 것이 자기의 둘레를 거미줄처럼 에워싸고 있는 것 같은 느낌을 옥영은 불현듯 느끼며 부루루 진저리를 치며

『그래도 그이가 설마 그럴 수가 있을라구?』

옥영은 입 속 말로 경건히 종알거렸다.

「애리자」 개점을 계기로 한 오늘의 연회는 개업을 의미하는 파티인 동시에 고영해가 애리를 위하여 열어 주는 이중의 뜻을 가진 성대한 파티였다.

그러나 고영해 부자에게 있어서는 그 밖에 또 하나 중대한 복안이 이 파티에는 숨어 있었던 것이다.

저번 날, 영림은 오빠와 싸움을 하고 안방을 나설 때 부모나 오빠의 마음을 자기도 잘 안다고 하면서

「……그래서 저로서도 될 수만 있으면 준오씨와 결혼을 하려고 노력도 해 보았고 또 이제부터 노력을 계속해 보겠어요, 그것 뿐이예요.」

했다. 그래서 집안에서는 영림의 이 어른다운 한 마디에 최후의 희망을 걸고 있었던 것이다.

그러나 그 날로 영림이가 강석운을 방문한 사실은 꿈에도 모르고 희망은 아직도 끊기지 않은 것으로 생각하고 있었다.

여기서 고영해는 아버지와 의논을 한 결과 오늘 저녁의 축하연을 이용하여 영림과 송준오와의 접근을 계획적으로 꾀하여 줌으로써 영림의 망설이는 마음에 결정적인 못 하나를 박아 주어야만 하였다.

『송군, 군은 영림의 눈치만 보는 것 같은데 그처럼 약하게 나가면 여자는 휘어 잡지를 못하는 법이야. 여자의 눈치야 어떻든 간에 이편의 욕망을 남자답게 솔직히 행동화해요. 눈물 대신에 완력을 가지고, 그까짓 조그만 계집애 하나를 못 휘어 잡아서야 될 말인가. 오늘 밤은 기회가 좋아. 계집애 하나 못 꼬여서야 어디 남자로서 출세를 하겠나? 속임수도 좋아, 속아 넘어간 담에는 꼼짝 못하는 게 여자야.』

한 잔 축하주에 적이 흥분되어 있는 송준오의 귓속에 고영해는 그런 말을 했다. 심각한 표정으로 송준오는 듣고만 있었다.

『송군은 사냥을 못해 보았나? 매가 꿩을 덮치는 식으로 하면 되는 거야. 여자란 뭐니뭐니 해도 남자들이 지닌 그런 종류의 힘의 세계를 도리어 동경한다는 사실을 알아야 할거야.』

고영해의 이러한 귓속말에는 고영해대로의 타산이 또 하나 숨어 있었다.

송준오가 영림에게 열중해 있는 광경을 애리는 볼 것이다. 따라서 애리로서는 송준오를 증오하지 않으면 단념해야만 할 마음의 자세를 취할 것이 뻔하다. 자연 애리는 고영해의 품 안에서 돈과 사랑을 교환할 마지막 결심을 하게 될 수밖에 없다.

그렇게 돌아갈 수밖에 없는 애리의 심리를 계산해 놓고 고영해는 고영해 대로 오늘 밤에는 유현자를 손아귀에 넣을 생각을 골똘히 하고 있었다.

그래서 오늘 밤에는 유현자와만 춤을 추어야 한다고 생각하였다. 왜 그러냐 하면 애리는 댄스 홀 개점으로서 이미 경제적 속박을 받고 있기 때문에 필요 이상으로 신경을 쓰지 않아도 무방했다. 고영해가 애리에게 많은 관심을 갖고 있다고 생각하는 유현자를 함락시키기 위해서는 애리의 존재를 무시하는 태도로 유현자만을 상대로 해야만 하는 것이며 따라서 유현자는 고전무의 애정을 전적으로 믿을 것이기 때문이었다.

이상이 오늘 밤 고영해가 파티에 연출할 연애극의 각본인 것이다.

그러나 이와 같은 고영해의 각본은 애리 혼자만이 알고 있는 강석운의 등장을 전혀 계산에 넣지 않은 그것이었다.

오늘 저녁 이 「애리자」 축하연 무대의 등장 인물은 고종국 사장과 애첩 황산옥, 송준오와 그의 부친인 은행가, 주인공인 애리와 전신이 기생 출신인 그의 어머니, 유현자를 비롯한 한성 양조의 사원들, 고영해와 고영림, 그리고는 오십 여명의 남녀 내빈이었다.

홀 안은 축하 화환과 오색의 등불로 휘황찬란했다. 밴드가 있는 스테이지 후면에는 츠렁츠렁 늘어진 검정 비로드 장막을 배경으로 하여

「꿈의 전당 애리자」

라는 일루미네션이 작렬된 정열처럼 새빨갛게 타오르고 있었다.

더 넓은 무도장을 중심으로 한 좌우 객석에는 한성 양조의 특급주 「백부용」을 위시하여 양주와 맥주가 홍수처럼 범람했고 흰 가운을 입은 보이들이 음식 쟁반을 들고 분주하게 오락가락 했다.

고영해의 인사말과 내빈의 간단한 축사가 끝났을 때 강석운이 홀 안으로 들어섰다.

『어마, 선생님이?』

애리와 송준오를 상대로 하여 식사를 하고 있던 영림이가 입 속으로 그렇게 외쳤을 때는 이미 애리는 재빠르게 몸을 일으켜 보이에게 인도를 받아 들어오는 강석운을 맞이하였다.

「선생님, 바쁘신데 감사합니다.」

「애리양 축하합니다.」

「선생님, 어서 여기 앉으세요.」

애리는 애인처럼 반겨 맞으며 석운을 자기 옆 자리에 정중히 모셨다.

석운의 앞자리가 영림이었고 애리의 앞자리가 송준오였다.

「아……」

착석을 하고 시선을 들다가 석운은 가느다랗게 외쳤다.

영림은 말 없이 고개를 가만히 숙여 인사를 했다.

「참 영림이 너 선생님을 안댔지? 그런 줄도 모르고 하마터면 소개를 할뻔했다. 얘.」

영림은 조용히 웃고만 있었다.

오늘의 주인공인 애리가 흰 나일론 드레스에 펌프스를 신고 있는데 비하면 여전히 그 칙칙한 곤색 양복이 화장도 없는 영림의 모습이 어딘가 이러한 분위기에는 어울리지 않을만큼 초라하게 보였다.

「참 미스터 송, 선생님에게 인사하세요. 강석운 선생님이예요.」

애리는 그리고 석운을 향하여

『저 송준오라고, 영림을 위해서는 목숨 하나쯤 언제든지……』

순간, 영림과 송준오의 시선이 똑같이 애리의 얼굴을 무섭게 쏘아 보았다.

『강석운입니다.』

『송준옵니다.』

보이가 석운의 요리를 날라왔다.

『자아, 선생님 무슨 술을 드실까? 아, 참 선생님은 맥주당이시지.』

방글방글, 애리는 연방 웃음 진 얼굴로 석운에게 맥주를 따라 주며

『선생님, 저번 날 밤은 늦으셨지요? 어쩌면 선생님 그처럼 뵈올 수가 없어요? 저는 정말 이년 동안 선생님을 하루도 잊은 날이 없었는데.』

석운은 웃는 얼굴로 맥주를 들며

『애리양이 오늘은 대단히 명랑하군.』

『저번엔 선생님 앞에서 실컨 울었었지요.』

석운은 불현듯 영림을 바라보았다. 영림은 못 들은 체 식사만 하고 있었고 송준오는 경멸의 눈초리로 애리와

석운을 노려보고 있었다.

애욕의 각본이 고영해에게 있듯이 오늘 밤의 애리에게 도 그런 종류의 풀랜 하나가 가슴 속 깊이 숨어 있었던 것이다.

그동안 애리는 송준오와 몇 차례를 만났다. 그러나 송 준오가 결국 애리에게서 요구하는 것은 육체적인 애욕일 뿐 애리의 고달픈 영혼을 다사롭게 무마해 주지는 않았 다. 웃음을 파는 여인으로서 밖에는 더 대해 주지를 않았 다.

애리는 서글퍼 강석운을 초대했다. 그것은 뭐 강석운 을 사모하기 때문이 아니었다. 송준오에 대한 대항 의식 에서 나온 일종의 시위 운동을 의미하고 있었다.

거기에 고영해가 다가왔다.

「전무님, 강석운 선생님이 오셨어요.」

애리는 냉큼 일어나서 둘이를 소개하였다.

「응, 강석운 선생?」

고영해는 뜻 밖이라는 듯이 그러나 만면에 웃음을 띠 며 애리를 바라보았다.

「제가 모시었어요. 전부터 잘 아는 선생님이예요.」

「아, 그렇습니까 고영해올씨다.」

강석운도 인사를 했다.

「선생 같으신 분을 모시게 되어서 참으로 영광입니다. 허어, 애리양이 강선생을……」

고영해는 그러면서 마주 앉은 영림을 힐끔 바라보았다. 눈치를 채고 애리는

「아이, 전무님은 영림이만 강선생님을 아는 줄 아시나봐요.」

「아니, 그런 건 아니지만…… 허어, 강석운 선생이…… 」

오늘 밤 뜻밖에도 강석운이라는 인물이 나타난데는 필경 영림의 숨은 뜻이 포함되어 있을 것이라고 단정을 하며 증오의 염과 아울러 일종의 적개심이 왔다. 그러나 입으로는

「자아, 강선생, 제 술 한 잔 드십시오. 정말 잘 오셨읍니다. 애리를 후원하는 의미에서 이제부터 자주 좀 찾아주시기 바랍니다.」

「감사합니다. 애리양을 위해서 많은 힘을 써 주신다고 들었읍니다.」

「원 천만의 말씀을…… 자아, 그럼 나는 좀 저리로 가봐야겠읍니다. 애리는 오늘 밤 강선생을 잘 모셔야 해

요.」

영림을 강석운에게 빼앗기지 않도록 강석운을 애리에게 맡겨 둘 필요를 문득 느끼며 그렇게 말했다.

「염려마세요. 선생님을 누구가 모셔 왔기에요.」

「참 그렇구면.」

애리는 이미 자기의 것이라는 생각에서 영림이보다는 허술하게 취급을 했다. 그리고 그것이 애리가 아니고 유현자였던들 고영해는 동생을 호보하기 위해서 유현자를 강석운에게 맡겨 두지는 않았을 는지 몰랐다.

어쨌든 뜻하지 않았던 강석운의 등장이었기 때문에 그러한 긴급 조치를 고영해는 취할 수밖에 없었다.

고영해는 걸어 가다가 송준오의 귀에다 입을 갖다 대고 가만히 속삭이었다.

「강석운은 군의 강적이다. 영림을 잠시도 놓아 주지 말라!」

송준오는 침울한 표정을 하고 있었다.

저편 쪽에서 고종국씨가 송준오의 부친 송달(宋達榮)씨와 환담을 바꾸고 있는 옆에서 황산옥이가 양주를 들이키고 있었다.

아무리 보아도 댁의 「아드님은 지나치게 얌전해요.

그까짓 영림이 하나쯤 못 휘어 잡고 호호호……」

황산옥의 말에 송달영씨는 웃는 얼굴로

「허허헛, 내 아들이 얌전한 게 아니고 댁의 따님이 지나치게 고집이 세서……」

「허허허……」

하고 고종국씨도 웃으며

「송선생이 원체 얌전하시니까 그 핏줄기가 딴 곳으로 갔을라구요? 허허헛……」

그러는데 고영해가 다가왔다.

「아버지, 강석운이가 저기 와 있읍니다.」

「웅? 강석운이가?……」

고종국씨와 똑 같이 황산옥도 놀랐다.

「영림이가 초대했다더냐?」

「자세히 알 수 없읍니다. 초대는 애리가 했다지만……」

「음.」

고종국씨는 어두운 표정을 하며

「영림이와 무슨 이야기를 하든가?」

「아무 이야기도 하지 않습니다.」

「음, 필경에 무슨 곡절이 있어서 왔을 거야. 어디 내가 좀 가보고 오지.」

고종국씨의 뒤로 황산옥도 총총히 따라갔다.

그러는데 밴드가 울리며 춤이 시작됐다.

음악은 블루스.

기다리고 있었다는 것처럼 손님들은 짝을 지어 중앙으로 몰려 나왔다.

고종국씨와 황산옥은 강석운의 식탁으로 걸어갔다.

「오오, 이거 강군이 아니요?」

고종국씨는 명랑한 소리로 강석운의 어깨를 쳤다.

「아, 고사장 축하합니다.」

강석운도 일어나며 인사를 하였다.

「난 또 누구라고요 근엄하신 강교수님의 아드님께서 이런 델 올 줄은 정말 몰랐어요 호호호……」

황산옥이가 슬그머니 하는 소리였다. 강교수의 근엄함을 몸소 실험해 본 적이 있는 황산옥으로서는 그 한 마디에 실감을 느끼며 토했다.

석운은 부드럽게 웃으며 부인의 말을 묵살해 버리고 있는데 고사장은

「강교수의 아드님이 「유혹의 강」과 같은 훌륭한 소설을 쓸 줄을 몰랐다니까. 참으로 좋은 소설이거든. 매일

처럼 읽고 있는데 아마도 그게 다 강군의 경험에서 생겨
난 이야길 거야.」

석운은 여전히 미소만 띄고 있었다.

아버지의 비꼬는 말이 귀에 거슬려 영림은 냉큼 일어
서서 송준오와 함께 무도장으로 걸어 나가서 스테프를
밟기 시작했다.

고영해도 유현자를 안고 돌아가고 있었다.

「자아, 선생님 좀 춰요.」

애리가 석운을 붙들고 나가는 등뒤에서 황산옥은 말했
다.

「이따 나에게도 강선생을 좀 빌려 줘야 해요.」

「네네.」

애리는 가볍게 받아 넘기며 석운과 함께 인파 속으로
파묻혀 들어갔다.

황산옥은 이윽고 송달영씨와 마주 잡았고 고종국씨는
애리의 어머니와 서투른 스테프를 밟고 있었다.

완만한 블루스가 오색 등 밑으로 감미로운 멜로디를
가지고 흘러 나오고 있었다.

「선생님, 제법 잘 추세요. 언제 다 춤을 배우셨소
요?」

『소설을 쓸려면 이것 저것 다 알아 둬야지.』

『영림이가 우리를 연방 바라보고 있어요.』

그 말에 석운도 시선을 돌려 영림을 먼 발로 찾아 보았다. 송준오의 어깨 옆으로 어두운 얼굴을 하고 영림이가 이쪽을 말끄러미 바라보고 있었다.

애리는 송준오에게 보이기 위하여 일부러 더 석운의 가슴에 바싹 얼굴을 기대며 돌아가고 있었다.

『선생님, 저는 잘못하면 사업과 인생을 바꾸게 될는지 모르겠어요.』

『무슨 말이야? 초댓장에도 그런 말이 씌어 있던데 고 전무 말인가?』

『네, 여기서 나오는 수입의 절반을 제게 준대요.』

『음, 흔히 있는 케이스야.』

『선생님, 어떻게 힘 좋아요?』

『음, 그렇지만 애리에게는 사랑하는 사람이 있다지?』

『있지만, 그이는 나를 허수롭게만 생각하고 있는 걸요.』

『누군데?』

『지금 영림이와 춤을 추는……』

「아, 미스터 송?」

석운은 약간 놀라며

「영림이와 결혼을 한다면서?」

「영림이가 말을 안 들어요.」

그러다가 석운을 빤히 쳐다보며

「송의 말을 들음 선생님 때문에 영림이가 말을 안 듣는다는데…… 선생님, 그게 정말이예요?」

석운은 대답을 못하고 시선으로 영림을 찾았다.

「대답이 없는 걸 보니 선생님 정말인가 봐요.」

「…………」

「영림이가 나빠요. 싫음 싫다고 딱 잡아 떼지도 않고, 그러니까 송이 질질 끌려 들어가는 거예요.」

「음, 잘 알았어.」

「송과 결혼하게만 된담 이런 사업도 집어 치우겠어요. 빨리 집어 치워야죠. 그렇지 않음 결국 고전무의 세컨드가 될 수밖에요.」

연거퍼 세 차례나 애리는 석운과 춤을 추었다.

영림은 차차 초조감을 느끼기 시작했다. 그 동안 한 번쯤은 자기더러 춤추기를 청해 올 것 같았으나 석운은 어쩐지 그러지를 않았다.

한 달 동안을 꼬바기 기다렸으나 전화 한 번 걸어 주지 않은 강선생이었다. 그것에 야속하기도 했지마는 오늘 이 자리에 강선생님이 나타날 줄은 정말 뜻 밖의 일이었다.

이년 동안이나 교제해 왔다는 애리와의 관계가 영림의 신경을 긁어 줘고 있었다. 저번날 밤, 애리는 강선생님 앞에서 실컷 울었다고도 했다.

「왜 울었을까?」

여성이 남성 앞에서 눈물을 보인다는 것은 애정의 애달픈 고백 밖에는 없을 것이 아니냐고, 사모님의 존재만을 꺼림칙하게 생각하고 있던 영림의 눈 앞에 뜻도 하지 못했던 애리의 존재가 갑자기 확대되어 왔다.

「그렇다면 세검정에서의 선생님의 애정이 모두 다 허위의 것이었던가? 그럴 수 있는 강선생님은 분명히 아닐 것만 같은데」

송준오와 춤을 추면서 영림은 문득 자기의 차림차림을 훑어 보았다.

야들야들한 예쁨을 가진 애리의 얼굴도 얼굴이지마는 흰 나일론 드레스가 눈부시게 화려하다.

「이럴 줄 알았담 옷이라도 갈아 입고 왔을 걸 그랬

지.」

자기의 칙칙한 곤색 양복이 갑자기 불안을 가져왔다. 유현자도 그렇고 다른 여자들도 그렇고 모두가 다 유월의 계절과 홀의 분위기에 어울리는 경쾌한 색채를 지닌 옷차림이 일종의 압력을 가지고 일제히 습격해 왔다.

「영림, 공을 들이면 안 되는 일이 없다는데, 영림은 너무도 무정해.」

술기운이 퍼지면서 송준오는 불같은 정열을 태우고 있었다.

「영림이가 강선생을 생각한다는 건 일종의 꿈이야. 꿈도 무서운 꿈이야. 가정을 가진 이들은 결국에 있어서는 가정으로 돌아가는 건데……」

「나도 다 알아요.」

「알면서 왜 그런 위험한 짓을 하려는 거야?」

「누가 머 어쨌어요. 이처럼 미스터 송과 춤을 추고 있는데.」

「고마워, 오늘 밤은 나와 같이 밤샘을 해요.」

「그래요.」

「저거 봐요, 강선생은 애리하고만 추지 않아? 중년 남자들은 일정한 대상을 필요로 하지는 않는 거야. 누구든지 젊고 곱살한 여자면 다 좋아하는 거야.」

「…………」

「젊은 사람처럼 결혼을 목표로 하는 것이 아니고 그들은 일시적인 흥분제로서 여자를 상대로 하고 있다는 걸 알아야 해요. 생각하면 위험 천만한 일이야.」

「그럴지도 모르지요.」

「그들에게는 애리도 좋고 영림이도 좋고 현자도 좋고…… 아니, 여기 있는 모든 젊은 여자를 좋아하는 취미를 갖고 있거든. 영림의 오빠를 봐요. 영림의 아버지를 봐요.」

「그것도 알아요.」

춤이 끝났다.

영림은 무엇을 생각했는지, 그길로 달려가서 사무실 전화로 아현동 집을 불러냈다.

「덕순 언니야? 운전수 지금 집에 가 있지? 박씨 말이야. 응, 그럼 이제 내가 부를 테니 대지급으로 옷 좀 보내줘요. 옷장에 있는 그린 색 후레야 양복과 팔 소매 없는 로오 넥크 블라우스와 레에쓰가 달린 슬리프…… 그리구 서랍에서 비취 이어링, 귀걸이 말이야. 그리고 넥크레스도, 목걸이 몰라? 양말도 새것으로 한 켤레, 펌프스는 구두장에 있고, 아이, 속상해! 춤출때 신는 흰 구두 있잖아. 아냐, 또 있어. 콜드 크림과 분은 갖고 있으니까 그만두고…… 도오랑과 입 연지, 눈썹 먹, 아이샤도우 약…… 아이 참 밥통이야! 눈 언저리를 꺼멓게 하는 것 있잖아?…… 그리고 로오숀, 로오숀도 두 가지 다 보내요. 화장용과 헤어 로오숀…… 머리에 바르는 것 말이야. 향수도 잊지 말고…… 메니큐어 약도…… 손톱에 바르는 것…… 분홍은 싫어. 흰 것으로 …… 대지급이라는 걸 알아야 해요. 박씨더러 그렇게 일러요. 바이바이.」

시간의 경과와 함께 홀 안은 점점 문란해졌다. 주흥에 겨워 성급한 젊은 축들은 지르바를 추었다. 밴드를 향하여 맘보를 청하기도 했다.

악대도 흥이 났다. 거나하게 한 잔들 걸친 판이라, 컨덕터는 춤을 추는 것 같은 흥겨운 액션을 마구 연발했다.

나이 지긋한 축들은 젊은이들의 경쾌한 춤을 안주 삼아 술을 마시고 있었다.

황산옥은 얼근해서 젊은이들과 마구 돌아갔다. 강석운과 송준오도 한 번씩 붙들리었다.

고영해는 이미 유현자를 함락시키는 최후의 단계까지 이르고 있었다.

「현자도 보면 알거야. 현자는 애리와 나 사이를 의심하고 있는 것 같지만 사실 나는 애리에게는 그리 흥미가 없어. 춤 한 번 출 생각도 않는다니까 글쎄.」

「그럼 뭣 때문에 애리에게 홀을 내 주셨어요?」

「아, 그건 애리의 상업술을 산 것 뿐이야. 이제 봐요. 모두가 다 애리에게 미쳐서 덤벼들 테니 말이야. 그런 방면에 있어서는 천재적 소질을 애리는 가지고 있다니까.」

강석운이가 송준오와 마주 앉아서 술을 들고 있는 동안 애리는 젊은 축들과 신이 나서 맘보를 추고 지르바로 핑글핑글 돌고 있었다.

당장에 애리는 젊은이들이 인기를 한 몸에 집중시키고 있었다. 룸바를 추면서도 젊은이들과 어깨를 대고 요염한 웃음을 방글방글 웃으며 홀을 한 바퀴 삥 돈 적도 있었다.

애리의 장기는 스케이팅 월쓰였다. 그러나 파트너들은 절반도 못 가서 춤을 포기하지 않을 수 없었다. 스케이팅 월쓰에는 애리를 무난히 리드할 작자가 오늘 밤에는 없었다.

「애리! 애리!」

술 취한 젊은 축들은 애리를 자기네의 애인들처럼 불러대며 박수 갈채로 환영을 했다.

어지간히 취한 애리는 신이 났다. 젊은이들에게 둘러싸여서 애리는 술잔을 들고 소리 높이 외쳤다.

「웃음을 사 가요! 웃음을 사 가요! 애리는 오늘 밤부터 홀 「애리자」에서 웃음 장사를 시작했어요 맥주 한 잔에 웃음 한 번, 칵텔 한 잔에 웃음 두 번.」

「으하하하하핫……」

청년들이 애리의 어깨를 좌우에서 잡고 웃으며 떠들며 고함치며 마셨다.

석운은 바라보며 후딱 눈시울이 뜨거워졌다. 애리의 그 자포자기하는 심정의 비밀을 알고 있는 것은 오직 석운 혼자 뿐이었다.

송준오도 어두운 표정을 하고 애리를 묵묵히 바라보고 있다가

「강선생, 우리도 술을 듭시다.」

하고 맥주를 권해 왔다.

「네, 듭시다.」

석운은 송준오와 글라스를 맞대며 단숨에 술을 들이켰다. 송준오는 취해 있었고 석운도 어느덧 취기가 돌기

시작했다.

「애리는 저런 버릇이 나빠요. 웃음을 파는 여자라고 저처럼 제 입으로 선전하지 않아도 무방할 텐데……」

송준오는 그런 말을 석운에게 했다.

「그러나 거기에는 무슨 고달픈 이유가 있을지도 모르지요.」

그러는데 애리가 청년들의 틈바구니를 빠져 나와 맥주 한 잔을 손에 들고 비틀거리는 발걸음으로 두 사람 앞으로 걸어왔다.

걸어오다가 애리는 후딱 걸음을 멈추고 반대편 쪽에서 조용히 걸어 들어오는 영림을 발견하고 취안을 크게 떴다.

어디를 갔었는지 한 동안 자취를 감추었던 영림이가 색다른 차림새와 색다른 표정을 지니고 역시 두 사람 곁으로 천천히 다가오고 있었다.

「아아, 영림……」

송준오가 꿈결처럼 돌아보며 부르짖듯 불렀다.

그 돌변한 영림의 모습에 석운도 놀랐다.

화이트 그린의 후레야 스커트, 어깨에서 부터 미끈한 팔이 몽땅 드러난 로오 넥크 블라우스, 로키트가 달린

순금 넥크레스, 백색의 무도용 펌프스, 짙은 도오랑 화장의 엷은 아이샤도, 화판인 양 곱게 그려진 타오르는 입술, 파아란 비취 이어링이 양쪽 귀바퀴에서 한들거리고 있었다.

애리는 연방 눈을 깜박거렸고, 영화 화보에서 쏘옥 빠져나온 성싶은 영림의 화려한 얼굴은 바닷속처럼 조용했다. 무기미하게 조용했다.

불나비

영림이가 그처럼 호화로운 몸차림으로 나타난 것을 먼발로 바라보자 고영해 부자도 적지않게 놀라고 있었다. 몸치장에는 통 관심이 없던 영림이었기 때문이다.

휴식 시간이 되었다. 바이얼린 독주가 흘러나왔다. 〈오리엔탈〉에 뒤이어 〈G선 위의 아리아〉, 마지막이 〈트로이메라이〉. 송준오 옆에 영림은 앉아서 준오가 따라 주는 각테일을 석 잔이나 연거퍼 마시고 있었다. 그러한 영림을 보고 송준오도 놀랐고 애리와 석운도 놀라고 있었다.

『어떻게 된 셈이야? 갑자기 화장을 하고 술도 마시고.』

석운의 팔 한 쪽을 끼고 애리는 몽롱한 시선을 던지며

물었다.

영림은 무심히 웃어 보이며

『미스터 송을 보기가 딱해서, 내 초라한 모습이 신경에 걸리는지, 준오씨의 시선이 자꾸만 애리에게로 뻗길레……』

『홍, 의미가 지극히 심장하구나! 나 같은 둔감으로는 알아 듣기가 힘든데…… 자아, 이왕 입에 댄 술이니 내 술 한 잔 받아요. 그리고 그 술 일랑 선생님에게 드려봐요.』

애리가 따라주는 위스키를 영림은 말 없이 들이키고 나서

『자아, 애리도 한 잔……』

『선생님한테 드리라는데.』

『드리고 싶음 네 손으로 드려요. 남의 손을 거치지 않음 못 드릴 사이도 아닌상 싶은데.』

『아이고, 아파라! 이건 분명 영림의 화살인데…… 자아, 선생님!』

석운은 심각한 표정으로 잔을 받으며 어두운 시선으로 영림을 물끄러미 바라보았다. 그러나 영림은 한 번도 제대로 석운의 시선을 붙들어 주지를 않는다. 자연스런 외

면으로서 준오의 시선만 연방 붙들고 있었다.

「영림이 너 그러고 나서니까 오늘 밤의 히로인같구나.」

「감사하지만 사퇴할 테야.」

두 여인의 심리가 이상하게도 자꾸만 비뚤어져 가기만 했다.

이윽고 휴식 시간이 끝나고 다시금 춤이 시작되었을 때 제각기 두 쌍은 서로가 다 본의 아닌 상대자를 붙들고 열심히 스테프를 밟아야만 하였다.

멋도 모르고 기뻐한 것은 송준오 뿐이 아니었다. 고영해 부자를 비롯하여 송달영씨와 황산옥도 기뻐했다.

영림의 감정이 아까부터 뚫어져 가고 있는 것을 석운은 잘 알고 있었지마는 이상하게도 고사장 부자의 눈초리가 유달리 자기에게만 쏠리고 있는 사실을 알고 있었기 때문에 석운은 가급적 영림을 멀리 할 수밖에 없었던 것이다.

그러던 것이 취기가 차차 돌면서 부터 석운은 안타깝게 영림을 붙들고 싶었다 할 이야기도 많았다. 갑자기 화장을 하고 옷을 갈아 입고 나선 영림의 심정을 알 것도 같아서

『영림양, 한 번 출까요?』

월쓰가 끝나고 탱고가 새로히 시작되었을 때였다. 송준오를 비롯한 많은 감시의 눈초리를 대담하게 무시하고 석운은 송준오 옆에서 영림을 끌어냈다.

영림은 잠자코 따라 일어섰다.

순간, 송준오의 시선이 험악하게 빛나고 있었으나 하는 수 없다는 듯이 애리를 붙들고 준오도 나섰다.

『선생님, 뵙고 싶었어요.』

안기기가 바쁘게 영림은 한 달 동안 밀렸던 감정의 무더기를 어린애처럼 쏟아놓는다.

『영림, 나도……』

가벼운 포옹을 〈록크〉로써 둘이는 했다.

곡은 〈라 콤파르시타〉

기쁘다기 보다도 그저 흐느껴 울고만 싶은 오열의 감정이 둘이의 가슴에는 꽉 차 있었다.

『전화 종시 안 걸어 주셨지요.』

「프롬나아드」로 걸어 가며 영림은 혼자말처럼 종알거렸다.

『나무라면 못써.』

『제가 싫어지신 건 아니죠?』

오뇌의 시선으로 영림의 화장 짙은 얼굴을 물끄러미 들여다보며

『너무 급속도로 좋아져서, 그래서 전화를 못 걸었어.』

『그러리라곤 생각했었지만…… 사랑처럼 의심이 많은 건 없나 봐요.』

『왜 갑자기 화장을 하고 나왔어?』

『화장도 예술이라고 선생님이 그러셨기에요. 선생님께 보여 드리고 싶어서요.』

석운은 말 없이 영림의 손을 꼬옥 쥐어 보았다.

『애리하고만 이야기하시고, 애리하고만 춤을 추시고……』

『어린애 같은 소리야. 송군이 영림이 옆에 딱 붙어 있고, 아버지랑 오빠랑 어쩐지 날 보고 야유하는 소리를 했어. 눈치를 챈 모양 같아서……』

『챘음 어때요?』

『저거 봐요. 오빠가 저기서 우리들을 무섭게 노려보고 있지 않아.』

『선생님!』

『웅?』

「오빠의 제안으로 오늘 밤은 여기서 밤을 세운대요. 딴 손님들은 보내고 말이예요. 이 빌딩 이층부터가 호텔인데, 미스터 송이 나와 함께 밤을 새우자는 거예요.」

「음, 그래서?……」

「아까 오빠가 송한테 하는 귓속말을 제가 들었어요. 오늘 밤은 저를 놓침 안 된다고요. 처음에는 모르고 왔었는데, 알고 보니 무슨 그런 상스럽지 못한 계획이 확실히 있어요.」

「알았어. 내가 그들의 계획을 중지시키지.」

힘찬 한 마디를 석운은 토했다. 흥분한 감정이 영림을 빼앗겨서는 안 된다고 아우성을 치고 있었다.

「현대에는 있을 수 없는 말이야. 정략 결혼은 이미 낡았어!」

그 힘차게 튀어 나오는 항거의 말들이 영림에게는 눈물겨워 견딜 수가 없었다.

「그렇지만 선생님, 어떻게 중지시켜요?」

「누구한테도 영림을 빼앗기고 싶지 않아.」

「아아, 선생님!」

스테프가 어지러워져서 턴이 제대로 돌아가 주지를 않았다.

『나도 같이 밤을 새우지.』

『그럴 필요는 없어요. 파티가 끝나기 직전에 선생님 먼저 나가서 기다려 주세요. 제가 어떡하든 빠져 나갈 테예요.』

『어디서 기다려?』

『명동쯤에서 기다리세요. 미도파 앞에 다방이 하나 있죠?』

『아, 있지.』

『거기서 기다림 제가 어떡하든 빠져 나갈 테예요.』

『빠져 못 나오면 어떻게 해?』

그것이 갑자기 걱정이 되었다.

『저희들이 아무렴 완력을 쓸라구요?』

『쓸는지도 모른다. 나와 약속이 있어서 빠져 나가는 줄을 뻔히 알고 있을 테니까, 좀처럼 내보내지를 않을 거야. 어때? 나와의 관계를 저들이 알고 있는가?』

『알고 있어요. 그래서 오빠한테 매까지 얻어 맞았어요. 저번의 그 혹……』

『아, 그 머리의 혹이』

『그렇지만 저희들이 세검정에서 만났던 일은 아직 모르고 있죠.』

「아, 그 혹!」

멋도 모르고 꼬옥 눌러 주던 그 피 묻은 혹을 애처로이 생각하며 영림을 위하여 무엇이든 하지 않고는 견디어 배길 수 없는 다급한 감정에 석운은 완전히 사로잡히고 있었다.

「선생님, 춤이 통 추어지지가 않아요. 선생님 발등만 밟고……」

「괜찮아. 후일 다시 추지.」

「머언 데…… 어디 머언 데로 가서 선생님과 단 둘이만 진종일 춰요. 아담과 이브처럼… 에덴 동산에서」

「음.」

취흥도 도와 주었지마는 구김살 없이 부풀어 오른 강정 속에서 애욕의 도피행(逃避行)을 소설처럼 석운은 상상했다.

한 편 애리는 애리대로 송준오와의 애정 투쟁을 전개시키고 있었다.

「무얼 그처럼 멍청하니 바라만 보는 거야?」

영림과 석운의 모습만 멍하니 쏘아보고 있는 준오의 손가락을 애리는 꼬집었다.

「흥, 이 양반 잘못함 독약 한 번 더 마셔야겠어요.」

그러나 송준오는 통 애리와의 춤에서 신을 내지 못하고 있었다.

　『애리!』

　『응,』

　『애리는 무엇 때문에 나를 그처럼 좋아하는 건가?』

　『좋아하는 데는 이유가 없는 거야요.』

　『이유가 없이 좋아할 애리는 아닌 상싶은데……』

　『웃음 장사라고요?』

　『암!』

　『웃음 장사에게도 순정은 있어요.』

　『흥, 애리에게는 순정이 너무 많아서 걱정이야.』

　『무슨 말이야요?』

　『고전무에게도 순정을 팔고……』

　『뭐라구요?』

　『강석운에게 순정을 팔고……』

　『………?』

　『아까 보니까 수 많은 청년들에게도 돌아가면서 공평하게 순정을 팔더군.』

　애리의 눈초리가 험악하게 빛나며 준오의 손을 탁 놓고 우뚝 마주 섰다.

준오는 여전히 조소하는 어조로

「그런 의미의 순정이라면 오늘 밤이라도 나와 결혼을 해요.」

순각, 애리의 손길이 날쎄게 들리며

「찰싹, 찰싹……」

하고 준오의 뺨을 호되게 갈겼다.

「아, 애리!」

준오는 어두운 표정을 하고 애리를 불렀다.

그러나 애리는 뒤도 돌아보지 않은 채 조용한 얼굴을 하고 가까운 식탁으로 천천히 걸어갔다. 그 가까운 식탁에서 고종국씨는 송달영씨를 비롯하여 황산옥과 애리의 어머니를 상대로 주흥에 겨워 있었다.

「너 왜 그러냐?」

어머니가 양미를 찌푸리며 애리를 바라보았다. 사십오세의 애리의 어머니지만 이처럼 차리고 나서니까 애리의 언니처럼 젊고 예뻤다. 「애리자」 경영에서 뒷시중을 해 주기로 되어 있는 어머니였다.

「아냐요, 아무 것도……」

애리는 태연한 얼굴로 웃음까지 띠어 보였다.

아들의 뺨을 갈기고 온 애리를 송달영씨는 이상한 표

정으로 바라보았다.

『어찌 된 셈이야?』

황산옥이가 말을 건네는데

『사장님, 춤 한 번 추어 주세요.』

하고 애리는 방그레 웃었다.

『어허허, 잘못하면 애리양의 구두 코만 찌그러뜨릴 걸 그래.』

『괜찮아요. 새것 또 사 주실 테니까요.』

『어허허, 이거 갑자기 젊어진 판이로군.』

고사장의 손길을 모셔 잡고 애리는 트릇트를 밟아 주었다.

『영감 어젯밤 꿈을 잘 꾸셨오.』

황산옥이가 등 뒤에서 유쾌한 소리를 냈다.

『이거 어디 젊은 사람들과는 황송해서 출 수가 없는 걸.』

아무리 보아도 자기 아들과 친해 지내는 것 같은 눈치를 벌써부터 채고 움직이는 마음을 억제하고 있던 판이라서 마음 놓고 행동할 수가 고사장에게는 없었다.

『황송해 하실 것 뭐 있으세요? 아앗, 정말 구두 코를 밟으셨어요.』

「어허허…… 미안한 걸.」

「구두 한 켤레는 벌써 벌어 났어요. 호호호……」

「암 사 주고 말고. 그런데 저번에는 왜 약속을 안 지켰나?」

「무슨 약속요?」

「아, 종로 코롬방에서 만나자는 약속 말이지.」

「어마? 사장님, 그게 정말이었어요?」

얼버무려 버려도 항의도 못할만한 연륜의 차이를 애리는 이런 형식으로 내세우고 있었다.

「음, 그럼 애리양은 농담인 줄로만 알았었군.」

「그럼요, 사장님이 저 같은 애송이 사원과……」

「음.」

신로심불로(身老心不老)의 비애가 절실히 고종국씨에게 왔다.

송준오의 뺨을 갈기고 나서부터 애리는 막 술을 퍼먹기 시작했다. 애리의 상대로 석운도 지나치게 마시고 있었다. 애리는 석운을 붙잡고 놓아 주지를 않았다.

「선생님만이 제 마음을 알아 줄 수가 있어요.」

춤을 추면서 애리는 울었다. 애리의 심정에 석운도 자꾸만 서글퍼졌다.

파티가 끝나기 직전에 석운은 애리의 어머니와 고사장 부자에게 인사를 하고 홀을 나섰다.

그로부터 반 시간 후에 파티는 끝나고 손님들은 몰려 나갔다.

영림은 화장실로 돌아가서 아이샤도만을 간단히 지우고 이어링을 떼서 핸드백에 집어 넣었다.

『영림아, 어디 가니?』

손님들 틈에 끼어서 갈아 입은 옷보따리를 들고 나가려는데 오빠가 재빠르게 불러 세웠다.

『피곤해서 나 집에 가서 잘래요.』

『차가 와 있는데 갈려거든 같이들 가야지.』

『밤샘을 한다면서요?』

『글쎄 잔말말고 같이 가!』

오빠가 궤꽥 하고 소리를 질렀다.

『오빠도, 무슨 상관이예요?』

『애 영림아, 아버지하고 같이 집으로 가자.』

『아버지는 정릉으로 가셔야지 않아요?』

『가는 길에 집까지 데려다 주마.』

『아이, 누굴 어린앤 줄 아시나봐요.』

『영림씨』

하고 그 때 송준오가 다가와서 조용히 불렀다.

「강선생님과 만나러 가는 줄을 오빠는 알고 있답니다. 어쨌든 안 가는게 좋을 거예요. 영림의 일생에 관한 문젠데 집안에선들 왜 걱정을 안 하겠오.」

「흥, 미스터 송은 언제부터 우리 집안을 걱정했어요?」

그러는데 오빠가 와락 달려들어 영림의 등을 홀 안으로 밀어 넣으며

「너는 오늘 밤은 감금이다.」

비틀비틀 밀려 들어가다가

「사람을 왜 마구 떠미는 거예요?」

영림은 발악을 했다.

손님들이 밀려 나가면서 힐끗힐끗 영림을 돌아다보았다.

「이리 와!」

오빠는 영림의 팔을 잡아당기며 사람들이 다 빠져 나가기를 기다릴 셈으로 식탁으고 끌고 가서 억지로 주저앉혔다.

「강석운과 만날 약속을 했었지?」

「아아뇨.」

『바른 대로 말을 해.』

『하지도 않은 말을 어떻게 하라는 말이에요?』

『음, 강석운 그 자식을……』

『자식이 뭐예요? 강선생님이 뭐 어쨌게 자식이라는 거예요?』

『요년, 입을 못 닫치겠니?』

『제 주제나 좀 돌아다보고 남을 욕해요. 돼 먹지 않게스리……』

『닥쳐!』

고영해의 커다란 손길이 철썩 하고 갔다.

『아이!』

영림은 두 손으로 얼굴을 가리었다.

『아이, 전무님, 그만 하세요.』

술 취한 애리가 달려오면서 오빠를 붙들고 저리로 끌고 갔다.

영림은 이윽고 조용한 얼굴을 가만히 쳐들었다. 울지는 않고 있었다. 생각하고 있는 것이다.

감금을 당하면 선생님은 밤새껏 나를 기다리고 있을 것이 아니냐고, 무슨 짓을 해서라도 영림은 빠져 나가야만 했다.

영림은 불현듯 시계를 들여다보았다. 열시 오분 전, 영림의 초조한 시선이 들창으로 뻗어 갔다. 울긋불긋 색칠을 한 들창 하나가 열려져 있었다.

이 충이 아닌 것만이 다행이라고 중학 시절 들창을 넘어 잔디밭으로 뛰어내리던 광경 하나가 번개처럼 머리에 왔다.

「앗, 저 계집애가……」

저편 밴드 옆 의자에 애리와 함께 앉아 있던 고영해가 벌떡 일어서면서 외쳤다.

걸상과 식탁을 사다리 삼아 어둠 속으로 영림은 창문을 뛰어내리고 있었다.

「아버지, 저 계집애가 들창으로……」

손님들의 마지막 꼬리가 밀려 나가고 있는 홀 입구로 고영해는 허둥지둥 뛰쳐 나갔다.

「옛날 시골 색시들의 도망군 같군.」

택시를 타고 옷보따리에다 빽을 같이 싸 꾸리며 영림은 한 두 번 쿡쿡 웃었으나 얼굴은 사뭇 불그스레 상기되어 있었다.

미도파 앞에서 택시를 버리고 다방으로 올라 갔을 때 석운은 밤 늦은 다방 한 구석에서 취기로 말미암아 몽롱

한 시선을 번쩍 들며

「아, 영림!」

옷보따리를 옆구리에 끼고 다가오는 영림을 반가이 맞이했다.

「용히 빠져 나왔군.」

「약속을 지켜야죠. 그래야만 선생님에게 신임을 받지요.」

「뭘 한 잔 들어야지?」

「아이, 목이 타요. 영화 그대로의 심야의 탈출이었어요. 들창을 넘어서……」

소다수를 단숨에 빨어 넘기며 영림은 간단한 보고를 했다.

「음……」

깊은 신음 소리가 석운의 입으로 흘러 나왔다.

「접때도 이 다방에서 소오다수로 목을 축였어요. 선생님은 골똘히 생각하면서요.」

「접때라고?」

「선생님이 출판 기념회에 나오셨던 날 밤에」

「아, 애리를 만나던 날 밤이로군.」

「그때, 선생님이 저와 만나지를 못하고 애리와 만난

것이 지금 생각하니까 도리어 잘 됐어요.」

「무슨 말인데?」

「애리는 우연히도 만나셨기 때문에 오늘 밤 선생님이 파티에 오신 거 아냐요. 전 정말 선생님이 오실 줄은 꿈에도 생각 못했어요. 그대로 영영 만나뵙지 못하는 줄로만 알았어요.」

「그러다 보니 애리는 우리들의 마스코트가 된 셈이로군.」

「정말이예요.」

그날 밤 애리의 등장은 확실히 한낱 우연인 것만 같았다. 그러나 그러한 우연성엔 창조주의 거대한 캔버스 위에서는 이미 마련된 소재로서의 존재 이유를 가지고 있었으며 또한 앞으로도 좀 더 중대하게 가질는지도 모를 일이다.

그때, 열시 반의 사이렌이 뚜우 하고 났다.

「이제 나가요.」

석운은 담배 갑을 주머니에 집어 넣었다.

「어디로 나가요?」

옷보따리를 무릎 위에 올려 놓은 채 우두커니 앉아서 영림은 물었다.

「집으로 돌아가야지. 시간이 없는데.」

영림은 말끄러미 바라보며 쓸쓸히 웃을 뿐 얼맛동안 잠자코 앉았다가

「저는 갈 데가 없어요. 죽어도 집에는 들어가기 싫어요.」

들창을 넘어서까지 허겁지겁 달려온 영림의 정성을 석운도 모르는 바는 아니었지마는……

「그래도 들어가야 해요.」

「안 들어갈 테예요.」

「안 들어가면 어떡하나?」

「여기서 밤을 세우죠. 오빠랑 아버지랑은 인제 얼굴도 보기 싫어졌어요.」

「그럼 못써!」

석운은 딱했다. 집어 넣었던 담배를 다시 한 꼬지 꺼내 피우다가 다시금 재떨이에 비벼 버리며

「자아, 일어서요. 이제 정말 시간이 없어.」

석운은 일어서서 돈을 치렀다.

다방 안은 텅 비어 있었다.

「어쨌든 나가요.」

영림도 하는 수 없이 부시시 따라 일어섰다.

영림의 팔을 끌다시피 하며 석운은 다방을 나섰다.

어두운 밤 거리에 인적은 이미 끊어져 있었다. 통행금지 시간 직전의 택시들이 헤들라이트를 기다랗게 뿜으며 질풍처럼 냅다 달리고 있었다.

「스톱!」

석운은 적이 당황하며 지나가는 차마다 손을 들었으나 멎어주는 차는 하나도 없다.

「야단 났는 걸!」

술기운이 갑자기 깨는 것 같았다.

「스톱! 스톱!」

석운은 손을 들고 뛰어나가 차를 막아 보았다. 그러나 차는 기적을 드높이 울리며 곧장 맞받아 들어오기만 했다. 하는 수 없이 석운은 피했다.

전부가 다 손님을 싣고 있었다. 귀로가 바쁜지 가끔 하나씩 지나가는 빈차도 멎지를 않는다.

「영림이 어떻게 하지?」

「선생님만 어서 하나 붙들어 타고 가세요.」

「무슨 소리를…… 앗, 스톱!」

낡아 빠진 시보레 하나가 급정거를 했다. 석운이가 앞을 탁 막아 섰기 때문이다.

『여보, 당신 죽어 보려고 그러오?』

운전수가 짜증을 냈다.

『미안합니다. 길이 늦어서…… 대금을 넉넉히 드릴 테니 태워 주시요.』

『시간이 없오!』

『그러니까 사정하는 거 아니요? 자아, 영림이 타요.』

영림의 등을 밀어 넣고 석운은 어쨌든 올라 탈 수밖에 없었다.

『어디까지 갑니까?』

타협조로 운전수는 나왔다.

『아현동까지요.』

『아이구, 거긴 정말 못 갑니다. 팔분 밖에 안 남았어요.』

『아, 참 영림, 어딘가 올케네 집이 있다고 했지? 그리로 가서 자요.』

『삼청동이지만……』

영림은 눈을 감고 있었다.

『그럼 됐어, 삼청동으로 갑시다.』

『삼청동도 팔분 동안에 갔다 올 수는 없읍니다.』

『어쨌든 가 봐요. 대금은 청하는 대로 드릴 테니까

말이요.」

「나 참……」

휙 하고 차는 달려갔다.

석운은 후유 긴 한숨을 몰아 쉬었다. 어쨌든 영림만 데려다 주고 나면 자기는 파출소에 들어가서 밤을 새워도 무방하였다.

그러나 영림은 눈을 지긋히 감은 채 딴 생각을 하고 있었다.

「내가 올케 옆에서 잘 수는 없지.」

강선생님의 품에서 애무를 받은 적이 있는 자기가 그런 사실을 숨기고 미스 헬렌 옆에서 하룻밤을 모른 체하고 지낼 수는 도저히 없다.

「뻔뻔스럽다.」

세검정에서 돌아온 이후로는 한 번도 올케를 방문한 적이 없는 영림이기에

「이거 보세요, 이 근처에 어디 여관 없어요?」

을지로 네거리를 건너서면서였다.

「있읍니다.」

「나 여관으로 데려다 주세요.」

그리고 석운을 향하여

「선생님은 이 차로 혜화동까지 가시고요.」

「왜 올케네 집은 안 돼?」

「거기도 못 가요.」

「왜?」

「이유가 있어요.」

그때 운전수는 초조한 듯이 속력을 늦추며

「어떡하시겠읍니까? 명수장 호텔이 다동에 있는 뎁쇼.」

「어쨌든 그리로라도 갑시다.」

차는 커브를 돌며 다동 골목으로 휘익 돌아 들어갔다.

석운은 마침내 단념을 하고 오늘 하룻밤의 운명을 재빠르게 예측했다.

석운은 부르르 몸서리를 쳤다. 영림의 정열을 이 이상 더 물리칠 기력이 자기에는 있을 성싶지가 정녕 않다.

「선생님, 미안해요. 저 때문에,」

「무슨 그런 쓸 데 없는 말을……」

명수장 호텔 이층 방에서 석운과 영림은 소파에 걸터앉아 씁쓰레한 웃음을 짓고 있었다.

호텔은 만원이었다. 손님이 예약한 방 하나가 있다기에 가까스로 떠밀고 들어온 두 사람이었다. 손님이 오면 내주기로 하고 들었다.

아무리 졸라도 택시는 혜화동까지 가 주지 않았다.

규모는 별로 크지 않았으나 돈 먹은 호텔이었다. 암록색 소파 셋트가 한편에 놓여 있고 탁자 위에 빨간 카네이션 화분이 놓여 있었다.

동쪽 들창 밑에 더블 베드, 머리맡 소탁자 위에는 교환대로 통하는 전화가 설비되어 있었다. 아로하 무늬의 커튼, 밀레의 「만종」이 붙어 있는 벽밑에 아담한 화장대가 있었다.

「우리도 밤샘을 해요. 이렇게 앉아서요.」

「밤을 새우려면 야식이 필요할 텐데……」

「선생님 앞에서 술을 한 번 많이 마셔 봤음……」

「먹을 줄도 모르는 술을…… 그만 둬요.」

「저번 날 미스터 송과 마지막 작별을 하면서 술을 먹었어요. 먹을 줄 모르는 술을요. 송의 정성이 공연히 서글퍼서요.」

「그럼 오늘은 무엇 때문에 술을 먹겠다는 건가?」

「선생님의 정열이 고맙고 탐탁해서요.」

기뻐해야만 할 영림의 한 마디건만 어쩐지 석운의 마음은 연방 구겨지고 어두워지기만 했다.

생각과는 달라서 이러한 장소에서 이처럼 막상 단 둘이서 마주 앉고 보니, 소설적인 화려하고 감미롭고 사치한 온갖 감정과 정서는 운무처럼 사라지고 그저 연 덩어리처럼 무거운 압박감과 초조한 침울만이 전신을 휘덮어 왔다.

위기는 정말로 눈 앞에 닥쳐온 것이라고, 청춘의 마지막 고비에서 이러한 위기를 가끔 인생의 아름다운 향기로 간주하고 동경까지도 하여 주던 그 순간의 공상과는 얼토당토 않게 동떨어진 엄숙이 숨가쁘게 몰아쳐 왔다.

「선생님, 왜 갑자기 침울해지셨어요?」

「아니야, 아무 것도 아니야.」

박목사에게는 이런 종류의 엄숙이 전혀 없었기에 그렇듯 생명의 환희만을 추궁했다. 결국 박목사는 석운 자신의 사상에서 탄생한 작품 세계적 인물이 아니었던가?

영림에게 앞날이 있듯이 자기에게는 가정이 있지 않으냐고 삼척동자도 가히 셈을 따질 수 있는 이 엄숙한 현실 앞에 또 하나의 엄숙한 현실이 석운의 눈 앞에는 찬연히 꽃피고 있는 것이다.

오늘 따라 화장을 하고 나선 영림의 모습이 활짝 피어난 꽃송이처럼 몽롱한 석운의 눈에는 비쳤다. 아무한테도 내주고 싶지 않은 꽃송이 하나가, 훌쩍 석운은 일어나서 보이에게 전화를 걸었다. 간단한 야식으로는 위스키와 샌드위치밖에 없다고 했다.

이윽고 보이가 그것을 쟁반에 담아 가지고 들어왔다.

「각텔은 달아서 좋지만……」

영림은 얼굴을 찡그리면서도 위스키를 억지로 들이키고 있었다. 석운은 성난 사람처럼 술을 들며 공교롭게 맺어진 오늘 하룻밤의 우연을 어떡하면 재치 있게 넘겨보냈 수 있을까를 골똘히 생각하고 있었다.

아내의 얼굴이 술잔에 오랫동안 떠올라 있었다. 아내의 얼굴에 석운은 훌쩍 돌이키며

「영림!」

「네?」

「내일은 집에 들어가지?」

영림은 조용히 고개를 내저었다.

「응? 안 들어가? 안 들어가면 어떡허나?」

「그럼 좋아요. 제가 선생님께 하나 묻겠어요. 칸나의 정조를 저희들끼리 마음대로 처리해 버리려는 그 무서운 이리 떼의 소굴로 저를 돌려 보내고 싶으세요? 대답해 주세요.」

석운은 아무런 대답도 할 수가 없었다.

「선생님이 저를 버리기 전에는……」

「나는 영림은 버렸어.」

「말로만요.」

「마음으로도.」

「선생님의 눈동자가 저를 버리지 않았는데요.」

석운은 얼른 외면을 하고 벌떡 몸을 일으키며 커튼을 젖혔다.

어두운 하늘에 별은 쏟아지고 있었다.

「제가 집에 들어가지 않는다고 선생님이 책임지실 필요는 없어요.」

영림도 몸을 일으켜 왔다. 석운의 팔을 한 손으로 더듬어 잡으면서 탄식처럼, 추억처럼 어두운 밤하늘을 말똥히 내다보았다.

「영림은 이미 어린 소녀가 아니예요. 제 행동에 대한 책임은 어디까지나 제가 지는 거예요.」

「영림은 역시 어려.」

「선생님은 제 나이에는 자기가 어리다는 생각은 안 하셨을 텐데요.」

「누구나가 다 자기는 어리지 않다는 생각을 하면서

성장해 가고 있는 거야. 나중에 생각하면 모두가 어리석은 짓이라고 후회를 하면서도.」

「저는 후회 안 해요. 선생님과 하룻밤을 행복하게 지낸 제 귀중한 역산데요.」

「고달픈 행복이야.」

영림은 석운의 옆 얼굴을 가만히 쳐다보며

「선생님이 저를 정말로 사랑하신담 고달퍼 하실 까닭이 없을 텐데요. 선생님은 제 앞날의 불행 같은 것을 생각해 주시는 것 같지만…… 행 불행은 주관적인 문제니까 제 걱정 마시고 선생님이 좋으실 대로 사랑해 주심 돼요.」

석운은 오랫동안 잠자코 있다가 오뇌에 찬 어두운 어조로

「이 하룻밤이 너무도 빨리 닥쳐온 것 같아.」

「제게는 너무 늦게 닥쳐온 것 같아요.」

「영림!」

석운은 획 영림을 돌아다보며

「정말로 오래 전부터 나를 사랑해 줬어?……」

「그럼요. 여학생 시절에는 여학생처럼 어리게 생각했었고…… 대학생 시절에는 대학생처럼 어리게 생각했었

죠. 그래서 저는 철이 들면서 이성을 생각할 적마다 어느 때나 그 사람을 선생님과 비교하고 있었어요.」

석운은 영림이가 낀 팔을 풀고 영림의 손을 꼬옥 한 번 쥐어 보았다. 맞받아 꼬옥 쥐어 오며

「그러나 모두가 다 선생님보다 못한 것 같고, 어린 것 같고, 선생님만이 제 인생을 이해하여 주실 것만 같아서…… 저번 날 밤, 명동 입구 십자로에서 미스터 송과 서글피 작별하고 나서 하늘의 별을 우러러보며, 이렇게 저는 울면서 마음으로 외쳐 봤어요.」

「뭐라구?」

「짤막짤막하게 끊어서 읽음 시 같죠. …별들이 하늘에 고달피 조는 밤, 고달픈 영혼의 행렬은 대지에 흘렀다. 오오, 고달픈 우주여, 칸나 어이 혼자 안일 하려노. 내 모든 것을 주어도 오히려 모자람을 서러워 하는 귀여운 칸나여, 그대마져 생활에 지쳤느뇨. 냉혈동물에 눈물이 흘렀다. 그윽한 동경 위에 청춘을 밭 갈자. 영혼은 타서 재나 되라. 사랑의 바다에 쪽배를 띄우자. 노는 없어도 서럽지 않다. 구원을 잡으러 바람을 타자. 오오 고달픈 우주여, 칸나여!」

고달픈 감격과 고달픈 영혼과 고달픈 정열이 네개의

시선을 타고 물끄러미, 말끄러미 내려다보고 있었다.

오랫동안 둘이는 그러고 마주 서 있었다.

「선생님도 고달프시지만 저 역시, 송은 절더러 냉혈 동물이라고 불러 줬죠. 그렇지만 저는 제 인생을, 제 생명을 제 손으로 밭갈고 싶었어요. 선생님이란 그윽한 동경 위에서……」

석운을 빤히 쳐다보며 영림은 제 설움에 입술을 한 두 번 삐쭉거렸다. 애달픈 눈동자에 말간 물이 조금씩 고이며, 넋을 잃은 영림의 상체가 조용히 쏠려 들어왔다.

다치면 꺼질세라, 석운은 쏠려 들어온 영림의 어깨를 가만히 품에 넣었다. 볼을 비비며

「잘 알았어! 영림의 생각을……」

「처음에는 먼 데 떨어져 있어도 사모만 하고 있음 될 줄로 알았어요. 그렇지만 수양이 모자라서 그런지 그렇게 안 되는 걸요.」

「잘 알았다니까.」

석운도 영림의 어깨 위에서 눈을 감고 조용히 울고 있었다.

「왜 자꾸만 가까이 오고 싶을 까요.」

「그래서 들창을 넘어 왔었지.」

「지붕이라도 수월히 뛰어 내릴 것만 같았어요.」

귀엽다. 그저 귀엽기만 했다. 취기와 함께 그 귀여움 속에서 석운은 차차 과거의 기억이 희미해 갔다. 가정도 희미해 갔다. 옥영도 희미해 갔다.

홀에서 부터 애리의 술을 연방 받아 마신 석운은 적지 않게 취해 있었다.

영림도 얼굴이 빨개져 있었다.

「졸리면 저리로 가서 자요.」

「아아뇨.」

밤이 깊도록 둘이가 소파에 나란히 걸터앉아 있었다. 아무런 말도 없이 벙어리처럼 앉아 있기만 했다. 침묵의 피로와 석운은 담배만 연방 피워 물었고 영림은 소리 없이 한숨을 쉬었다.

맞은 편에 놓인 더블 베드가 어쩐지 무서워 석운은 한 번도 그 쪽으로는 발길을 하지 않았다. 영림도 그리로는 가지 않았다. 그러한 의식적인 행동이 둘이에게는 더 긴 침묵만 가져오게 하고 있었다. 침묵 끝에 한숨이 왔다.

송준오의 조급성을 영림은 생각하며 선생님은 자기를 사랑하지 않고 있는지 모를 일이라고 애욕의 경험이 없 는 영림의 지식이 관념적인 서글픔을 빨리빨리 가져오고 있었다.

정신적으로는 충분히 만족을 느끼고 있으면서도 사랑의 정체가 이것 뿐이 아닐 것이라고 상식적인 관념에 영림은 봉착하고 있었다.

「선생님은 겁쟁이야요 무얼 그처럼 심각하게 복잡하게 생각하고 계시는 거예요?」

석운의 손길을 자기 무릎 위에서 영림은 만지고 있었다.

「겁쟁이! 음, 그 겁쟁이가 지금 저 하루살이를, 저 불나비를 보고 있지.」

반만큼 열려진 창문으로 밤벌레가 날아들고 있었다. 유백색 갓으로 둘러 싼 전등을 제각기 떠받고 있었다.

「유아등(誘我燈)이라고 시골에 가면 있어. 논두렁에 등불을 켜 놓으면 둘레에 있던 잔벌레가 모두들 모여 들어와서는 불에 타 죽는 거야. 하루살이도 불나비도 모두 다 죽어.」

「불나비의 이야기, 저번에도 하셨지요 명동에서」

석운의 손을 끌어당겨 영림은 자기 볼에 가만히 비벼 보며

「뭐랬더라?…… 깡까로운 지성의 무마와 희뿌옇게

둔탁한 감정의 표현을 지니고 갸륵하게도 몰려드는 수 많은 기체들…… 그리고 뭐랬죠?」

「몰라, 다 잊어 먹었어.」

무뚝뚝한 대답과 함께 석운은 어깨를 잡아당겨 졌다.

「아, 참…… 명동의 생리 속에서 생명은 순간의 가치를 모색했다. 고독의 낙루가 범람하는 페이브 위에서 거리의 서정 시인은 삶의 황홀을 찾았다. 그리고는 뭐죠?」

「몰라, 기억은 뜨물처럼 희뿌옇게 흐려졌어.」

영림은 석운의 품 속에 고스란히 안기우며

「아, 참…… 술과 지분과 꿈과 아방취와 스켄달에 굶주린 보헤미안의 정열이 방랑하는 거리……」

석운은 안타까이 영림을 포옹하며

「나에게는 아무런 기억도 이젠 필요 없어. 있는 것은 다만 감각의 기능 뿐이야. 나의 시각은 칸나의 예쁜 모습을 볼 수 있으면 족했고, 나의 청각은 칸나의 영롱한 목소리를 들을 수 있으면 되는 거야. 소모된 정열과 생명을 섭취하며 명동은 살쪘지. 불나비 같은 인생을 마셔 버리는 명동의 생리야.」

「아아, 선생님.」

『불나비는 자기의 생명을 태워 버리는 것이 삶의 의욕이요 목적이었지.』

『칸나는 벌써부터 그 불나비가 되어 있는데…… 선생님은 그렇게만 생각하는 불나비시지?……』

『막걸리 같이 혼탁한 기억 속으로 생각은 이미 사라졌어. 불나비의 정열뿐이야. 칸나의 불을 느낄 수 있는 내 촉각이 있으면 그만이야…… 그윽한 이 지분 냄새, 머리칼 냄새! 그대의 이 흑칠(黑漆) 같은 머리칼 속에 내 얼굴을 흐믓하게 담그고 아아, 이 기나긴 하룻밤을 새워 보고 싶은 욕망……』

격렬한 포옹에서 이윽고 접순으로……

세속적인 온갖 것을 포기함으로써 얻어진 두 줄기의 교차된 정열 속에서 한 쌍의 불나비는 이미 침대를 두려워하지 않았다.

24. 金玉影[김옥영] 女史[여사]

통행금지 시간이 지나고 머릿장 위에 놓여 있는 파란 유리 시계가 열 두시를 가리켰을 때 불안한 마음으로 남편을 기다리던 옥영은 일체 단념 할 수밖에 없었다.

파자마로 갈아 입고 자리에 들었으나 잠이 올 리는 만무한 일이었고, 그대로 골목 밖에서 자동차 소리가 들릴 적마다 옥영은 솔깃이 귀를 기울이곤 했다.

외박을 하고 들어오는 남편이 절대로 아니었기에 무슨 교통사고나 생긴 것이 아닌가도 생각해 보았으나 아까 낮에 창길에게서 들은 말이 있는 옥영으로서는 교통 사고보다도 좀 더 커다란 인생의 사고를 앞질러 생각하고 부르르 몸서리를 쳤다.

한 시가 되었다. 잠이 오지가 않아 옥영은 다시 자리 위에 일어나 앉았다.

영림을 생각하며

『그래도 그이는 그렇지 않을 거야. 유혹은 느낄는지 모르나 결국은 자기를 지킬 사람이지.』

과거에도 남편은 그래 왔었다. 웬만한 유혹쯤은 수월히 피해온 남편이었고 또한 그렇게 함으로써 자기 자신에 대한 인간적 신뢰를 상실하지 않았는데 좀 더 가치 있는 희열을 느끼면서 살아온 남편임을 옥영은 잘 안다. 뿐만 아니라 남편의 취미나 성품으로 보아서 그렇게 홀가분히 좋아질 여성도 드물 것이며 남편의 정열을 전적으로 불태울만한 대상이 그리 쉽사리 나타날 것 같지도 또한 않았다 자기를 지키는데 무척 결백하고 뾰족한 일면을 가지고 있는 남편이기에 그러한 점도 옥영에게는 안심의 한 조각 요소가 되어 있었다.

「그런데 고영림은……」

생각하면 남편에게 있어서 문제가 되는 것은 뭇 젊은 여성이 아니고 단 한 사람의 고영림이었다.

남편이 중년으로 접어들면서 가끔 느끼는 젊음에의 그 막연한 동경 같은 것은 충분히 극복할 수 있는 남편임을 옥영은 안다.

「그러나 고영림은 문제가 좀 다르다.」

지금까지 옥영이가 보아온 뭇 여성 가운데서 고영림처럼 남편의 정열을 전적으로 흔들어 놓을 여성은 극히 드물 것이기 때문이었다.

「그이가 가장 좋아할 타입의 고영림!」

옥영은 그것이 차차 더 무서워졌다.

그러면서도 교통 사고 때문에 남편이 못 돌아오는 지도 모른다는 생각을 끝끝내 옥영은 버리지 않았다. 그러한 사고 때문에 남편은 지금 어느 병원에 실려져 갔을 지도 모를 일이었고, 팔 하나 다리 하나가 잘라져 나갔을

지도 몰랐다. 아니 잘못하면 죽었을는지도 모른다.

「아아, 그럴 바에야…… 그럴 바에야 차라리 고영림에게라도……」

고영림의 옆에서 살아 있는 남편을 옥영은 도리어 원했다.

「어서 날이 밝았으면……」

어서 날이 밝아서 남편의 생사를 확인해야만 한다는 생각이 차차 더 다급해졌다.

전전긍긍, 뜬 눈으로 새운 하룻밤은 마침내 밝았다.

「엄마, 아버지 안 들어오셨어요?」

아이들도 똑같이 교통 사고를 생각하면서 어두운 표정들을 하고 물었다.

「이제 돌아오실 테지.」

옥영은 태연한 대답을 했다.

「엄마, 아버지가 어떻게 되셨을까?」

「어떻게 되긴, 어제밤 좀 늦어서 못 돌아오신 거지. 어서들 학교에나 빨리 가거라.」

아이들은 하나 둘씩 어머니의 창백한 표정만 살살 살피면서 학교에 갔다.

부산하던 한 때가 지나고 혜숙이만이 남은 집안은 갑

자기 고요해졌다. 잠을 못 잔 자기의 뒤숭숭한 모습이 보기 싫어 옥영이가 화장대 앞에서 머리 손질을 하고 있는데 현관에서 주인을 찾는 듯 싶은 남자의 목소리가 들려왔다.

「이런 분이 선생님을 찾아 오셨어요.」

식모가 명함 한 장을 들고 들어왔다. 정말 무슨 사고가 난 것이 아니냐고

옥영은 가슴이 덜컹 내리앉으며

「어떤 사람인데?」

명함에는 「한성 양조 전무 취체역 고영해」 라고 씌어 있었다.

「한성 양조의 고영해?」

옥영은 화장대 앞에서 냉큼 몸을 일으키며 불길한 예감이 고영해의 환영과 함께 갑자기 확대되어 왔다.

명함을 쥔 채 옥영은 현관으로 나갔다.

「어떻게 오셨어요?」

그랬더니 코 밑에 수염이 나고 안경을 낀 신사는 모자를 벗어 들며

「강선생님 좀 뵈러 왔읍니다.」

평온한 음성이었으나 표정은 무척 굳어져 있었다.

「지금 안 계십니다.」

「아, 벌써 외출하셨는가요?」

「아니요. 어제밤 볼 일이 있어서 외출하셨다가 아직……」

「아, 역시 안 돌아오셨군요.」

고영해는 잠간 동안 옥영의 눈치를 살피고 나서

「부인이시지요?」

「네. 어떻게 찾으시나요?」

「혹시 부인께서 고영림이라는 학생을 아시는지요?」

올 것이 마침내 온 것이라고 옥영은 마음이 후둘거려 견딜 수 없었으나 태연한 어조로

「네, 알고 있어요. 달포 전에 한 번 찾아 온 적이 있읍니다.」

「아, 달포 전에요?」

고영해가 무엇인가 혼자서 수긍을 하다가

「고영림은 제 동생입니다.」

「그러세요.」

「영림이가 무엇 때문에 찾아 왔었읍니까?」

「문학하는 학생들이 선생님을 모시고 좌담회를 연다고 그래서 같이 나가셨어요. 세검정으로 갔었다든가

요.」

「세검정이라고요?」

「왜 그러세요?」

고영해는 또 잠시 주저하는 모양이더니 이윽고 결심을 한 듯이

「부인께서는 그 말을 곧이 들으셨읍니까?」

「네, 곧이 들었어요.」

「알겠읍니다. 그럼 어제밤 강선생이 축하 파티에 나가신 것도 아시는가요?」

「네, 알고 있어요.」

고영해는 또 잠시 망서리다가

「부인께서는 강선생을 전적으로 믿고 계시겠지요?」

하룻밤 사이에 믿음은 이미 완전히 흔들려지고 있었으나 옥영은 순간 모욕감을 홱 느끼며

「그런 말씀까지 저한테 물으실 필요는 없지 않으세요?」

「아, 실언을 용서하세요, 실은……」

고개를 조금 숙여 보인 후에

「실은 이런 말을 하여 부인에게 실망을 드리려고 찾아 온 것은 아닙니다. 다만 저는 제 하나 밖에 없는 소중

한 동생을 걱정하고 있는 것 뿐이니까요.」

「무슨 말씀인지 좀 더 자세히……」

마음의 자세는 이미 쓰러지고 있었으나 옥영의 태도는 어디까지나 엄연했다.

거기서 고영해는 어제밤 영림이가 들창을 넘어 나간 데까지를 간단히 설명하고 나서

「영림이도 아직껏 돌아오지 않았읍니다. 다만 제 욕망은 한시 바삐 강선생을 만나 뵙고 제 동생의 처소를 알고 싶었을 따름입니다.」

「찾아오신 뜻은 잘 알았어요. 선생님도 동생을 염려하고 계시겠지만 저 역시……」

옥영은 어디까지나 태연 자약한 태도로 말을 이어

「돌아오시는대로 선생님이 찾아 오셨던 뜻을 전하겠어요.」

「부인 감사합니다. 그럼 이따 다시 찾아 뵙겠읍니다.」

「언제든지 찾아 주세요.」

이윽고 정문 밖에서 차 떠나는 엔진 소리가 들릴 무렵까지 옥영은 현관에 그대로 선 채 한걸음도 움직일 줄을 몰랐다. 얼어 붙은 석고상처럼 얼굴만이 해말쑥하게 핏

기를 잃고 있었다.

이윽고 비틀비틀 쓰러지려는 몸을 가누기 위하여 옥영은 응접실 문 손잡이를 붙들며 눈을 감고 조용히 중얼거렸다.

「여보! 아무 일 없이, 아무리 일 없이 집으로 돌아와 주세요. 지금도 이 순간에도 나는 당신을 믿고 싶어요.」

실은 오랫만에 아현동 본댁에서 하룻밤을 세우다시피 하면서 지난 고종국씨는 큰 마누라 옆에서 아들의 보고를 듣고 있었다.

「강석운이가 언제 집으로 돌아올는지 몰라서 홀에 있는 청년 하나를 근처에 파수시켜 놓았읍니다. 강석운이가 돌아오는 대로 전화로 연락해 달라고요.」

「웅, 잘 했다.」

기가 찬 표정으로 고종국씨는

「그래 그 청년에게 사정 이야기를 했느냐?」

어머니였다.

「안 할 수가 없어서 대강 했지만,」

「음, 비밀로 해야 할 텐데.」

하고 고종국씨는 어두운 표정을 하며

「이런 소문이 송달영씨의 귀에라도 들어가는 날에는

모두가 허사다.」

어머니는 말을 가로채며

「어쨌든 영림이만 무사했으면 좋겠다. 그 빌어먹을 녀석이 글쎄 종시 내 딸을 유혹해냈구나. 여편네가 있는 녀석들이 왜 그 모양들인지 하늘이 무심하지.」

그 말에 아버지와 아들은 힐끔 서로 바라보다가 쓰다는 표정으로 잠자코 외면을 했다.

「너희 부자가 모두들 그 모양이고 보니…… 가슴 좀 아파 보라고 하늘이 벌을 주는 건 줄로만 알아라.」

「또 쓸 데 없는 소릴.」

고종국씨는 입맛만 쩝쩝 다시다가

「음, 강교수의 아들녀석이겠다.」

마누라의 핀잔에는 변명할 길이 없다는 듯이 고종국의 울분은 이상한 코스를 거쳐 강교수에게로 흘러가고 있었다.

「언제 한 번 맞서 볼 날이 있겠지. 내 딸만 망쳐 놔봐라, 이놈들.」

고사장은 분해서 견딜 수가 없었다. 그 분한 심정은 고영해도 마찬가지였다. 자기네들은 그처럼 태연히 해 젖히는 일이건만 입장이 바뀌고 보니 이처럼도 흥분할 일이 있을 것 같지가 않았다.

거기에 비하면 마누라의 통분은 그들처럼 절실하지는 않았다. 다만 딸 자식의 그 불행한 상태가 좀 더 비참하게 확대되었을 뿐이다. 이 남편과 이 아들의 체험 세계가 한 여성을 속여 넘기는데 있어서 얼마나 음흉하고 잔인하고 거짓말 투성이로 도배질이 되어 있는지를 모르기 때문에 그처럼 분하다는 생각에는 실감이 가지 않았다.

열 두시가 조금 넘었을 무렵에 파수를 시켜 놓았던 박으로 부터 전화가 걸려 왔다.

「강석운이가 이제 방금 돌아왔읍니다.」

「그래? 혼자서?」

「네, 혼자서요. 그런데 알고 보니 가끔 보던 사람이군요. 언젠가도 뻐스정류장에서 본 적이 있읍니다.」

「그럼 됐어. 그가 만일 내가 가기 전에 어딜 또 나가거든 뒤를 밟아요. 연락은 역시 이리로 하구.」

「알았읍니다.」

고영해는 전화를 끊었다.

「영림이도 돌아올는지 모르지 않아?」

어머니였다.

「돌아야 오겠지만, 어쨌든 나는 강석운을 한 번 만나

봐야겠읍니다.」

「거기 좀 앉아라.」

기가 차서 나가려는 아들을 고사장이 부르며

「저편 쪽을 잘 다루어야 해. 이런 일이란 소문이 나게 되면 결국 여자 편에서 손해를 보는 거니까 말이다.」

「그런 줄도 알지만요, 이번 일에는 강석운에게는 약점이 많습니다. 사회적으로 매장을 시켜 버릴 테니까요.」

집에는 이제 죽어도 안 들어간다는 영림을 호텔에 남겨 두고 석운은 일단 집으로 돌아왔다. 골목으로 접어드는데 자기 집 정문 밖에서 서성대고 있던 안경쓴 청년 하나가 석운과 엇바뀌어 골목을 빠져 나오며 힐끔힐끔 석운을 바라보고 있었다.

어디서 한 번 본 것 같은 인상이 뚜렷했으나 누군지 알 수가 없다. 그래서 정문을 들어서면서 뒤를 돌아다보았더니 골목 어귀에 우두커니 서서 청년도 이편을 유심히 바라보고 있었다. 키가 작달막 하고 어깨가 벌어진 곤색 더블을 입은 청년이었다.

「엄마! 아빠 오셨어. 아빠!」

뜰에서 놀고 있던 혜숙이가 고함을 치며 바르르 뛰어

왔다.

「오오, 혜숙이냐.」

매어달리는 혜숙을 얼싸 안고 석운은 카라멜 꾸러미를 쥐어 주었다.

「아빠, 어디서 잤나?」

「친구 집에서 잤다.」

「왜 잤나?」

「시간이 늦어서 잤다.」

현관 앞을 지나 안 뜰로 돌아갔다.

「아까 엄마가 울었어.」

「엄마가 왜 울어?」

「몰라, 경대 앞에서 울었는데.」

덜컥 하고, 발각 직전의 범죄자의 심리가 왔다.

혜숙의 고함치는 소리를 분명히 들었을 텐데 얼굴조차 내놓지 않는 옥영의 울음은 단지 밤을 새우고 들어온 데 대한 단순한 슬픔에서가 이미 아닌 성 싶었다.

「선생님이 들어오셨답니다.」

주방에서 나오며 안방을 향하여 식모가 말했다. 그래도 옥영의 얼굴은 나타나지 않았다. 여느 때 같으면 누구보다도 먼저 뛰쳐 나올 옥영이었는데……

혜숙을 뜰에 내려놓고 석운은 복도로 올라갔다. 성큼 성큼 걸어가서 안방문을 열었으나 옥영은 없다.

『여보오!』

다시 방을 나서며 석운은 커다란 소리로 아내를 불렀다. 텅 비인 집안에서 석운의 목소리만이 으르렁 으르렁 울리고 있었다.

『어딜 나가셨나?』

식모도 어리둥절 해 있었다.

『여보! 어디 있오?』

석운은 모자를 벗어 던지고 건너방을 열고 들어갔다. 거기도 없다.

석운은 부리나케 충충대로 뛰어 올라가며

『여보!』

그러나 서재에도 옥영은 보이지 않았다.

순간, 소설적인 공상 하나가 번개처럼 머리를 스치고 지나갔다.

『집을 나갔는지도 모른다.』

무슨 유서 같은 것이라도 있을 성싶어 석운은 뛰어가서 책상 위를 두루두루 살펴 보았다. 서랍도 열어 보았다. 그러나 옥영의 글씨는 아무 데도 보이지 않았다.

「아주머니, 집에 무슨 일이 생겼오?」

층층대를 뛰어 내려오며 식모에게 물었다.

「아니요.」

그러다가 식모는 생각이 난 듯이

「참, 아까 아침에 손님이 한 분 오셨읍니다. 자동차로요.」

「손님이라고, 누군데?」

「모르는 분인데, 아씨를 만나 보고 가셨읍니다.」

「사십은 채 못 됐겠고, 안경을 쓰고 코 밑에 수염이 난 사람이예요.」

「자동차…… 자동차는 깜자주 빛이고?」

「네, 그래요. 깜자주 빛이예요.」

「고영해다.」

너무나 빠르다. 이처럼도 신속히 비밀이 탄로난 줄을 몰랐다.

「그런데 옥영은. 옥영은 어딜 갔나?」

「얼마 전까지도 방에 계셨는데요. 한 시간이나 됐을까요. 방에서 주무시는 줄로만 알았어요.」

「혜숙아!」

뜰에서 놀고 있던 혜숙을 석운은 불렀다. 카라멜을 씹

으며 혜숙은 왔다.

『엄마가 어디 나가는 걸 너 못 봤니?』

『못봤어.』

석운은 모자를 다시 집어 쓰고 허겁지겁 뜰로 내려서서 구두를 신었다.

『내 엄마 어디 갔는지 가서 찾아 올게.』

석운은 혜숙의 얼굴에다 자기 볼을 한 번 비비고 나서 정문을 향하여 뛰어 나갔다.

뛰어 나가다가 석운은 문득 현관 옆에 달린 응접실 쪽을 바라보았다. 항상 늘어져 있던 풀빛 커튼 한 쪽이 오늘 따라 방씻하니 젖혀져 있지 않은가.

발길을 돌려 응접실 밖으로 성큼 성큼 걸어가서 유리창으로 들여다보다가

『아, 여보!』

석운은 기뻐서 유리창을 두드리며

『여보! 나요, 나!』

그러나 옥영은 아무런 대답도 없다.

소파에 걸터앉은 채 옥영은 소탁자 위에 쓰러지듯이 조용히 엎디어 있었다.

석운은 현관으로 뛰어 들어갔다. 신발도 제대로 벗지

못하고 응접실 문을 잡아당겼다.

그러나 문은 안으로 부터 완강히 잠겨져 있었다.

「여보, 열어요. 문을 열어 줘요!」

안으로 부터는 그러나 하등의 대답이 없다.

석운은 문을 두드리며

「여보, 옥영이! 나요, 문을 좀 열어 줘요!」

그래도 안에서는 아무런 인기척도 들리지 않았다.

「독을 마셨는지도 모른다.」

그런 생각이 언뜻 석운에게 왔다.

「여보! 빨리 문 열어요!」

고함을 치며 석운은 두 주먹으로 무섭게 문을 두드려 댔다.

「아씨, 선생님이 돌아오셨는데 이제 문을 여세요.」

식모도 허둥지둥 혜숙을 안으며 소리를 질렀다.

「엄마! 엄마!」

혜숙은 종시 엉엉 울어 댔다.

그러는데 안으로부터 옥영의 목소리가 조용히 들려나 왔다.

「아주머니!」

「네, 저 여기 있습니다.」

『아주머니는 혜숙일 데리고 저리로 가 있어요.』

『네, 네……』

식모는 얼른 돌아서서 혜숙을 안고 안방으로 사라져 갔다.

『여보, 어쨌든 문을 열어요.』

석운은 손잡이를 자꾸만 비틀어 댔다.

『문을, 문을 열기가 무서워요.』

흐느낌은 아니었다. 그러나 분명히 울고 있는 조용한 목소리였다.

『그래도 문을 열고 나를…… 만나 줘야지 않겠오?』

『당신을 보기가, 당신을 만나기가 제게는 무서워요. 입때껏 당신을 기다리고 있다가…… 무서워서 그만 문을 걸었어요.』

『여보, 어쨌든 문을 열고 말을 해요.』

『아냐요. 당신 입에서, 당신 입에서, 무슨 말이 나올는지 그것이 무서워서 못 열어드리겠어요. 제발 아무 말도 마시고 저를, 저를 이대로 가만히 좀 내버려 둬 주세요.』

『아, 옥영! 나는 정말.』

『아무 말도 마시고, 입을 열지 마시고 저리로 가 계세요. 안다는 건 모른다는 것보다 나쁠 때가 있으니까요.」

「그렇지만 어떻게 이대로 물러가 있겠오?」

「염려 마세요. 나 절대로 경솔한 사람이 아니예요.」

「아아, 옥영!」

석운은 뭉클 하고 눈자위가 뜨거워졌다.

「아아……」

석운은 괴로와 응접실 문짝에 머리를 기대었다.

「당신이 이 문을 열어 줄 때까지 나는 이대로 기다리겠오.」

안으로부터는 그러나 아무 말도 이미 들리지 않았다.

소탁자가 덜그럭 흔들리는 소리가 났다. 옥영이가 탁 쓰러지는 소리 같았다.

영림의 옆에 있을 때는 옥영의 기억이 희미했고, 옥영의 옆에 있을 때는 영림의 생각이 흐려졌다. 그 어느 것이나 다 같이 인간 강석운에게는 추호도 거짓 없는 진실하고도 절실한 애정의 자세였다.

남편의 최후의 한 마디가 무서워 문을 열지 못하고 있는 옥영의 심정과 죽어도 집에는 안 들어가겠다고 온갖 세속적인 인연을 손수 끊어버리고 석운이가 돌아오기를 호텔 일실에서 기다리고 있는 영림의 심정과 …… 석운은 이 두 갈레로 분산된 애정의 농담(濃淡)을 자기의 분별로써 저울질하고 그것을 재치 있게 처리해 나갈 기력을 이미 상실하고 있었다.

부닥쳐 오는 물결을 석운은 그저 수동적으로 덮어 쓸 수밖에 별 도리가 없었다.

이윽고 문이 안으로부터 조용히 열리며 비애와 공포가 얼버무려진 표정을 지닌 채 한 두 걸음 옥영은 뒤로 물러서고 있었다.

『아, 여보!』

석운은 달려 들어가며 뒷걸음질을 치는 옥영을 와락 부여안았다.

『무, 무서워요.』

남편의 격렬한 포옹을 숨가쁘게 받으며 옥영은 더듬거리는 어조로 말했다.

『여보!』

석운은 무섭게 볼을 비볐다.

『그래도, 그래도 돌아와 주셨군요.』

『아, 여보!』

할 말이 없다. 석운은 운다. 울음 소리가 갑자기 흐느낌으로 변했다.

격정으로 말미암아 두 사람은 똑같이 흐느껴 울기 시작했다.

「나쁜. 나쁜 남편이 나는 마침내 됐오.」

「아아……」

기적은 이미 갔다. 최후의 기대는 이미 끊어졌다.

옥영은 해말쑥하니 핏기를 잃으며 드디어 몸을 가누지 못했다. 품 안에서 차차 무거워지고 있는 옥영의 몸 무게와 함께 석운은 소파에 펄썩 주저 앉았다.

「옥영, 용서해요.」

「………」

두 손으로 얼굴을 가리우고 옥영을 끌어안는 대로 남편의 품에 머리를 파묻고 있었다.

이 남편과 이 아내는 그저 자꾸 흐느껴 울기만 했다. 울음 이외의 아무 것도 거기에는 있을 수가 없다.

오랫동안 둘이는 부여안고 울고 있었다. 이윽고 석운은 입을 열었다.

「나쁜 놈이 결국 되고 말았오.」

「…………」

「나쁜 줄을 뻔히 알면서도. 그만, 그만 어떡할 수가 없었오.」

『당신만은 세상 사람이 다 나빠도 당신만은 믿었어요.』

흐느낌은 이제 점점 가시고 품 속에서 억압된 한 마디와 함께 옥영은 비로소 얼굴을 들면서 두 손으로 가만히 남편의 가슴을 밀어 놓았다.

그리고 눈물을 씻으며 남편의 얼굴을 오랫동안 빠안히 들여다보았다. 그러나 옥영의 두 눈에는 금시 눈물이 가뜩 가뜩 고이고 있었다.

대롱대롱 눈물이 매달린 눈동자로 남편의 모습을 찬찬히 바라보며, 저 볼과 저 입술과 저 손등은 이미 어제의 그것들이 아님을 생각하는 순간 옥영은 부르르 전신에 경련을 느꼈다.

『당신은 영림을 또 만나시겠어요?』

『응?』

석운은 얼른 옥영을 바라보며

『아니, 안만나겠오.』

그러나 이것은 자신 없는 대답임을 석운은 자각하고 있었다.

『그럼 영림과의 관계는 일시적이었나요? 그렇지 않으면 진정으로……?』

『아, 옥영이!』

석운은 괴로와 옥영의 두 손을 꽉 부여잡으며

『괴롭소. 괴로워 견딜 수가 없오.』

진심으로 괴로와 하는 남편의 그 한 마디를 들은 순간 옥영의 눈에서는 차차 눈물이 가시기 시작하였다.

옥영은 남편의 손아귀에서 두 손길을 가만히 빼며

『알았어요! 이제 다 알았어요. 그렇지만, 하늘이 무너질 것을 걱정 안하고 사람들이 살듯이…… 당신을 하늘처럼 믿고 살아 온 제 슬픔이 너무도 크달 뿐이예요. 세상을 몰랐어요. 온실의 꽃처럼 세상을 모르고 살아 온 제 평온했던 삶의 댓간가 봐요.』

『여보, 나도, 나도 무척 노력을 했었오.』

『잘 알고 있어요. 결국 당신이 지닌 성실성이 저로 하여금 이날 이때까지 온실의 꽃으로 만들어 준 줄을 지금에 와서야 알겠어요. 그렇지만 처음부터 결혼 생활이라는 것을, 세상의 남편이라는 것을, 좀 더 허수로이 여기면서 살아 왔었던들 오늘날 이처럼도 제 허무는 크지 않았을 거예요.』

『옥영이, 나는 마침내 나쁜 놈이 되고 말았지만, 나는 무척 노력을 했었오. 영림을 만난 후부터. 그것이 벌써

몇달 전 이야기지만, 어떡할 수 없이

　마음의 동요를 자꾸만 느끼고, 그후 몇 차례 만나본 이후로 야쓰데 화분을 손수 사 갖고 와서 나 자신과 싸워 왔었오. 그러나 나의 온갖 노력은 이미 모두가 다 허사로 돌아가고 말았오.」

　석운은 또 서글퍼졌다.

　「그런 줄도 잘 알아요. 당신의 선량한 인품을 내가 잘 알아요.」

　「어젯밤, 통행금지 시간까지도 어떻게 해서 시간에 대올려고 애를 써 봤지만…… 모두가 다 틀려 먹고 말았오. 아니, 변명은 이미 필요가 없지.」

　「잘 알았어요. 일시적인 방탕보다도 차라리 진실한 연애를 하는 편을 당신의 인격을 위하고 또 제 인격을 위해서도 좋을 것이라고 농담삼아 그런 말을 한 적도 과거에는 있었지만, 철딱서니 없는 관념적 이야기였어요. 당신을 하늘처럼 믿고 있었기 때문에 한 꿈같은 소리였어요.」

　「아아, 옥영이 내가 이처럼 당신을 소중히 하고 있으면서도 왜 딴 사람을 생각하지 않으면 아니 되는 가를 나 자신도 대체 알 수가 없구려.」

『영림을 잊어버릴 수는 정말로 없겠어요?』

일시적인 외도가 되기를 진심으로 바라는 마음에서 옥영은 물었다.

『옥영이, 조금도 거짓 없이 솔직히 말하겠오. 나는 지금 옥영을 위해서라면 당장에라도 이 한 목숨을 쾌히 바치겠지만, 그렇지만 그것은 할 수 있지만 내 목숨이 붙어 있는 지금에 있어서 영림을 잊어릴 수는……』

『…………』

옥영은 가만히 눈을 감아 버렸다. 옥영은 이미 아무런 발언도 대답도 할 필요가 없었고 기력도 없다.

『옥영이, 그렇다고 해서 지금 당장 영림을 위해서 목숨을 바칠 마음은 전혀 없오. 아, 아……』

석운은 두 손으로 머리를 움켜 쥐며

『이러한 욕망이 인간에게 허용될 수가 있다면, 그리고 그것이야 말로 신의 노여움을 살 말이지만 옥영과 영림을 나는 다 함께 갖고 싶을 뿐이요.』

모욕감을 느끼고 옥영은 가만히 몸을 일으켜 응접실을 나와서 안방으로 총총히 걸어 들어갔다.

25. 人間(인간) 姜石雲(강석운)

석운은 머리를 움켜 쥐고 오랫동안 소파에 걸터앉아 있었다.

「일은 마침내 저질러지고 말았다!」

얼마나 소중히 여기고 어떻게나 사랑해 온 아내였더냐고, 나 하나만을 태양처럼 믿고 살아 온 아내의 그 자그만 가슴 속에 내 스스로의 손으로 절망과 비분의 씨를 뿌려 주고야만 자기 자신이 극악 무도한 악당처럼 저주스러웠다.

「나는 확실히 악인이다.」

지나간 날 아내의 정조를 의심하고 북경루까지 쫓아가던 순간의 자기의 그 절박했던 심정을 불현듯 생각했다.

「그것과 꼭 같이 절박한 심정이 지금 아내의 그 자그만 가슴 속에서 부글부글 끓고 있을 것이 아닌가!」

그렇건만 아내는 지나간 날의 자기모양으로 격분의 정을 화산처럼 폭발시키지는 않았다. 조용히 울고만 있는 아내!

그 조용한 원망과 눈물 속에서 한 사람의 여성인 김옥영은 기나긴 인류의 역사가 지녀온 뭇 아내의 운명을 지금 되풀이 하고 있는 것이라고 석운은 생각하였다.

약자로서의 그러한 비참한 운명을 아내 김옥영으로 하여금 되풀이시키지 않게 하기 위하여 가정 낙원설을 소리 높이 외치며 유혹의 물결이 굽이치는 이 거리를 조심성 있게 석운은 걸어 왔다.

그렇건만 석운에게는 마침내 고영림의 정열을 물리칠 기력이 없었다. 그것이 인간 강석운이가 지니고 있는 성실의 한계였다.

고영림이가 조금만 더 세속적이고 상식적인 여성이었던들 강석운의 과거가 그러했던 것처럼 단순한 젊음에의 동경만으로서는 오늘의 결과를 저질러 놓지는 않았을 것이다.

세속적인 모든 것을 걸레 조각처럼 떨쳐 버리고 나선 고영림이라는 이름을 가진 한 개 벌거벗은 생명의 벌렁거림 앞에서 강석운의 성실의 한계는 무너지고 만 것이다.

어쨌든 석운은 지금 한 사람의 범죄자로서 아내 옥영이 앞에 임해 있는 것이다. 과거의 인류의 역사가 남편들의 이러한 범죄를 어떻게 취급하여 왔는가에 대한 소위 도덕적인 면에 있어서의 범죄 의식도 있었지마는 이른바 부부라는 사회적인 위치를 떠나서 김옥영 대 강석운이라는 인격과 인격 앞에서 느끼는 범죄의식이 좀 더 강하게 왔다.

남편이 아내를 모욕했다는 것이 아니고 강석운이가 김옥영을 모욕했다는데서 출발한 양심의 가책을 말하는 것이다. 그리고 이것은 아내 김옥영의 사고 방법이기도 하였다. 떠들지도 않고 발악도 않고 조용한 눈물 속에서 원망의 시선만을 보내온 옥영의 심정을 석운은 너무도 잘 이해하고 있는 것이다.

옥영은 지금 남편에게 침범을 당한 아내의 위치보다도 더 절실히 강석운이라는 인간에게서 훼손당한 자기의 인격을 골똘히 생각하고 있는 것이다. 그것을 강석운은 지금 두려워하고 있는 것이다. 석운과 옥영의 부부생활은 언제든지 내외라는 사회적 위치로서 형식적으로 영위되어 오기보다도 먼저 애정을 기초로 한 인격의 존중으로써 영위되어 왔었기 때문이었다.

「아아, 한 사람의 인격을 모욕해도 좋을 만한 자격이 내게는 있을 수 없다! 그렇다. 이제라도 늦지는 않다. 아내의 인격을 구하기 위하여 이제라도 나는 영림을 잊어야만 한다.」

석운은 훌쩍 소파에서 일어나자 응접실 안을 미친 듯이 빙빙 돌았다.

「나는 이미 사람들에게 인간의 성실을 말할 자격을 상실한 인물이다. 누가 내 말에 귀를 기울이며 누가 내 글을 읽어 주랴. 내 자식들도 이미 이 아버지의 말을 비웃을 것이다.」

인간적으로나 작가적으로나 이미 모든 사람에게 밀려나간 자기 자신의 비참한 모습을 물끄러미 응시하며,

「영림을 잊고 옥영을 구하자.」

생각하면 생각할수록 영림에 비하여 옥영의 존재가 얼마나 소중하고 귀엽고 가치 있는가를 절실하게 느껴져 왔다.

석운이가 응접실을 나서서 옥영을 보고자 안방으로 들어가는데 현관 문이 열리면서 고영해가 들어섰다.

「아까 오셨던 분이 또 오셨읍니다. 고영해라고 하시는 분이……」

식모가 안방으로 들어가서 내객을 통했을 때 석운은 아랫목에 이불을 쓰고 누워 있는 옥영의 앞에 우뚝 서 있다가 시선을 홱 돌렸다. 그리고는 한참 동안 식모의 얼굴을 묵묵히 바라보다가 무엇을 결심한 듯 싶은 침착

한 어조로 말했다.

「응접실로 인도해요.」

석운은 일어선 채 눈을 감고 심호흡을 한 번 하고 나서 다시 안방을 나서서 응접실로 성큼성큼 걸어 들어갔다.

고영해는 모자를 벗어 걸고 팔걸이 의자에 앉아 있다가 몸을 일으키며 인사를 했다.

「강선생, 실례하겠습니다.」

석운도 마주 걸어가서 악수를 하며,

「어젯밤 파티는 대단한 성황이어서 거듭 축하합니다. 앉으시지요.」

「고맙습니다.」

탁자를 끼고 둘이는 마주 앉았다.

「바쁘신데 누차 찾아와서 죄송합니다.」

「괜찮습니다. 아침에도 오셨더라는 말은 이미 듣고 있습니다. 제가 없어서 도리어 실례가 되었습니다.」

서로가 주고 받은 이 예의적인 엄격한 대화에서 두 신사는 제각기 상대편에서 그 어떤 적의를 느끼지 않을 수 없었다.

「단도직입적으로 이야기하겠습니다.」

「무슨 말이든지 귀담아 듣겠습니다.」

학식으로 보나 인생의 경력으로 보나 제각기 자기다운 깊이와 무게를 두 신사는 지니고 있는 것이다.

「이러한 추측이 혹시 강선생의 인격을 훼손할는지는 모르겠읍니다만 어디까지나 이 고영해의 한낱 추측이라는 점을 밝혀 두고 싶읍니다.」

「어서 말씀하시요.」

「영림은 어젯밤 집에 돌아오지 않았읍니다. 제 추측으로서는 강선생이 혹시 영림의 처소를 알고 계시지나 않는가 하고 찾아온 것입니다.」

그러면서 고영해는 석운의 얼굴을 쏘는 듯이 바라보았다.

그러나 석운은 물끄러미 마주 바라보면서도 대답을 하지 않았다. 그래서 고영해는 다시금 물어 왔다.

「십중 팔구 제 추측이 맞을 것만 같이 생각하고 왔읍니다.」

「잘 오셨읍니다.」

「무슨 말씀이신가요?」

「고전무의 추측이 들어 맞았읍니다.」

강석운은 명백한 어조로 고영해의 추측을 인정하였다.

「아, 역시.」

고영해는 그 너무나 명백한 수긍에 가벼운 압력을 느끼며,

「한시 바삐 영림을 집으로 데리고 가야겠읍니다. 영림이가 지금 어디 있는지 처소를 알려 주시기 바랍니다.」

「한시 바삐 영림양을 데리고 가고 싶어하는 고전무의 심정은 잘 알겠읍니다. 그러나,」

「........?」

「영림양은 죽어도 집에는 안 들어가겠다고 말했읍니다.」

「안 들어오겠다고요?」

고영해는 안색이 획 변했다.

「그렇습니다.」

「그러나 강선생은 영림이가 안 돌아오겠다는 이유를 누구보다도 잘 알고 계시리라 믿는데요.」

「알고 있읍니다.」

「강선생 때문입니까?」

「그것은 잘 모르겠읍니다. 다만 내가 명확히 알고 있는 이유로서는 영림양은 이렇게 말했읍니다. —— 칸나 고영림의 인생을 저희들끼리 마음대로 요리하고 마음대

로 처리하려는 그러한 이리 떼 속으로는 죽어도 안 들어 가겠다고 말했읍니다.」

「이리 떼라고요?」

고영해의 입 언저리가 쫑긋쫑긋 경련을 일으키고 있었다.

이리 떼라는 말에 고영해는 모욕감을 전신에 느꼈으나 영림의 말을 이처럼 자신 있는 태도로 명확히 전달할 수 있는 강석운이라는 인물에 대해서 고영해는 또 한 번 거세인 압력감을 느끼지 않을 수 없었다.

강석운도 녹녹지 않지마는 그러나 고영해도 결코 녹녹한 인물은 아니었다.

「좋습니다. 이리 떼라도 좋고 호랑이 떼라도 무방하지요. 철 없는 아이들은 일쑤 잘 부모님의 사랑의 말들을 쓰다고만 하니까요.」

「모르기는 하겠읍니다만 내가 보기에는 영림양은 철 없는 아이가 아니었을 따름입니다.」

「그럴는지도 모르지요. 아니, 그것은 아무래도 좋습니다. 다만 강선생은 우리들에게 영림의 처소를 알려 줄 의무가 있다고 생각할 뿐입니다.」

「내게는 그런 의무가 없읍니다.」

「없다고요?」

「없읍니다. 영림양의 의사를 나는 존중해야만 하니까요.」

「음………」

고영해는 분노와 절망을 한꺼번에 느끼면서,

「나이 찬 양반이 어린애를 유혹해 내고도 하등의 양심적 가책을 느끼지 않는다는 말이요?」

석운은 순간 모욕감을 느꼈으나,

「세속적인 의미에서는 일단 그런 종류의 가책도 느껴야만 하겠지요. 그리고 느끼고도 있읍니다.」

「그렇다면 영림의 처소를 빨리 알려 주시요.」

「단지 여기서 내가 하고 싶은 말은 나이 찬 양반이 어린애를 유혹했다는 한 마디입니다. 고전무의 경우에서는 그러한 경험이 하나의 상식적 진실로서 통용될른지는 모르지만 이 강석운의 진실은 그러한 상식지대(常識地帶)에 머물러 있을 수는 없다는 말이요.」

「무슨 뜻이요? 똑똑히 말을 하시요.」

마침내 고영해는 언성을 높였다.

「나이 찬 사람도 어린 사람에게 애정을 느낄 수 있는 것처럼 어린 사람도 나이 찬 사람에게 애정을 느낄 수 있다는 말이요. 이러한 경우에 있어서 고전무의 인생 철학으로서는 곧 남자들의 유혹을 연상하는 것 같지만, 그리고 그런 종류의 유혹으로써 맺어지는 남녀 관계에 참다운 애정은 있을 수 없는 것이요. 유혹을 하고 유혹을 받고 정복을 하고 정복을 당하고 하는 그런 종류의 남녀 관계는 비록 고전무의 영역일는지는 몰라도 강석운의 영역에는 속하지 않소.」

「뭐라고요? 당신이 도리어 나를 힐난하는 거요?」

고영해는 분해서 주먹을 불끈 쥐었다.

「힐난하는 것이 아니요. 남녀의 참다운 애정이란 유혹없이 맺어질 수 있는 생명과 생명의 불가항력적 상태를 말하는 거요. 행동이 아니요. 행동 이전이기 때문에 유혹이란 있을 수 없다는 말이요.」

「그러면 영림과 당신의 관계도 그렇다는 말이요?」

「그렇소.」

석운은 단호한 대답을 했다.

「당신의 처자는 어떡할 테요?」

「알 수 없오. 나는 다만 현재에 있어서 나의 심정을 피력했을 뿐이요.」

「당신은 한 사람의 지성인으로서의 자격을 포기할 셈

이요?」

「뭘 가리켜 지성이라고 말하는 것인지도 이미 나는 알 수 없게 되었오.」

「당신에게는 사회적인 명예가 있오.」

「걸레조각 같은 명예일 것이요.」

이상하게도 대결 의식이 자꾸만 머리를 들었다.

「나는 당신을 사회에서 매장할 테요.」

「걸레 조각이 없어진다면 도리어 시원하겠지요.」

「나 어린 처녀를 유괴해 내다가 감금한 부덕한을 관헌에 고발할 테요.」

「나는 지금 나 스스로의 의사로서는 촌보도 움직일 수 없는 상태에 놓여있는 사람이요. 누가 와서 건드려 주면 오히려 다행한 일이지요.」

「에이, 이 썩어빠진 자식!」

고영해는 벌떡 일어서며 맞은 편에 앉은 석운의 멱살을 잡고 귀퉁이를 내 갈겼다.

응접실 문 밖에서 인기척이 났다. 식모는 아닐테고 옥영임에 틀림 없다.

석운은 가만히 앉은 그대로의 자세로 고영해의 매를 얻어 맞았다.

그러나 다시금 들리는 고영해의 손길을 석운은 막으며 같이 우뚝 섰다.

　「그만 하고 돌아가시요. 그만 했으면 고전무의 정의감과 울분심은 무마가 됐을 거요.」

　그러면서 석운은 멱살을 잡힌 고영해의 손목을 힘있게 잡아 쥐며,

　「일 대 일이라면 고전무의 젊음쯤은 쾌히 감당할 거요. 그러나 이 자리가 내 가정이요.」

　「에이, 밸 빠진 사람이!」

　고영해는 탁 멱살을 놓으며,

　「오입을 하려거든 좀 재미 있게 못하고, 비린내 나는 계집애 하나 때문에 명예를 버려? 가정을 버려?」

　고영해의 인생 철학으로 보면 실로 어처구니 없는 노릇이었다.

　「충고는 감사하오. 그러나 재치 있는 오입을 나는 당초부터 원하지 않았오.」

　「그럼 당초부터 손을 대지 말 것이지 어리석은 사람 같으니라구.」

　「불가항력이었오.」

　「당신 같은 인간이 글을 쓰니까 사회는 파괴가 되는

거요.」

「그럴까요?」

「나이 어린 여성들을 마구 유혹해 내다가는 몸을 망쳐 주고 일생을 불행하게 만들어 주는 당신 같은 인간이 글을 쓴다는 것은 사회적으로 용납할 수가 없오.」

「잘 알았오. 그 점에 대해서는 나 역시 생각하는 바가 있기에 이제부터는 고전무의 충고를 존중하겠오.」

「그런 의미에서 이제라도 결코 늦지 않으니까 영림을 돌려보내 주시오. 당신과의 관계는 절대 비밀히 하고 말이요.」

「이제 만나거든 그렇게 충고하지요. 그러나 돌아가고 안 돌아가는 것은 영림양의 자유겠지요.」

「음, 어디까지나……」

고영해는 훌쩍 모자를 집어 쓰며,

「알겠오. 당신이 어디까지나 그러한 태도로 나온다면 나는 나대로 비상수단을 쓸 수밖에 없어.」

증오의 눈초리가 석운을 무섭게 감았다.

「고전무, 잘 알았오. 비상수단이 무엇을 의미하는지는 모르지만 주위에서 지나치게 덤비면 사태는 더욱 나빠질 가능성 밖에 없오. 영림양의 성품도 그렇고 나 역시

도 그렇소.」

「음……」

「한 마디 더 말해 둘 것은 이 사건을 해결 짓는 단 하나의 방도는 오직 시간의 흐름 밖에 없다는 것이요.」

그리고는 고영해의 손을 잡아 쥐며,

「시간의 여유를 주시요. 내 나이 이미 사십을 넘었으니 시간은 나에게 무슨 분별을 가져다 줄 것이요.」

고영해는 그 말에 갑자기 언성을 부드럽게 가지며,

「강선생, 이제 그 말을 선물로서 아버지와 어머니에게 갖다 드리렵니다. 강선생의 분별만 믿고 가겠읍니다.」

고영해는 이제 어쩌는 수 없이 강석운의 그 한마디를 붙잡고 늘어질 수밖에 없었다.

「나 역시 나에게 분별이 있어지기를 고전무와 똑 같은 심정에서 원하고 있읍니다.」

「부탁합니다.」

「죄송합니다.」

석운이가 고영해를 전송하고자 응접실을 걸어 나오고 있을 때 옥영은 이미 비틀거리는 걸음으로 총총히 안으로 사라지고 있었다.

남편과 고영해의 언쟁에서 옥영은 이미 영림에 대한 남편의 마음의 풍경을 알기에 이상 더 알아야만 할 아무런 것도 이제는 없었다.

안방으로 들어와서 옥영은 이불을 뒤집어 쓰고 누워버렸다. 혜숙은 식모가 데리고 나가고 없었다. 이윽고 발자국 소리가 들리며 남편이 들어왔다.

『여보.』

석운은 걸어가서 옥영의 머리맡에 조용히 꿇어 앉았다.

옥영은 대답을 않고 아랫목 벽을 향하여 가만히 돌아누우며 이불 깃으로 얼굴 절반을 가렸다.

『옥영이 용서해 줘요.』

석운의 머리가 저절로 숙어졌다.

『내가 당신을 이처럼 슬프게 할 줄은 정말 나 자신도 몰랐던 일인데……』

옷장, 머릿장, 경대, 시계, 꽃병 등 등, 어제의 평온이 깃들여 있던 그것들은 이미 아니었다. 그 여러 가지 가구들이 이방인(異邦人)처럼 서먹서먹한 시선으로 일제히 석운을 노려보고 있었다.

기울어진 태양이 쏟아져 들어오는 방안에 어둠은 밤처

럼 충만해 있었고 불행한 감정은 해무(海霧)인양 자욱했다.

『아무 말 마시고 어서 올라가세요. 이 순간의 내 감정을 폭발시키면 추태밖에 발악 밖에 더 나올 것이 없으니까요. 그런 추태를 당신에게 보이고 싶지 않아요. 그보다도 나 자신에게 보이고 싶지가 않아요. 그저 아무런 말도 마시고 어서 올라가세요.』

한참만에 옥영은 조용한 대답을 그렇게 했다.

석운은 또 오랫동안 잠자코 있었다. 옥영도 잠자코 있었다. 숨이 막힐 것 같은 침묵 속에서 사발시계의 초침만이 생물처럼 똑똑똑 움직이고 있었다.

옥영은 아무 말도 하기 싫었고 할 필요도 또한 없었다. 그래서 어서 어서 남편이 이 숨막히는 방 안에서 나가주기를 골똘히 바랐다. 그러나 남편은 좀처럼 머리맡에서 떠나지를 않는다.

한 시간 동안이나 그러고 있는 동안에 석운은 불현듯 영림을 생각했다. 잠깐 다녀 온다고 호텔 일실에 혼자 남겨두고 온 영림이었다.

석운은 차차 초조해졌다. 그러한 심정으로 또 얼맛동안의 시간을 흘려보내고 있었다.

네 시가 되었을 때 도선이가 학교에서 돌아오는 소리가 앞 뜰에서 났다.

여느 때 같으면 안방으로 뛰어 들어와서 어머니에게 과자를 타 먹던 도선이가 슬며시 건넌방으로 들어가 버리고 말았다. 혜숙을 데리고 나간 식모가 도선이를 안방으로 들여보낼 리가 없었다.

「여보, 내 잠깐만 나갔다 올께.」

영림을 만나야만 했다. 영림을 호텔에다 언제까지나 처박아 둘 수는 없었다. 고영해가 찾아 왔던 이야기를 하고 어쨌든 영림을 집으로 돌려 보내지 않으면 아니 되었다.

그래도 옥영은 대답이 없다.

「잠깐만 나갔다 올께.」

「기어코 나가셔야겠어요?」

「영림을 집으로 돌려 보내고 오리다.」

「그럼 아까 당신이 영림의 오빠한테 이야기 한 그러한 심정을 가지고 과연 영림을 돌려 보내고 올 수가 있을 것 같으세요?」

「…………」

석운은 대답을 못하고 한숨을 짓다가,

「옥영이, 어쨌든 내 돌려 보내고 올 테니까.」

힘 없는 대답이었다.

옥영은 다시 한 번 절망을 느꼈다.

그래도 옥영은 밤을 새우고 들어온 남편이 오늘로 되돌아 서서 영림의 곁으로 달려갈 줄은 몰랐다.

「헤설픈 사람이면 몰라도 당신만한 사람이…… 내 이 허무한 감정을 너무도 잘 알 사람이 그래도 기어코 나가야만 하겠다는데 지금 내가 억지로 붙잡아 보았댔자 가치 없는 행동이니까 좋으실 대로 어서 나가세요.」

그러나 말과는 정 반대의 감정이 옥영을 무섭게 습격해 왔다.

「그렇지만 이 순간에 있어서 내 감정을 솔직하게 말하면 영림을 만나러 나가려는 당신의 뒷덜미를 두 손으로 긁어 잡고 내동댕이질을 하고도 싶지만, 그렇지만 그러한 내 꼬락서니가 가엾어서 못하겠어요.」

옥영은 부르르 격렬한 몸서림을 느끼며,

「다만 나는 지금 당신을 미워할 수 있는 감정이 어서어서 커져서 내 마음의 키를 돌릴 수 있을 때가 오기를 바랄 뿐이예요. 그러면 다소의 평온이라도 얻을 수가 있을 것 같애요.」

「옥영이!」

석운은 후딱 손을 뻗쳐 옥영의 얼굴에서 이불을 반만큼 잡아 젖히며 손길을 더듬어 잡았다.

그러나 옥영은 잡힌 손길로 남편의 손을 살그머니 밀어 놓으며,

「어서 나가세요.」

차가운 한 마디였다. 그리고는 다시금 이불을 뒤집어 썼다.

석운은 일어서며,

「내 꼭 영림을 보내고 올께!」

아까와는 달리 힘찬 한 마디가 석운의 입을 튀어 나왔다.

아까 고영해에게도 말한 것처럼 사십대의 자기의 분별이 이 순간에 임하여 절실히 느껴지고 있었다.

석운은 방을 나서자 모자를 내려쓰고 앞 뜰로 내려서는데 건넌방 문이 획 열리며,

「아버지, 어디 가세요?」

도선이의 기가 찬 목소리가 뒷덜미에서 났다. 열 한살의 어린 신경이지마는 이미 무엇인가 재미 없게 되어가고 있는 불안한 가정의 분위기를 눈치 채고 있는 표정이

었다.

「아, 도선이냐? 볼 일이 있어서 잠깐 다녀오마.」

「엄마는 어디 아프세요?」

「응, 어서 들어가서 엄마한테 과자를 달래 먹으렴.」

「아니예요, 안 먹어도 괜찮아요.」

안 먹어도 괜찮다는 도선의 어른다운 표정에서 석운은 성질을 달리하는 또 하나의 범죄 의식에 사로잡히고 있었다.

「거리로 나가서 빵 사 줄까?」

「아니요.」

도선은 그러면서 아버지의 눈치만 살살 보고 있는 것이다.

「도선이가 갑자기 어른이 됐는 걸.」

「오늘 밤도 안 들어오세요?」

「왜 안 들어와? 이제 곧 들어올께.」

석운은 성큼 성큼 정문을 향하여 걸어 나갔다.

도선은 얼른 신을 신고 아버지의 뒤를 살금 살금 따라 나섰다. 골목 어귀를 빠져 나가 혜화동 로타리까지 도선은 따라가 보았으나 택시를 잡아 타는 아버지를 그 이상 따라갈 수 없었다.

택시를 타고 무심히 석운은 창 밖을 내다보다가,

『아, 도선이가 아닌가!』

뻐스 정류장 전선대 옆에서 도선은 이편을 말끔히 바라보고 서 있었다.

뭉클하고 마음이 아팠다. 이미 아이들에게도 신임을 못 받는 아버지가 석운은 마침내 되고 만 것이다.

『어떡하든 영림을 돌려 보내야지.』

그러나 집을 빠져 나오는 골목 어귀에서 부터 안경을 쓴 작달만한 청년이 뒤를 밟다가 역시 택시를 잡아 타고 자기의 차를 따르고 있는 사실을 석운은 전연 모르고 있었다.

창 밖에 거리가 흘렀다. 허황한 꿈결처럼 울긋불긋 간판이 흘렀다.

전선대 뒤에 우두커니 선 도선이의 얼굴, 이불을 쓰고 조용한 분노에 몸부림치는 옥영의 모습, 오늘 하주 원고를 못 썼기 때문에 모레부터는 중단될 수밖에 없는 「유혹의 강」……

이러한 뭇 극적인 장면과 극적인 심경을 석운은 지금까지 소설 속에서만 취급해 왔고 책상 앞에서만 공상해 왔었다. 주인공들의 비극적인 어떠한 참담한 심경에도 작가 강석운은 한 사람의 방관자로서의 착각적 흥분과 희열을 맛보아 왔다.

그러한 강석운이가 마침내 현실적인 비극의 주인공이 되어 버리고 말았다.

석운은 작가적인 마음의 여유를 가지려 했다. 그리고 어느 정도 가져지기도 했다. 그러나 톱니바퀴처럼 연달아 부닥쳐 오는 현실의 물결 앞에 그러한 관조적 인 마음의 (觀照的) 여유는 물거품처럼 명멸하여 밀려 나가기만 했다.

「내가 마침내 주인공이 되다니?」

「미이라」 잡이가 「미이라」 가 된 셈이라고, 지나간 날 이층 서재에서 이런 종류의 극적 심경을 묘사하여 아내와 더불어 창작적 흥분을 나누던 그러한 평온은 이미 갔다.

석운의 상념은 이윽고 깨어지고 눈 앞에 현실이 무자비하게 왔다. 영림이가 우두커니 기다리고 있는 명수장 호텔이 눈 앞으로 다가왔다.

「선생님!」

차에서 내리는데 영림의 목소리가 머리 위에서 초조하게 날아 내려왔다.

이층 창 가에서 기다리고 있던 영림이가 상반신을 내밀며 손을 흔들고 있었다.

석운도 손 하나를 흔들어 보이며 안으로 들어가자 층계를 당황히 뛰어 올라갔다. 방으로 들어서기가 바쁘게,

「선생님!」

영림은 달려와 안기며 석운의 가슴에 얼굴을 비볐다.

「기다렸어?」

영림은 고개만 끄떡끄떡 하다가,

「다섯 시간 하고 사십 이분 동안……」

「그렇게 오래 됐나?」

「그러엄.」

「이것 저것 일을 좀 치르고 오느라고……」

어젯밤, 홀에서 입었던 소매 없는 브라우스와 후레아 스커트를 영림은 입고 있었다.

「그동안 뭘 하고 있었어?」

「선생님 생각만요.」

석운은 볼을 비비며 힘찬 포옹을 했다. 입술도 오고 갔다.

「기달려지는 사람이 생겼다는 건 확실히 행복한 일인가 봐요.」

「…………」

「기다린다는 건 괴로운 즐거움이죠.」

「즐거운 괴로움일는지 모르지.」

영림은 불현듯 시선을 들며,

「선생님, 괴로우세요?」

「아니」

석운은 명랑한 웃음을 웃어 보이며,

「영림, 점심은 먹었어?」

「아뇨」

「왜 청해 먹지.」

「혼자 먹기가 아까웠어요.」

석운은 물끄러미 영림을 들여다보며 자기는 지금 이 여자를 불행하게 만들고 있는 악마와도 같이 생각되었다. 이제라도 늦지 않다고 자기에게 향하는 영림의 정이 더 짙어지고 더 커지기 전에 이 정도로서 막을 수만 있다면 막아야만 한다고 생각하며,

「오빠가 집으로 찾아 왔었어.」

「오빠가요?」

「집에서는 영림이의 걱정을 굉장히들 하고 있는데,」

「그래 오빠가 뭐라는 거예요?」

『영림이 때문에 집안에서는 초상난 집처럼 밤을 꼬박 새우고, 날더러 영림이가 있는 곳을 알려 달라는거야.』

『그래 알려 주셨어요?』

『알려 줄 수밖에……』

『옛?』

영림의 표정이 홱 긴장을 하며 석운의 얼굴을 무섭게 쏘아 보다가,

『알겠어요. 선생님 마음 이제 다 알았어요.』

영림은 시계를 언뜻 들여다보며 침대로 뛰어가서 양복 저고리를 재빨리 입었다. 경대 위에 널려져 있는 화장 도구와 함께 핸드백을 옷 보따리에 싸들고,

『저를 집으로 돌려보내면 여러 가지 의미에서 선생님은 편하실 거예요. 그렇지만 저는 집엔 안 들어가요.』

그리고 나자 영림은 총총히 문을 향하여 뛰어 나갔다.

『아, 영림이!』

석운은 달려가서 영림을 막았다.

『어딜 가는 거야?』

『어물어물하다가 오빠한테 붙들려 가기는 싫어요. 완력으로 끌어 갈테니 누가 봄 얌생이꾼 같잖겠어요.』

『잠깐만 기다려요.』

석운은 영림을 끌고 가서 침대에 억지로 앉히었다. 영림은 다시 벌떡 일어서며,

『선생님도 오빠 편이군요. 저를 오빠의 손에 인계할 약속을 하고 오셨죠? 분명히 그러시죠?』

영림은 적이 흥분한 얼굴로 따져왔다.

『그런 게 아니야. 하여튼 좀 진정해요.』

『싫어요. 선생님의 그 어른다운 행동, 저 그리 좋아하지 않아요, 놓세요.』

석운의 손을 홱 뿌리치고 영림은 다람쥐처럼 뛰어 나갔다.

『영림, 아니야. 거짓말을 했어. 영림이가 여기 있다는 사실을 나는 알리지 않았으니까.』

『속지 않아요. 그런 말로 저를 붙들어 두었다가 오빠가 오면 넘겨 줄 심산이지만요. 나쁜 사람! 나쁜 선생님!』

영림은 석운을 탁 밀쳐 버리고 들창 가로 뛰어갔다.

『앗, 영림이!』

그러나 어젯밤처럼 들창을 넘어 나갈 수는 없었다. 이층의 높이를 영림은 원망스럽게 내려다보다가,

『아, 저이는?』

석운의 뒤를 따라 온 안경 쓴 청년이 맞은 편 골목 어귀에서 이층을 열심히 올려다보다가 홱 외면을 했다.

『저이는 홀 문지기,』

어젯밤 영림은 홀을 들어서면서 그 청년을 보았던 것이다.

『흥, 선생님도 상당하시군요. 오빠의 앞재비를 달고 오셨다는 말이죠?』

『아니야, 절대로 그런 건 아니지만……』

아까 석운이가 집으로 들어갈 때, 정문 앞에서 서성대던 바로 그 청년이었다. 청년이 자기의 뒤를 따라온 것이 분명했고 호텔에 도착한 지가 벌써 이십 분이나 되었으니 고영해에게 전화 연락을 하고 온 것이 분명했다. 석운도 청년을 어젯밤 홀에서 본 생각이 그제서야 불쑥났다.

『어쨌든 나는 나가요. 비겁한 선생님!』

『영림, 같이 가요.』

『싫어요. 저를 따라 와서 어디까지나 오빠에게 넘겨 줄 생각 아냐요?』

『아니다. 빨리 뒷문으로 빠져 나가자! 우물쭈물 하다가는 오빠가 달려올테니……』

석운은 모자를 집어 쓰고 영림을 재촉하며 복도로 뛰

쳐 나갔다. 층계를 허겁지겁 내려가서 계산을 한 후에,

「이 호텔에 뒷문은 없나?」

「있읍니다.」

「빨리 그리로 좀 인도해 줘요.」

「이리 오십시요.」

보이를 따라 안으로 들어갔다. 주방 옆으로 해서 우중충한 좁은 골목으로 두 사람은 나섰다.

「이리 와요.」

석운은 앞장을 서서 청년이 지키고 있는 앞길과는 반대로 뒷길로 빠져 나갔다.

어쨌든 일단 호텔로 또 가야만 하였다. 차는 광화문 앞으로 해서 남대문쪽으로 무작정 달리고 있었다. 운전수의 인도로 둘이는 남대문 밖 태양호텔로 갔다.

어쩐지 사람의 눈을 피하고 싶어 구석진 방 하나를 얻어 들었다. 명수장호텔과 어슷비슷한 장치를 한 방이었다. 식당에는 나가기 싫어 저녁 식사는 방에서 했다. 식사를 하는 동안 두 사람은 태반 침묵을 지키고 있었다.

밤이 되었다. 석운은 혼자서 위스키만 연방 들이키고 있었고 영림은 창 가에 기대고 서서 어두운 밤 하늘만 내다보고 있었다.

가까운 정거장에서 기적소리가 가끔 들려왔다. 어쩐지 처량만 했다. 그 처량한 기적소리를 들을 때마다 영림은 먼 이국 땅을 후딱후딱 생각했다. 인간의 윤리와 사회의 질서에서 영림은 어서 바삐 벗어나고 싶었다.

석운의 설명으로 자기의 처소를 오빠에게 알리지 않은 것만은 확실했고 오빠가 홀 청년을 선생님의 집 근처에 파수시켜 놓은 사실도 이제는 명백했다.

「선생님.」

창 밖을 내다보며 영림은 불렀다.

「응?」

의자에 걸터앉아서 잔을 들던 석운은 시선을 들었다.

「술을 안 잡수심 괴로워서 못 견디시죠?」

「누가 그런 말을 했어?」

석운은 표정을 크게 썼다.

「저도 한 잔 먹을 테예요.」

영림은 걸어와 마주 앉았다.

「영림도 술을 안 먹으면 괴로운가 본데.」

「누가 그런 말을 했어요.」

똑 같은 제스추어로 영림도 표정이 컸다. 영림은 얼굴을 찡그리며 한 잔을 들이키고 나서,

「이렇게 쓴 걸 뭣 때문에 잡수세요?」

「영림은 뭣 때문에 들었나?」

「혼자서 선생님이 쓸쓸하실까 봐서……」

석운은 웃었다.

「선생님의 가정을 생각함 저도 안됐지만…… 그렇게도 선생님은 저를 돌려 보내고 싶으세요?」

「아니, 그렇지만……」

잠깐만 다녀온다던 석운은 벌써 아홉시가 넘었건만 좀처럼 자리를 뜨지 못했다. 옥영과 도선이의 모습이 머릿속에 겹쳐지면서 어른거렸다.

「초상난 집처럼 떠들어 댈 제 집이나 초상난 집처럼 조용할 선생님 댁이나 다 똑같은 위치에 놓여 있는 거예요.」

위치는 같을런지 몰라도 비극의 성질은 다를 것이라고 석운은 생각한다.

「그런 걸 다 알고 있으면서도 저는 선생님 곁을 떠나고 싶지 않아요.」

「마찬가지 이야기야. 내가 영림의 옆을 떠나고 싶어서 그러는 건 아니고…… 어쨌든 내 잠깐만 다녀 올께.」

「어딜요……?」

「집에 말이야.」

영림은 의외라는 듯이 석운을 말끔히 바라보다가,

「다녀 오세요. 어서 다녀 오세요!」

영림은 냉큼 몸을 일으켰다. 석운의 모자를 손주 집어 주며,

「다녀 오실 필요는 없으시고, 어서 돌아가세요!」

「…………」

영림의 입가에 조소의 빛이 가볍게 떠돌고 있었다.

「돌아가실렴 돌아가셔도 좋지만 돌아가시기 전에 말씀드려 둘 것이 있어요.」

영림은 모자를 매만지며,

「선생님을 사모하는 제 마음이 어제와 오늘 하룻밤 사이에 어쩐지 변해진 것 같아요. 어제까지도 저는 허심탄회에 가깝도록 선생님을 돌려 보낼 수가 있었는데…… 오늘은, 지금 이 순간에 있어서는 선생님을 댁으로 돌려 보내기가 이처럼 애달프고 이처럼 알뜰 살뜰히 싫어질 줄은 몰랐어요.」

갑자기 영림은 울먹울먹 하며,

「그렇지만 기어코 돌아가신다면 하는 수 없죠.…… 그러나 영영 다시는 저를 찾지 마실 생각으로 돌아가세

요!」

「영림은 무슨 말을……?」

석운은 일어서서 영림의 옆으로 다가갔다.

「선생님을 유혹한 제가 나쁜 줄 다 알지만…… 그러나 저로서는 그 길 밖에 없었어요.」

「내가 유혹을 느낀 것이지, 영림이가 유혹을 한 것이라고는 생각하지 않아.」

「그건 선생님의 겸손이 아니면 자존심을 붙들기 위해서 하시는 말씀이지만…… 선생님 앞에 제가 나타나지만 않았던들 오늘과 같은 괴로움을 선생님에게 드리지 않아도 됐을텐데……」

영림은 혜련 올케를 생각했다. 끝끝내 돌구름 앞에 나타나지 않는 한혜련과 자기를 비교해서 생각하였다. 어떤 것이 참된 사랑의 자세인지를 골똘히 알고 싶었으나 거기 대한 정확한 대답을 해 주는 사람은 하나도 없었다.

「인간 위에 신이 있는 것이라고, 저는 오빠한테서 들어 왔어요. 그러한 제가 이 순간에 와서는 신을 의심하게 되었어요. 신의 섭리로 돌아가기가 얼마나 어려운 것인지를 제 자신이 경험하고 있는 것 같아요.」

영림의 어깨 위에 손 하나를 얹고 석운은 가만히 눈을

감고 있었다.

『저는 좀 더 많이 정신적으로 선생님을 모신 줄로만 알고 있었는데…… 그래서 저는 선생님이 제 옆을 떠나고 싶어 하실 때는 언제든지 수월하게 돌려 보내 드릴 수가 있을 것이라고 생각해 왔어요. 그러던 것이……』

영림은 들고 있는 모자를 저도 모르게 떨어뜨리며 석운의 품 속에 가만히 머리를 묻었다.

『그게 아니었어요. 돌려 보내기가 이처럼 싫어질 줄은 통 몰랐어요. 신의 섭리를 따르기에는 너무도 다급한 심정…… 결국은 누구나가 다 할 수 있는 평범한 애정, 속된 사랑으로 변하고 말았지요.』

『영림, 알겠어! 잘 알았어!』

영림의 어깨를 석운은 힘차게 포옹했다.

『영림의 타락일런지 모르지만…… 그 타락한 애정 속에서 영림의 한 목숨이 연기처럼 없어져 주었음 좋겠어요!』

『영림, 이제 안 갈게 집에 안 가도 괜찮아!』

『하룻밤 사이에 제 심정이 이처럼 돌변할 줄은 꿈에도 모르고…… 머나먼 별이라도 바라보는 것처럼 인간의 애정을 소꿉장난이나 하듯이 관념적으로 가지고 놀았지요. 인간의 애정이 이렇게도 속되고 다급한 것인 줄을 알았었더라면……」

뚜우, 뚜우, 뚜우…… 기적 소리가 들려왔다.

소꿉장난처럼 마음대로 돼 주지 않는 애정의 정체를 기적 소리에 싣고……

「머언 데로…… 머언 데로 가 버리고 싶어요.」

「음, 머언 데로……」

「서울은 이제 싫어졌어요. 숨막힐 것 같은 이 서울의 공기…… 인간의 질서가 따라오지 못할 심산 유곡이 그리워졌어요!」

뚜우, 뚜우, 뚜우……

금방이라도 뛰어가서 무작정 영림은 기차에 오르고 싶다.

26. 失樂園[실락원]

하룻밤이 또 새었다.

영림을 돌려 보내고 곧 돌아 온다던 남편의 말이 거짓말 같지는 정녕 않았기에 분노와 굴욕을 가까스로 참으며 남편이 돌아오기를 기다릴 수밖에 없었던 옥영이었다.

그러나 남편은 종시 돌아오지를 않았다. 어머니 옆에 옹기종기 모여 앉아서 아버지를 기다리는 아이들의 어두운 모습을 처량하게 바라보며 옥영은 입술을 깨물었다.

『나쁜 아버지!』

이튿날 아침 소녀다운 의분심을 가지고 맏딸 경숙은 아버지를 나무랐다.

아버지를 존경하고 있던 경숙이기에 아버지를 나무라는 감정이 그만큼 더 절실했고 컸다.

『자동차 사고가 났는지도 모르지 않니?』

도선은 아직도 어리벙벙했다.

『그래, 어저께 아버지는 택시를 타고 나갔어. 내가 따라가서 봤다!』

도선이도 도현이와 마찬가지로 교통 사고를 걱정하고 있었다.

『모름 가만히나 있어!』

경숙이가 빽 소리를 치는데,

『빨리들 학교에나 가거라.』

옥영이의 조용한 한 마디가 떨어지자 세 아이는 어머

니의 눈치를 살피면서 학교에 갔다. 밀물이 찐 듯이 집안은 갑자기 조용해졌다. 혜숙은 옥영이 옆에서,

「엄마, 아빠는 왜 자꾸만 안 오나?」

「아빠는 무슨 일이 생겼단다. 오늘은 돌아오실 테지.」

그러나 옥영은 이미 남편이 돌아온댔자 남편의 얼굴을 대하기가 죽어도 싫었다. 남편이 돌아오기 전에 어디론가 휙 없어져 버리고만 싶다.

어젯밤까지는 그래도 남편에 대한 애정의 끄나불을 필사적으로 붙들고 있었다. 그러나 오늘은 이미 그러한 끄나불은 완전히 끊기어 버린 것이라고, 인제는 다만 자기의 이 상처받은 감정을 처리할 방도만이 남아 있음을 옥영은 명백히 깨달았다. 남편의 얼굴을 보지 않는 것만이 자기의 감정을 신속히 처리할 수 있는 오직 하나의 길이었다.

「혜숙은 아빠가 제일 좋지?」

「엄마도 좋아.」

「아빠는 과자를 늘상 사 주지 않아?」

「웅, 그래 아빠가 좋아.」

「정능 할머니도 좋지?」

『응, 좋지.』

『아빠하고 할머니만 있으면 엄마는 없어도 좋지 ⋯⋯?』

『싫어이!』

『아니, 오래 오래 말고, 며칠 동안만 말이야.』

『몇 밤만⋯⋯?』

『응, 세 밤⋯⋯ 아니, 다섯 밤만⋯⋯』

『다섯 밤⋯⋯? 그럼 난 할머니하고 같이 잘 테야.』

『아빠는 맛있는 과자를 사다 주시고, 할머니하고 같이 자고⋯⋯ 혜숙인 참 좋겠네요!』

『아이, 좋아!』

조개비 같은 손으로 혜숙은 손뼉을 쳤다.

그러는데 신문사 사람이 찾아왔다고 식모가 들어왔다.

『응접실로 모셔요.』

이윽고 옥영은 흐트러진 머리를 간단히 매만지고 응접실로 나왔다. K신문사 문화부 기자 송찬(宋燦)이었다. 어제 저녁 무렵, 남편이 나간 후에도 송찬은 「유혹의 강」의 원고를 가지러 왔었던 것이다.

『식모 아주머니에게서 들었는데 선생님이 어젯밤도 안 돌아오셨다고요?』

걱정스런 표정을 송찬은 지었다.

「안 돌아오셨어요.」

「어떻게 됐을까요? 그런 일은 통 없으신 선생님인데……」

옥영은 잠자코 있었다.

「오늘도 원고가 못 나가면 내일은 끊기는데요.」

그때 또 현관 문이 열리며 남편을 찾는 목소리가 들렸다. 고영해의 목소리였다. 모르는체하고 내버려 두었더니 식모가 들어와서,

「어저께 오셨던 분이 또 오셨읍니다.」

「이리로 들어오십사고 해요.」

「사모님, 그럼 저는……」

송기자가 자리를 사양하려고 하는데,

「괜찮아요. 송선생님만은 어차피 아셔야 하실 테니까요.」

송찬은 그만큼 강석운 내외에게 신임을 얻고 있었다.

고영해는 혼자가 아니었다. 고영해의 뒤로 영림의 어머니와 안경을 쓴 우락부락한 박청년이 따라 들어왔다.

박청년은 소파로 가서 송찬의 옆에 앉았고 고영해 모자는 옥영이와 탁자를 끼고 마주 앉았다.

『제 어머넙니다.』

고영해는 옥영에게 어머니를 소개하였다.

『네, 수고로이 오셨읍니다.』

옥영은 어수선한 머리에 손질을 하고 나서,

『찾아오신 용건은 말씀 안하셔도 알고 있읍니다. 그렇지만 오늘도 안 들어오셨읍니다.』

기선을 제하는 의미에서 옥영은 제가 먼저 발언을 하였다.

『실은 어제 이 박군을 이 근처에 파수시켜 놓더랬읍니다. 그래서 강선생의 뒤를 밟아 다동에 있는 명수장호텔까지 무사히 따라가서 저한테 전화 연락을 해 놓고 호텔 앞에서 기다렸답니다. 그런데 어떻게 눈치를 채고 제가 달려갔을 때는 이미 두 사람은 호텔 뒷문으로 빠져 나가고 없었읍니다.』

옥영은 조금도 떠들지 않고 가만히 듣고 있다가 조용한 대답을 했다.

『소식을 알려 주셔서 감사합니다.』

『부인도 걱정이 되시겠지만 저희들로서는 어쩌는 도리가 없어서 강선생이 돌아오실 때까지 여기서 기다릴 작정으로 왔읍니다.』

「좋도록 하세요.」

옥영은 여전히 태연한 대답을 했다.

「어쩌면 이처럼도 얌전하고 똑똑한 부인을 두고……
참 세상이란 알 수가 없구려!」

영림의 어머니는 자기와 입장이 비슷한 데서 오는 동
정의 염을 문득 느끼며,

「올 때는 무슨 투정이라도 하고 싶은 생각이 가득했
는데…… 생각하면 애기 어머니야 뭐가 나쁠라구……?」

옥영은 잠자코 있었다.

「애기 아범도 아범이지, 이처럼 예쁘고 똑똑한 사람
을 두고 글쎄…… 영림이 같은 어린애가 글쎄 뭐가 좋길
래 이 지경이유?」

어머니는 가만히 옥영의 손등을 쓸어보며,

「딸 하나 못 쓰게 한 생각을 하면 그저 분통이 터져서
견딜 수가 없지만…… 애기 어멈더러 이런 말을 하면
무엇하리, 애기는 몇이나 되우?」

옥영은 대답을 하지 않았다. 옥영은 지금 그 누구에게
도 동정을 받고 싶지가 않았다. 동정은 모욕을 의미하고
있었기 때문이다.

「너덧 되시오?」

옥영은 귀찮아서 고개를 끄덕거려 보였더니,

「원 저런 변이…… 어쩌자구들 그러는지 글쎄 알 수가 있어야지. 남자들은 모두들 바람을 피우고 보니 이런 딱한 노릇이 어디 있노……? 마음 상하는 일이 웬만하겠오만 이런 때일수록 마음 든든히 먹고, 아이들을 생각해서라도…… 이제 애기 아범도 쉬 돌아올 거라우. 오늘도 안 돌아오면 부득이 경찰에 수색원을 낼 테니까…… 나쁜 녀석 같으니라고!」

옥영은 이상 더 이 늙은이의 넋두리를 듣고 앉아 있을 수가 없어서 냉큼 몸을 일으키며,

「나는 안에 들어가 봐야겠어요..」

간단한 한 마디를 남겨 놓고 그 질식할 것 같은 응접실을 총총히 나섰다.

「사모님!」

송찬이 따라 나왔다.

「도대체 어떻게 된 일입니까?」

「나도 모르겠어요, 그 쯤 알고 돌아가세요. 그렇지만 송선생, 선생님을 위해서 사건은 당분간 비밀히 해 주세요. 시일이 경과되면 어차피 세상이 알 일이지만……」

「사모님, 그 점은 염려 마시고…… 저도 선생님의 처

소를 가급적 빨리 알아 보겠읍니다.」

송찬이가 골목을 빠져 나와 혜화동 로타리로 걸어나가는데,

「아, 송군!」

달려오던 택시가 삐꺽 하고 멎으며 석운이가 문을 열고 얼굴을 내밀었다.

「아, 선생님! 어찌 된 일입니까?」

「집에 들렸었나?」

「네, 지금 막……」

「집에 무슨 일은 없던가……?」

「사모님이 무진 걱정을 하고 계십니다. 그 뿐인가요. 웬 사람 셋이 찾아와서 선생님이 돌아오시기를 기다리고 있답니다.」

「셋이라고……? 코 밑에 수염이 난 사람이겠지?」

「네, 그이와 그의 어머니와 또 안경을 쓴 청년과…… 안경 쓴 청년이 어저께 선생님을 호텔에서 놓쳤다고……」

「집에서도 그런 사실을 알고 있는가?」

「그럼요. 수염 난 작자가 사모님께 이야기를 했으니까요.」

『음, 알았어!』

『경찰에 수색원을 내겠다고요. 선생님, 어쨌든 들어가셔서 사모님을 안심시켜 드려야하지 않겠읍니까?』

『음, 그러려고 달려오기는 했지만……』

석운의 표정이 칠면조처럼 연방 변해가고 있었다.

『그리고 소설도 오늘 못 넘기면 내일은 끊어집니다.』

『알아, 알고 있어.』

석운의 표정이 갈피를 못 잡고 흐렸다 개었다 했다.

『어쨌든 송군, 올라 타게.』

『선생님, 그럼 댁에는 안 들르십니까?』

『들를 수가 없게 됐어.』

『그이들 때문에?』

『응, 운전수, 차를 돌려요.』

『네.』

골목으로 빽을 했다가 차는 다시 되돌아 섰다.

『송군이 안 타겠다면 그대로 갈 테야.』

『탑니다, 타겠읍니다.』

송찬은 하는 수 없이 올라 탔다.

『왔던 길을 되돌아가 주시요.』

「네, 네.」

차는 냅다 달렸다. 둘이는 부처님처럼 말이 없었다. 창경원과 원남동이 침묵 속에서 날아갔다.

「선생님.」

「…………」

「집엘 안 들어가시면 어떡하십니까?」

「들어가면 그 사람들한테 붙들려.」

「그렇지만 서로 부닥쳐서 해결을 하셔야지, 언제까지나 숨어만 다니겠어요?」

「그만한 것은 나도 알고 있어. 그렇지만 해결의 방도가 내게는 없다!」

「선생님, 어쩌다가 갑자기 이렇게 되셨읍니까?」

강석운이라는 인간을 누구보다도 잘 알고 믿고 있었기 때문에 송찬으로서도 옥영 이상으로 놀라고 있었다.

「나도 알 수 없어.」

「선생님, 약해지시면 안 되셔요. 사모님이 가엾으시지 않으세요. 선생님이 그처럼 좋아하시고 존경까지 하신다던 사모님이신데……」

「고마워! 허지만 나는 지금 내 의사로써 나 자신을 통솔할 능력을 완전히 상실한 사람이야.」

「도선이랑 혜숙이랑도 생각하셔야지.」

「송군의 충고, 무진 고마우네. 아이들 생각도 하기는 하지만…… 생각 뿐이야. 행동이 따르지 않는 걸.」

「실례지만 후에라도 무슨 도움이 될까 하고 묻습니다만…… 영림이란 어떤 여잡니까?」

「학생인데……」

「아직 어리다면서요?」

「어리다면 어리고 그렇지 않다면 그렇지 않기도 하지.」

「지금 숙소는 어디시죠?」

「유도 신문에 걸릴 내가 아니야. 자아, 송군은 여기서 내려요. 스톱!」

돈화문 앞에서 차는 멎었다.

「그렇지만 선생님! 저한테 까지 숨기실 필요가 없지 않읍니까?」

「미안하다고 생각해. 소설은 당분간 중지네. 사로 돌아가서 적당히 전달해 주게.」

「그렇게 되면 소설이 큰일 났읍니다.」

「소설보다 작가가 좀 더 큰일 났네 자아, 악수!」

차에서 내려서는 송찬의 손을 잡았다가 놓으며,

「운전수, 종로 삼가로 나가 줘요.」

「네 네.」

강석운의 택시가 저만큼 사라졌을 때, 송찬도 택시를 잡아 타고 석운의 차를 따라갔다.

남대문 밖 태양호텔로 되돌아 온 석운으로부터 간단한 보고를 듣고 난 영림은 정말로 서울 거리가 시끄럽고 귀찮아졌다.

「어머니까지 출동했어요?」

「응.」

「그게 부모의 애정인지 모르지만…… 아이 지긋지긋해!」

영림은 침대 위에 번듯 나가 누우며,

「선생님.」

「응……?」

「머언 데로 가요.」

「머언 데로……」

석운은 침대에 걸터앉아서 담배만 폭폭 피우고 있었다.

「선생님, 용기 없으시지……?」

머리 뒤통수에 깍지를 끼고 영림은 멍하니 천장을 쳐

다보며 말했다.

「용기라고……?」

「머언 데로 갈 용기 말예요.」

「누가 없다고 그랬어……?」

「없을 것 같아서……」

「흥, 요것이 사람을 마구 놀려 먹는 걸!」

석운은 손을 뻗쳐 영림의 볼 하나를 꼬집어 주었다.

「용기 없으심 댁으로 아주 돌아가시든지……」

「내가 돌아가기를 영림은 원하고 있어?」

「선생님이 원하시는 것 같아서 하는 말이예요.」

「내가 원하는 건 이거야!」

석운은 담배를 획 재떨이에 던져 넣고 영림의 얼굴을 자기 얼굴로 덮어 버렸다.

포개어진 두개의 얼굴은 말을 잃고 비비적거리기만 했다.

이윽고 숨가쁜 포옹이 끝나며,

「내 언제 거짓말 했나……?」

「선생님은 정말 좋아!」

안기어 오는 영림의 머리를 석운은 쓰다듬으며, 소녀 〈에데〉를 사랑한 늙으막의 〈몬테크리스트〉를 생각했고, 십 칠세의 소녀를 사랑한 칠십 삼세의〈괴테〉를 생각했고, 돌아올 줄 모르는 애인의 딸에 지극한 애착을 느끼는 〈장끄리스또프〉의 늙은 심경을 생각했다.

가련한 것에 대한 무한한 애착, 헌신적인 애정의 경사(傾斜)를 걷잡을 수 없이 석운은 느끼며,

『영림, 우리 먼 데로 갈까……?』

『가요, 가! 이제라도 기차를 차요.』

『여비가 필요할 텐데……』

『제 목걸이를 팔아요. 이어링도 팔아요. 가다가 찻삯이 모자라면 아무 데나 내려요.』

『가만 있어!』

석운은 휙 일어서서 수화기를 들고 견지동 S출판사에 전화를 걸었다.

저번에 반액을 받고 아직도 기일은 차지 않았으나 오륙 십만환의 인세가 남아 있는 것이다. 경숙의 피아노 대금으로 예산을 세우고 있던 돈이었다.

S출판사 사장이 전화를 받았으나 예산에 넣지 않았던 돈이므로 오늘 당장에 오륙십만환은 불가능하다고 말한 후에,

『강선생이 그처럼 급하시다면 이십만환 쯤은 돌려 드

릴 수도 있지만요.」

「이십만환…… 그럼 그것이라도……」

「지금 어디 계신지, 그리로 보내 드리지요.」

「아니, 그럴 필요는 없고 내가 그리로 가겠읍니다. 미안합니다.」

석운은 전화를 끊고 모자를 썼다.

「기다려요. 내 잠깐 견지동까지 다녀 올께.」

「선생님!」

걸어 나가는 석운을 영림은 불렀다.

「응……?」

「벌써 잊으셨어!」

「아, 참……」

석운은 다가와 작별의 포옹과 접순을 했다. 외출할 때는 반드시 그러기로 약속이 암암리에 되어 있었다.

「돌아 오실 때, 보스톤 빽을 하나 사 갖고 오세요.」

「오 케!」

호텔을 나서서 석운은 택시를 잡았다.

맞은 편 대중 식당에서 점심 요기를 하며 밖을 내다보고 있던 송찬이도 뛰어 나와 택시를 잡아 타고 석운의 차를 따라갔다.

십분 후, 석운은 견지동 S출판사 앞에서 차를 버리고 안으로 총총히 들어가 버렸다. 송기자도 차를 버리고 맞은 편 골목 어귀로 숨어 들어갔다.

얼마만에 석운은 출판사를 나와 광교 다리 근처에 있는 은행으로 들어갔다. 은행에서 다시금 거리로 나온 석운은 신문지에다 싼 돈 뭉치를 옆구리에 끼고 있었다.

석운은 보스톤 백을 살 셈으로 을지로 쪽을 향하여 걸어가고 있는데 낯 익은 청년의 얼굴 하나가 마주 걸어오다가 석운의 앞에서 우뚝 멎었다.

『아, 송준오군이 아니요!』

그러나 송준오는 묵묵히 석운의 얼굴만 바라볼 뿐 대답이 없다. 감정의 상극이 라이블 연적(戀敵) 의식과 함께 석운에게 왔다. 석운이가 휙 자세를 돌려 지나쳐 버리는데,

『강선생!』

송준오가 불러 세웠다.

『왜 그러시오?』

석운은 다시금 걸음을 멈추었다.

『혹시 영림을 만나거든 이렇게 전해 주시오…… 영림에 대한 과거의 내 순정이 너무도 아까웠다고 전해 주시

요.」

차가운 한 마디였다.

「…………」

석운은 묵묵히 서 있을 수밖에 없었다.

「내가 그처럼 황홀하게 받아 들였던 영림의 입술이 너무도 값싼 것인 줄은 몰랐었다고 이 말도 겸해서 전해 주시오.」

그리고는 휙 돌아서 갔다.

송준오의 날카로운 두 어깨를 석운은 덤덤히 바라보다가 보스톤 백을 후딱 생각하고 다시금 을지로로 총총히 걸어갔다. 송준오의 날카로운 어깨가 망막에 남아 석운은 또 한 번 돌아다보다가,

「아, 군은……」

송찬은 종시 들키고야 말았다. 히쭉히쭉 웃으면서 다가오는 송찬을 향하여,

「과연 민완기잔 걸! 태양호텔 앞에서는 어지간히 지루했을 텐데……」

「천만의 말씀입니다. 저는 점심 요기를 하고 있었으니까요.」

「감사하오!」

석운은 송찬의 손을 부여잡으며,

『송군의 호의는 영 잊지 않을 테야. 하지만 당분간 나를 놓아 주게.』

『선생님, 정말 어떻게 마음을 돌리실 수는 없읍니까?』

석운은 눈을 한 번 지그시 감았다 뜨며,

『고마운 말이지만…… 아무 말 말고 돌아가 주게. 스톱!』

석운은 차 한대를 멈추며,

『어서 신문사로 돌아가요. 군의 호의도 잘 알고…… 그러니까 이상 더 내 뒤를 밟을 필요는 없고…… 태양호텔도 곧 뜰 테니까……』

『이 삼일 사이에 그럼 선생님 댁으로 찾아가 뵈올까요?』

『아, 그래 그래!』

송찬은 하는 수 없이 단념을 하고 차를 타고 떠나 갔다.

차가 저 만큼서 커브를 틀며 사라지는 것을 보고야 석운은 비로소 백을 사러 상점 안으로 들어갔다.

그 즈음 아현동 영림의 집에서는 혜화동서 돌아온 마누라와 아들의 보고를 고종국씨는 듣고 있었다.

「언제까지나 기다릴 수도 없고 해서 박군을 파수시키고 돌아왔읍니다.」

「음, 잘 알았다. 그럼 내가 강석운의 아버지를 만나 봐야지.」

고사장은 냉큼 일어서서 방을 나섰다. 대문 밖에 차는 기다리고 있었다.

「괘씸한 놈 같으니라고! 오입할 상대가 따로 있지, 남의 귀중한 딸을 후려내?」

달리는 차 안에서 고사장은 분노를 금치 못하고 있었다.

사십분 후, 차가 정릉에 다달랐을 때, 고사장은 자기 집에는 들르지 않고 곧장 강교수의 집 앞에서 차를 멈추었다.

넓은 대지를 둘러싼 성깃성깃한 울타리 한 쪽에 대문이랍시고 목문 하나가 서 있었다. 닭장, 채소 밭, 화단이 울타리 안으로 삥 둘러 있었다.

화단에는 가지 각색의 꽃이 만발해 있었고 닭장에는 백색의 레그홍, 얼룩얼룩한 푸주마스록크가 모이를 줍고 있었다.

열 대여섯 간 되어 보이는 중고옥이 대지 한 가운데

잠방하니 앉아 있었다.

심산 유곡의 농가처럼 허스름한 정적과 초라한 평화가 고요히 깃들어 있는 마당 한 가운데서 고종국씨는 저도 모르게 걸음을 멈추었다. 금욕과 애욕의 도가니 속에서 기름지고 살찐 고종국씨의 들뜰 대로 들떠 있는 오관이 주위의 이 고즈넉한 분위기에 당황을 했다. 위축도 했다. 자기의 호화로운 생활이 강교수의 이 검소한 생활 앞에 위축을 받아야만 할 무슨 이유가 있느냐고, 고종국씨는 일부러 위엄 있는 목소리로,

『에헴!』

하고 기침을 했다.

낯 설은 기침 소리에 젊은 식모가 부엌에서 얼굴을 내밀었고 사랑방에서 한복의 강교수가 문을 열었다.

『아, 이거 고사장이 아니시요.』

강교수는 몸소 일어나서 고종국씨를 반가이 맞이하였다.

『강선생이 바쁘실 줄은 알지만 잠깐……』

『어서 좀 올라 오시지요. 저번에는 실례가 많았읍니다.』

사랑 문 좌우 담벼락에 낡아 빠진 초라한 액자가 하나

씩 붙어 있었다.

有山有水處[유산유수처]
無榮無辱身[무영무욕신]
(산 있고 물 있는 곳에서 영화도 없고 욕됨도 없는 몸이
로다.)

詩有聲之畵[시유성지화]
畵無聲之詩[화무성지시]
(시는 소리 있는 그림이요, 그림은 소리 없는 시로다.)

오랜 비바람에 글씨는 퇴색을 했고 여기 저기 얼룩이
져 있었다.

고종국씨는 무언의 압력을 또 한 번 느끼지 않을 수
없었다. 자기의 기름진 삶의 방도가 조소를 받고 있는
것 같아서, 그것을 배제하기 위하여 아랫배에 힘을 주며
권하는 대로 서재에 들어가 마주 앉았다.

책장에 넣다 남은 책이 주위에 산적해 있었다. 집필
중이던 모양으로 낡아빠진 책상 위에 원고지와 펜이 놓
여 있었다. 원래 넓지 못한 방이라서 세 사람만 들어 앉

아도 비좁을 만한 여유 밖에 없었다.

강교수 부인은 돈암동 시장에 저자를 보러 가고 없었다. 그래서 식모더러 차를 끓여 오라고 하는데,

「그럴 필요는 없읍니다.」

하고 고종국씨는 주인의 호의를 차갑게 막았다.

석운과 영림의 관계를 이야기하는 동안 고사장은 시종 여일하게 차가운 모습을 견지하고 있었고, 강교수는 무척 놀라면서도 마음의 침착을 잃지 않고 있었다.

「이러한 불미로운 사건을 강교수는 도대체 어떻게 생각하십니까? 어떻게 처리할 작정입니까……?」

차는 다 식어 빠지도록 고사장 앞에 그대로 놓여 있었다.

「적어도 강교수의 자제라기에 웬만한 자각은 가졌을 줄로 알았는데…… 끝끝내 영림의 처소를 알으켜 주지 않는다는 것은 아직도 자기의 불찰을 깨닫지 못하는 미실이 아닐진대 하나의 악덕한, 패륜의 자식이라고 볼 수밖에는 없오.」

이렇게 막 욕설을 퍼붓고 보니 어쩐지 고사장은 마음이 후련해지는 것 같았다.

「내 아들 놈의 미련한 탓이라기보다도 모두가 다 이

아비의 미급한 탓입니다. 고사장 일가의 심로에 대해서는 충심으로 사과의 말씀을 드리는 바입니다.」

오랫동안 침묵을 지켜 오던 강교수는 머리를 숙이며 정중히 사과의 뜻을 표하였다.

「사과로서 될 일이 아니요, 한시 바삐 사건을 처리해 주시요.」

「나도 그것을 지금 골똘히 생각은 하고 있읍니다만 처리 방도가 서지를 않읍니다.」

「나쁜 놈 같으니라고! 글 줄이나 쓰는 놈이라기에 그렇지 않게 보아 왔더니…… 남의 만금 같은 딸을 꼬여 내다가 감금을 시켜 놔……? 윤리학 교수의 아들 놈이 아니었더라면 그 녀석은 남의 유부녀라도 꼬여 낼 망국 지종이 되었을 거요.」

강교수는 송구스레 숙였던 머리를 불현 듯 들고 고사장을 물끄러미 바라보다가 침착한 어로 입을 열었다.

「고사장의 말씀이 다소 지나치십니다.」

「뭐라구요? 내 말이 도리어 지나친다구요?」

의외라는 표정이 크게 왔다.

「그렇읍니다. 일단은 사과를 드렸읍니다만 지나친 험구는 듣고 싶지 않다는 말입니다.」

「흥, 알겠오! 그러다 보니 강교수도 아들 놈과 동혈동족이니만큼 아들놈의 행실을 옳다고 여긴다는 말이지요?」

강교수는 또 묵묵히 상대자를 바라보고 있다가,

「고사장, 분명히 대답해 두겠읍니다만 나는 지금 내 자식의 행실을 옳다고도 말할 수 없고 그르다고도 말할 수 없다는 것 뿐입니다.」

「허어, 이게 또 무슨 소리요……?」

고사장의 눈이 그 어떤 패기로 말미암아 희번덕거리기 시작했다.

「나는 다만 내 아들 강석운이라는 한 사람의 인간을 믿고 있다는 것 뿐입니다. 내 아들 석운이가 만일 사람을 죽인 살인범이라 할지라도 나는 내 아들을 믿읍니다. 사람을 죽이지 않으면 아니 될 무슨 깊은 뜻을 품고 한 일이겠기에 내 아들을 함부로 책망할 수는 없읍니다.」

그리고는 훌쩍 일어서서,

「실례지만 나는 좀 볼 일이 있어서 나가 봐야겠읍니다.」

「음, 아들 가진 재세를 하는 거요?」

고사장도 하는 수 없이 따라 일어섰다.

『그러한 상식적인 문제가 아닙니다. 나는 다만 내 아들을 만나서 그의 숨김 없는 심경을 들어보고 싶을 따름이지요. 그리고 좋은 수습책이 발견된다면 가급적 속히 손을 쓰겠읍니다. 실례하겠읍니다.』

　강교수는 옷을 갈아 입으려고 안방으로 총총히 들어갔고

　『잘난 놈들도 별 것 없구먼! 제 자식 믿고 싶어하는 마음은 술장수 오야봉에게도 있어!』

　고사장은 괘씸한 시선으로 강교수의 뒷모습을 쏘아 보았다.

(큰글한국문학선집 058-3 다음 권에서 계속)

큰글한국문학선집 058-2: 김내성 장편소설

실락원의 별 2

© 글로벌콘텐츠, 2019

1판 1쇄 인쇄__2019년 09월 23일
1판 1쇄 발행__2019년 09월 30일

지은이__김내성
엮은이__글로벌콘텐츠 편집부
펴낸이__홍정표

펴낸곳__글로벌콘텐츠
    등　록__제25100-2008-000024호
    이메일__edit@gcbook.co.kr

공급처__(주)글로벌콘텐츠출판그룹
    주소__서울특별시 강동구 풍성로 87-6
    전화__02-488-3280　　팩스__02-488-3281
    홈페이지__www.gcbook.co.kr

값 32,000원
ISBN 979-11-5852-258-2 04810
    979-11-5852-257-5 04810(세트)